远山绝恋

李锦华　李倩 著

文汇
出版社

在第二次世界大战期间三条最难飞的国际航线中，驼峰航线是最艰险的一条，有"天险驼峰"之称。北大西洋航线、阿拉斯加航线只能排在其后。

——题记

目　录

第一章 "铝谷"遇险

1

迈克尔·查尔斯又到碧波荡漾的加勒比海去游泳了。他穿着一条米黄色的游泳裤，站在海岸边突兀的礁石上，先活动活动筋骨，然后伸直双臂，以一个"飞燕凌空"的优美姿势扎入蔚蓝色的海水中。

加勒比海的水面真蓝呐，如同秋天22000英尺以上晴朗的天空，广漠湛蓝，纯净透明，没有一丝一毫的杂染。迈克尔在蓝色海底的礁石丛中愉快地游来游去，与那些悠然自在，颜色如同白雪一样的小鱼儿们玩起了捉迷藏。

突然，天空里响起阵阵惊雷，蔚蓝色的海水刹那间变成了深黑色，就像是一潭浓浓的墨水。一排排黑色的巨浪从遥远的黑沉沉的天际排山倒海滚滚而来，爆发出震天撼地、令人毛骨悚然的响声。

迈克尔被波涛一会儿掀上浪峰，一会儿又卷入浪谷。他拼命在黑浪之中挣扎，渐渐精疲力竭……

他感觉自己即刻就要被黑浪压下深不可测、充满了死亡气息的海底。

"中尉……查尔斯中尉……迈克尔……"

这时，海岸边有人在大声呼喊着迈克尔的名字。

迈克尔顿时振作起精神，奋力朝海岸边游去。海水越来越冷，犹如穿越喜马拉雅山峰的高空时，迎面刮来零下二十多度的寒风。迈克尔禁不住响亮地打了一个喷嚏……

迈克尔猛地睁开眼睛，发现自己正躺在印度汀江基地竹棚宿舍的床上，床边站着那个外号叫"老马"的执勤官斯莱德·康纳上尉。

原来是一场梦。

"迈克尔，你这小子怎么睡得就像死猪一样？我把门都拍破了，你这小子也不会醒，害得我只能从窗户爬进来……"

斯莱德大声嚷嚷着，两只手抓住迈克尔的肩膀，一下子就将他从床上拽了起来。斯莱德个子很高，嗓门也很大，他走路时的姿势极像一匹负重上坡的老马，总是弯着腰低着头，步伐沉重而有力，所以大家就给他起了外号叫"老马"。

其实，"老马"的年纪并不大，他来自内布拉斯加州，出生于1918年，仅比迈克尔大四岁。在汀江基地，"老马"斯莱德·康纳上尉可是一个特别受人尊敬的老兵。1941年7月，斯莱德辞去在美国的现役职务，来到中国昆明，加入了陈纳德上校组建的美国志愿援华航空队，在外号"地狱天使"的第三歼击中队担任飞行员，创下了击落两架日军零式战斗机的战果。但不幸的是他在后来的一次战斗中飞机被日机击中，弃机跳伞时腰部撞在山岩上受了重伤，送回美国治疗后虽然伤愈，腰板却再也不能像过去那样笔直地挺立起来。斯莱德回到家乡结了婚，可他在妻子有了三个月身孕后又来到中缅印战区，被安排在汀江基地担任执勤官。

不过，斯莱德为人很好，从来不会在这些年轻飞行员面前摆老资格，与迈克尔的关系也不错，有空的时候他们经常凑在一起打扑克牌。

此时，窗户外面的天色还没有完全亮开。不远处的停机坪上，飞机引擎的轰鸣声响成一片，如大海的惊涛骇浪，震耳欲聋。

"你这是干什么？斯莱德上尉，从今天起，我休假——"迈克尔很不高兴地揉了揉困倦的眼睛，接着又补充了一句，"我是昨天夜里十二点才从昆明飞过来的。"

由于中国内地抗战局势越来越严峻，军用物资越来越匮乏，驼峰航线上的运输量不断加大，飞行员的运输任务也越来越重。每一架运输机，只要机械不出故障能够飞行，几乎都是每天两三个航次连续不停地飞行。他们早晨七点从昆明出发，到达印度卸下运载的物资或兵员，再装上物资返回昆明，然后在天黑前再到达印度，晚上一般是在印度过夜，第二天早晨再回昆明。从昆明飞印度的任务大部分是运送兵员，从印度回昆明大部分是装载汽油或弹药。一架运输机按规定载重量为3.75吨，但这段时间几乎所有的运输机都要超载，通常要装到四吨甚至更多。

迈克尔昨天早上六点从昆明起飞运输生丝、水银到汀江，中午十二点从汀江起飞运输弹药到昆明，下午六点从昆明起飞运输锡锭、钨砂矿、猪鬃返回汀江，当他到达汀江机场时已是深夜十二点，洗完澡躺到床上都快凌晨两点了。

这个飞行周期内，迈克尔已经连续飞行了二十五个往返航次。他确实感到非常疲惫。按常规，驼峰航线上的运输机飞行员，每个月只要完成十五到二十个航次的往返飞行便可获得休假。他昨天晚上最后一个航次飞到汀江后，就向任务指挥中心移交了手续，并获得了休假的许可证明。

今天上午，迈克尔只想好好地睡上一觉，然后下午坐车去加尔各答休假。他计划每天都到那片白色的海滨沙滩上舒舒服服地晒晒太阳，把这段时间的疲劳彻底缓解，养精蓄锐，等待下一次任务的到来。

"这事我知道，我知道。可现在有一批紧急物资实在派不出人手，还是辛苦你再飞一趟，怎么样？伙计，帮帮忙吧。"斯莱德一副笑容可掬的样子。他每次去给飞行员传达加派任务的指令时都是这副胸有成竹的笑脸。

"噢——上帝。可我今天就要到加尔各答……看，我的行李箱都收拾好从昆明带来了。"迈克尔指着墙边一个箱子说。

"知道，我都知道。可这是营区指挥官的命令，我也没办法。"斯莱德嬉笑着朝迈克尔眨眨眼，做了一个鬼脸，"好了伙计，穿好衣服赶快去任务指挥中心报到吧，我还要去通知执行同一任务的塞尔和卡斯特。"

斯莱德殷勤地从床边凳子上将迈克尔的新飞行服拿过来，放在床头，然后依然挂着那副胸有成竹的笑容，拉开竹门弯着腰低着头急匆匆地走了。

听到是营区指挥官的命令，迈克尔无话可说。

美国陆军航空兵空运指挥部第三任指挥官托马斯·O·哈丁少校上任后发布的第一道命令是：

"飞越驼峰，没有天气限制。"

这是严格的军令。其实，任何一名驼峰航线上的飞行员心里都非常清楚，飞越驼峰航线，不仅没有天气限制，也没有时间限制。

迈克尔坐起身，拿过飞行服迅速穿了起来。这种临时改变计划、加派任务的事情对他和任何一名驼峰飞行员来说，已经习以为常了。迈克尔来到中国半年多的时间内，已经在驼峰航线上执行了一百零四次飞行任务。他明白，若不是情况紧急，上司决不会发出这个命令。

看来，去加尔各答的时间只能改到明天或者后天。

说实在话，加尔各答并不是最理想的休假地点。加尔各答的住宿条件和气候都不及昆明的好。

汀江基地就设在潮湿炎热的阿萨姆山谷，这里可以说是最不适合人类居住的地方。基地的一侧是沙漠，另一侧又是热带丛林，夏季的气温高达摄氏四十多度，而到了冬季，气温骤降到零下一度至零下四度。基地的所有人员只能住宿在帐篷或竹棚里，吃的食物全是从美国运来的罐头，蔬菜连影子都见不到，痢疾和疟疾就像夜间到处乱飞的蚊虫，随时都会叮到人身上。

更糟糕的是印度到处都是眼镜蛇。白天蛇在竹棚的外面晒太阳，晚上就钻进竹棚的角落里躲藏起来，有时候甚至钻进飞行员的皮鞋里，曾经有几个飞行员就被钻进皮鞋里的蛇咬伤中毒，其中有两个还因抢救无效而死亡。所以每个飞行员在穿鞋前总要警惕地先把皮鞋翻过来倒干净，检查仔细后才敢穿进去。

在汀江基地的机场，飞行员住在当地人称为"巴舍"的竹棚中。棚内的"地板"实际上就是用一根根平整的木头简单拼接在一起的大木板，"地板"很难清洗，上面经常很脏。没有电力供应，夜晚看书或写信只能依靠手电筒。由当地人担任的勤杂工负责打扫卫生，把床边的"地板"扫干净，整理床铺，每周更换两次床单，另外还负责一些其他的生活琐事。但是，厕所和沐浴室等设施都在距离"巴舍"几百英尺远的地方，来回很不方便。

而在昆明，中国航空公司的住宿区散布在巫家坝机场的四周，全都是用灰泥和砖坯砌成的褐色房子，每个棚屋式的住宿区周围还砌了一层土墙，形成一个独立的院子。休假的飞行员住在昆明市区的大学校舍里。那个招待所里的设施都是现代化的，完全可以与美国的招待所媲美。招待所里设有网球场、图书馆和手枪靶场。每名飞行员有一个私人房间，房间里有一张舒适的、非常干净的木床，还有桌子、椅子、衣柜，一张小书桌和一个木炭火炉。

更重要的是，机场和招待所的伙食办得令迈克尔及绝大多数的飞行员都非常满意。餐厅里的几个中国厨师从"飞虎队"成立时就在这里任职，经过几年的时间，他们已经完全熟悉了美国人的饮食习惯，知道美国人喜欢吃什么。早餐中国厨师给飞行员安排的是三个鸡蛋一份的煎荷包蛋、咸猪肉、烤饼、黄油、果酱和美式咖啡。午餐和晚餐有汤菜、四种蔬菜、肉和点心。午后的茶点是英式的，有几盘蛋糕和三明治。此外，休息室里还有美国飞行员喜欢的冰淇淋、啤酒、威士忌、口香糖，以及美国杂志和摇摆舞唱片。

迈克尔完全可以选择留在昆明休假。在昆明休假的日子是很惬意的，每天清晨提着猎枪到滇池边打几只野鸭，拿回去交给中国厨师制作那种专门用松树的松针烘烤成金黄色脆皮的非常爽口的烤鸭，下午开着军用吉普车去昆明城的大街小巷兜兜风，买上一兜被昆明人用各种香料煮出来的味道很特别的"卤鸡蛋"，带回基地慢慢吃，晚上再去南屏街电影院看上一场电影，或者约上几个人在宿舍里打扑克牌。

虽然昆明的生活条件非常优越，驼峰航线上的大多数美国飞行员休假时还是喜欢选择到加尔各答、德里、阿格里去玩，在那些地方把身上所有的钱花个精光，然后再想不同的办法赶回基地。

迈克尔选择到加尔各答去休假，是他喜欢大海和沙滩。每天躺在那片白色的海滩上看大海，这会让他想起家乡，想起上学时经常去游泳的每天都能躺在那里看日出或日落的加勒比海滩。

他迅速穿好飞行服，先到机场的餐厅吃了两个鸡蛋和两块面包，还喝了一杯咖啡，然后才提上飞行装备进入机场。飞行命令一般是提前两小时下达的，即使是紧急飞行命令，也还有四十分钟甚至一个小时等待装卸货物的时间，这个间隙就得赶快用餐。因为飞到昆明后，他也只能在机场停留两个小时，然后又得载上货物返航飞回汀江基地。

迈克尔到任务指挥中心领取起飞许可证和接收飞行目的地的指令，以及货物单据。这时，副驾驶皮特·桑德尔和报务员黄先平也匆匆赶来了。

皮特是印第安那州人，与迈克尔同岁。他和迈克尔是同时离开美国，同船到达加尔各答的。报务员黄先平是中国航空公司的职员，香港人，比迈克尔和皮特小一岁。

他们三人跳上吉普车，飞快地开到停机坪上。"空中列车"Skytrain42—10578运输机已经装好了运输的物资，地勤人员正在等候他清货签字。

迈克尔进入机舱清点物资时才知道，他今天运输的是一批外科药品及医疗器械，另外还有一些军用被服。这可是中国内地战场上最紧缺的物资呀！他即刻明白了这次飞行任务的重要性。

驼峰航线上空运物资的种类很多，在迈克尔上百次的运输任务中，他从印度运往云南的物资有武器装备、汽油、汽车零件、机器设备、布匹、军服、炮弹、汽车等军需物资。运输医疗器械和药品，这还是第一次。

检查固定好物资后，迈克尔走出机舱，按常规围绕飞机查看是否有松动的部件或漏油的情况。此时，执行同一任务的另外两架C-46运输机的飞行员塞尔机组和卡斯特机组也坐着吉普车风驰电掣地赶来了。他们告诉迈克尔，任务指挥中心刚刚通知他们，这次的紧急任务飞行中没有战斗机护航，要他们注意观察空中的情况。

迈克尔进入驾驶舱发动引擎预热，利用这个空隙，他端坐在驾驶座上，双目微闭，左手放在胸前，右手拇指在额头、口唇、胸前一连画了三遍十字，同时在心里虔诚地念叨："因父，及子，及圣神之名。保佑我们此次飞越驼峰不要遭遇雷电冰雹，不要遭遇日军的战斗机。阿门！"

这是迈克尔第一次驼峰飞行时学到的第一件事情。他的第一次飞行是担任副驾驶。那天，运输机的机舱里装满了运往昆明的炸弹。迈克尔坐在副驾驶座上忙着做起飞前的准备。突然，他看见机长和机组其他人员在默默地做祈祷。

这一奇特的情景令迈克尔非常惊讶。但是，很快他就理解了。以后的每一次起飞前他也同样非常虔诚地做祈祷。在驼峰航线上飞行，绝对没有人相信无神论。每个人在起飞前都在心中虔诚地祷告上帝，希望自己的飞行中不要遇上强风、暴雨、雷电，不要遇上拦截的日机，希望自己能一路平安。

他一连念叨了三遍，这才睁开眼睛，发现皮特和黄先平也像他一样在做飞行前的祈祷。不同的是，皮特祈祷完毕后，又从飞行服的口袋里掏出一张照片，放在嘴唇上深情地亲吻了几下。

这是皮特的未婚妻的照片。

迈克尔见过这张照片。照片上的姑娘非常漂亮，有一头金色的卷发，还有一对明亮的杏圆形的灰蓝色大眼睛。驼峰航线的大部分飞行员都见过这张照片，而且大部分人都知道，这位姑娘名叫贝丝·福克纳，每天黄昏都会站在皮特家乡小镇前面的一棵大树下等待皮特。他们相约，等战争结束，皮特返回美国后就马上结婚。

黄先平的祈祷方式与迈克尔和皮特的不同。他是双手合并，放在胸前，目不转睛地凝视着天空，嘴角微微蠕动着，听不清念叨的是什么。迈克尔猜想，黄先平祈祷的应该是中国的神灵，同样是祈求神灵保佑他们此次飞越驼峰不要遭遇雷电冰雹，不要遭遇日军的战斗机，能够平安归来。

祈祷完毕，迈克尔习惯性地将驾驶舱两侧的舷窗放至半开启的状态。这样做是防备飞机在高空零下二十多度的气温下，即使机舱玻璃全部结冰，飞行员也可以通过打开的侧舷窗来观察前方的情况，辨别方向。

这是他来昆明不久，一名原飞虎队的飞行员卡尔·邦德教给他的诀窍。卡尔是留在中国航空公司继续担任驼峰航线飞行员的十八名飞虎队队员之一。可惜他在两个月前的一次夜间飞行中，遭遇暴雨雷电，运输机撞到中印边境的一座山峰上，机毁人亡。

不一会儿，指挥塔发出起飞的信号，三架运输机依次冲向跑道，腾空而起。

迈克尔驾驶着运输机很快爬升到阿萨姆山谷的上空，不一会儿，波光粼粼的布拉马普特拉河就变得如同一条细长的条子，渐渐消失在地平线上。

2

迈克尔1922年12月出生在美国佛罗里达州一个依山傍水的小镇上。十岁那年，他的母亲因病去世，父亲再婚，那个有着一半苏格兰血统的年轻继母不喜欢迈克尔，特别是她后来生下两个儿子后，对迈克尔更是看不顺眼。继母经常会因一点点小事，就挥舞着两只肥胖的手臂朝迈克尔大吼大叫，比如说迈克尔不小心碰掉了餐桌上的刀叉，或者是走路的脚步声惊醒了正在睡觉的弟弟。在这种情况下，只要父亲不在家，继母就把迈克尔赶到院子里，一整天对他不理不睬，也不管他的吃喝。

这个家庭里，迈克尔几乎成了一个多余的人。父亲的精力全都放在了他的植物研究工作上，很少顾及家事，对于继母虐待迈克尔的事情，父亲虽然有所察觉，也曾询问过迈克尔，但迈克尔都否认了。

由于继母的原因，上高中的几年时间，迈克尔都是寄宿在学校里，只有假期才回家。后来他进入佛罗里达大学生物系学习，并参加了美国陆军航空兵的飞行员培训。1941年3月，迈克尔到陆军服役，成为一名俯冲轰炸机飞行员。按他当初的理想，从陆军退役之后就回到家乡，与父亲一起从事生物研究。

1941年7月，与迈克尔同期参加美国陆军航空兵培训的好朋友弗里尔曼·约翰突然失踪了。后来听说，弗里尔曼从陆军退役，受雇于美国中央飞机制造公司，参加美国志愿航空队奔赴中国的昆明，援助中国抗日。

1943年1月，身负重伤的弗里尔曼回到了美国。这时候，由于美国志愿航空队在中国昆明以及缅甸仰光的上空与日本空军作战中的辉煌战绩，被誉为"飞虎队"而名扬四海，在美国更是家喻户晓。美国志愿队员已成为美国民众眼中的英雄。

迈克尔到医院看望弗里尔曼。弗里尔曼向他讲述了在中国那几年的生活，讲述了在云南、缅甸与日本空军作战的惊险经历，特别谈到了昆明那个四季如春的城市给他留下的种种回忆。弗里尔曼在中国不到一年半的时间，已经击落、击伤日军战斗机十三架，战友们给他取了个外号叫"利鲨约翰"。弗里尔曼两次获得飞行勋章和杰出飞行十字勋章。1942年7月，美国"飞虎队"撤销，并入美国陆军第十航空队，弗里尔曼依旧驾驶着P-40型飞机，为新开启的驼峰航线运输战略物资的运输机护航。

弗里尔曼是1942年9月在中缅边境与四架偷袭运输机的日机作战时受的伤。他击落了一架日机，同时他的战斗机也被另一架日机击中。弗里尔曼在跳出机舱时已被严重烧伤，幸好他的降落伞顺风飘到中国境内的保山，落在村外的农田里。中国军民救了他，辗转把他送到昆明，最后又送回美国治疗。

弗里尔曼不平凡的经历和他辉煌的战功令迈克尔羡慕和敬佩，特别是弗里尔曼谈到的一些地名——昆明、保山、腾冲，使他想起小时候父亲给他讲过的许多关于昆明、保山和腾冲的故事。

迈克尔突然萌生了一种冲动——到中国去，参加中国人民的抗日战争，维护世界和平，做一个像弗里尔曼那样的英雄。同时，他要亲眼去看一看那个神秘的东方古国，亲眼看一看父亲描述过的那些美丽的地方。

迈克尔拿着弗里尔曼写给陈纳德将军的一封信，踏上了前往中国的旅途。临行前，他回家看望了父亲。

父亲身体不好，患上了风湿性心脏病。他非常支持迈克尔的决定。父亲说了这样一句话："那是一个美丽富饶的国家，那里的人民和生物都不能受到战火的伤害。孩子，你应该去帮助他们。"

父亲在一张白纸上写了《圣经》里的一句话："他要为你吩咐他的使者，在你行的一切道路上保护你。"

这张纸片从此一直装在迈克尔飞行服的口袋里。

迈克尔的父亲是一位植物学家，到过世界上许多国家，包括中国。

1896年，从加利福尼亚大学植物系毕业的父亲血气方刚踌躇满志，对拥有丰富动植物资源的中国充满了向往，通过导师的帮助，他被推荐给一位前往中国考察的植物学家做助手，来到了云南的西双版纳。父亲对迈克尔说，当他走进西双版纳的土地时，就被眼前极其丰富的生物资源和瑰丽的自然风光深深吸引了。他们在西双版纳葫芦岛的原始森林中钻了四年多，对热带和亚热带植物进行了系统的调查和研究，并采集到一些世界稀有植物的标本。这为他后来成为美国著名的植物学家奠定了牢不可破的基础。正当他们准备动身前往保山考察高黎贡山原始森林的时候，发生了轰动于世的"片马事件"。当时，中国人民反侵略的浪潮风起云涌，尤其是云南的各族群众，一致驱逐进入这片土地的外国人。

植物学家一行人到高黎贡山考察的希望破灭了，他们只好带着在西双版纳的考察资料和采集的一些标本匆匆离开了中国。

迈克尔的父亲后来再也没有机会来中国，与高黎贡山的失之交臂成了父亲耿耿于怀的终身遗憾。

迈克尔与其他前往中国的飞行员、地勤人员从旧金山出发，历时多日才抵达印度的加尔各答。

当时，迈克尔离开美国到中国来，确实是凭着一股年轻人崇拜英雄的激情和冲动，此外还多少带有一点对家庭、对亲情的失落感。与他同来的二十九人，分别来自美国的佛罗里达、加利福尼亚、科罗拉多、阿拉斯加等几个州，不仅有飞行员，还有机械士、军械士、无线电技师，另外还有一位医生和一位牧师。迈克尔就是在这里认识皮特·桑德尔的。同行的那些日子，他们经常讨论各自的理想和愿望，由于这些人来自美国不同的地方、不同的兵种和职业，理想和愿望也各不相同。当中有一部分人认为战争是人类最可怕的愚蠢行为，那些发动战争的人理应受到严厉的惩罚；有的人认为自己就是维护世界和平的勇士，肩负着上帝赋予的神圣使命，是为消灭世界战争而战；有的人则是喜欢冒险，听说东方的神奇美丽，借此机会到东方国家来冒险旅行。有一个名叫梅斯·麦克莱德的轰炸机飞行员，说他到中国的目的是赚钱，因为来中国的美国飞行员薪水很高，是他在美国工作的五六倍，他希望以后回到美国能开一家机械厂。梅斯·麦克莱德胸无大志的想法当时被大家好好嘲笑了一顿。后来，梅斯在驼峰航线上仅仅飞行了一个月，就在途中遭遇日机袭击而机毁人亡，他是这批人当中第一个牺牲的飞行员。

迈克尔向大家讲述了好友弗里尔曼·约翰的故事。他说，他的理想除了消灭战争维护世界和平之外，就是要像弗里尔曼那样，成为一名英雄，一名令敌人闻风丧胆、名垂青史的英雄。他的想法获得了很多人的赞同，特别是后来成为他副驾驶的皮特·桑德尔，更是他的拥护者。

1943年4月，迈克尔终于到达中国昆明。

那时候"飞虎队"早已撤销，改编为美国陆军第十四航空队，负责为驼峰航线上的运输机护航。

说实话，当时迈克尔在听弗里尔曼讲述驼峰航线的时候，对"驼峰"二字的概念是模糊的。直到他到达印度汀江，在老飞行员的带领下试飞了几次之后，才理解了这条航线的真正含义。

驼峰航线西起印度阿萨姆邦的萨地亚、汀江，东到中国昆明、呈贡、杨林、嵩明，航程约690英里。在印度一端最主要的是汀江机场，中国一端最主要的是昆明巫家坝机场。印度境内有杜姆杜摩、恰布阿、莫汉巴里、特兹皮尔等备降机场，中国境内有羊街、陆良、沾益、昭通、腾冲、保山等备降机场。

驼峰航线必须要经过号称"世界屋脊"的喜马拉雅山。喜马拉雅山脉是世界上最高大的山系，同时也是构造十分复杂的褶皱山脉。喜马拉雅山平均海拔达16000英尺，最高处为海拔23000英尺，被视为"空中禁区"。因喜马拉雅山脉蜿蜒起伏，群峰耸立，形状好似骆驼的峰背，飞机只能在其间穿绕飞行，"驼峰航线"由此得名。

驼峰航线最初飞行的是南线，约510英里，由印度汀江出发，途经缅甸北部的密支那，然后经云南南部飞往昆明。日本空军第五飞行师团侵占密支那之后，南线的运输机经常遭到日本战斗机攻击，中美飞行员只得绕路飞北线，躲开日机的袭击范围。这样一来，航线就北移至喜马拉雅山上空，航程约720英里。北部山岭多为雪峰冰川，地势陡峭，河谷众多，有怒江、澜沧江、金沙江等，这就更增大了因恶劣气候所造成的困难。

冬季，由于气象因素变化复杂，飞机经常出现结冰现象，驾驶舱的挡风玻璃上结冰，机身上也结冰。尽管飞机前挡风玻璃上喷洒酒精的自动除霜装置在不停地除霜，但也只是像用一块抹布在轻轻地揩擦着玻璃上的尘埃，几乎不起什么作用。有时结冰非常严重，再加上飞机载荷大，飞行安全高度低，运输机就像一个飞机形状的巨大沉重的大冰块，随时都可能从高空坠落下去。到了旱季，空中气流极不稳定，风力变化大，风速时大时小，有暴雨和强烈的升降气流，飞机会不受控制地急速下降，每分钟达2000英尺甚至2300英尺，因此飞机颠簸非常严重。此外，高山峡谷之中上下气流扰动很大，而且很不规则，经常会有强大的上升下降气流袭扰飞行，有时一股强大的气流可能把飞机突然上下抛至1600到3300英尺，飞行员根本无法控制飞机，身体也非常不适。高空中还不时刮来强劲的西风，风速高达每小时95至160英里，如果遇上刮侧风，飞机很容易偏离航向。从昆明向印度汀江飞行时，有时突遇大逆风，飞行时间延长很多，若飞机载货量大，油料加得少，飞机就很难安全到达目的地。航线所经过的不少地区都是人迹罕至的高山峡谷，山势陡峭，峡谷幽深，河流湍急，飞行途中一旦飞机出现机械故障，几乎难以寻找一块紧急迫降地，飞行员即使跳伞，在荒无人烟、毒蛇野兽出没的深山野林，也难以生还。

驼峰航线可算是世界上线路最漫长的一条运输线。运输线的起端在美国，分为两条：一条是各种援助中国的战略物资从美国大西洋各大港口装货出海，绕非洲南端到达印度港口；另一条起点是在加利福尼亚装货出海，经太平洋绕澳大利亚南面到达印度的卡拉奇港和孟买港，然后又装上火车，沿印度铁路线到达加尔各答和阿萨姆，再用运输机经驼峰航线从汀江运往昆明。

从美国—印度—缅甸，再到中国云南昆明，这条特殊的战略运输线跨越了整整半个地球。

迈克尔未能如愿亲自驾驶着P-40战斗机与日机在空中真枪实弹地较量，他被编入中国航空公司，担任C-47、C-46运输机飞行员。

在驼峰航线飞行的运输机有DC-3型、C-53型、C-47型、C-46型等几种型号，主要是使用C-47型、C-46型运输机。C-53型是将DC-3型的座椅撤除后，直接改装而成的运输机。C-47型也是由DC-3型改装而成，但加开一个大货仓门，并用钢材加固了货舱的底部，以便承受重装备，它的载重量为2.27吨。

驼峰航线上的大部分飞行员都不喜欢驾驶C-53型运输机这类机型。因为在冬季，海拔13000英尺以上的高空气温会突然降到摄氏零下三十度左右，没有加温器的驾驶舱里就像冰库似的，温度跟机舱外面一样寒冷。

由于这些飞机出厂前没有经过试飞，存在着很多缺陷，飞行途中机械经常发生故障，有的时候一连几个星期都没有一架飞机能够起飞，这样一来在印度汀江积压的物资越来越多，从而也就加大了运输任务。那个时期，每一架飞机都明显存在着超载的问题。更可恨的是，驻守在缅北的日军按照日本陆军部的命令，进行所谓的"外廊作战"，不断派出战斗机，阻挠和攻击驼峰航线上毫无反击能力的运输机。

在运输途中，迈克尔驾驶的运输机多次在空中与日军的战斗机遭遇，那种被敌人追在屁股后面用机关枪拼命扫射，自己还得拖着笨重的身子东躲西藏的弱者境地，常常让迈克尔感到无比痛苦和愤慨，为此他还写了好几封信去向弗里尔曼诉苦。

低落的情绪直到陈纳德司令官请他到家里做客后才彻底改变。

迈克尔刚来到昆明的时候没有机会见到陈纳德司令官，听说他非常忙，弗里尔曼写给陈纳德的信是托人转交的。

三个月后一个周末的下午，那天迈克尔没有飞行任务，躺在宿舍里睡大觉。突然，值日官匆匆忙忙跑来叫他，说陈纳德司令官请他到家里做客。

这个突如其来的消息让迈克尔喜出望外，他急忙换上便服，按照值日官的指示，朝距离机场不远处的山坡上一座瓦顶砖墙的房子跑去。

这座瓦顶砖墙的房子就是当地的昆明人专门为陈纳德司令官建盖的中国式房子。居高临下，站在房内的窗户前就可以一目了然地俯瞰巫家坝机场的所有状况，房子的周围是一片稻田和松树。

这是自1938年夏天，陈纳德接受宋美龄女士交给的任务——到昆明组建一所培养飞行员的航空学校，用美国模式锤炼出一支中国新空军的重要任务，来到昆明后一直居住的地方。据说，陈纳德本人非常喜欢这个地方，美国志愿航空队以及后来第十四航空队的许多军官和飞行员都很荣幸地到这所房子里做过客。

这是迈克尔来到昆明后最开心的一天，陈纳德司令官在住宅的工作室里接见了他。

迈克尔曾经在美国的报纸上见过陈纳德司令官的照片，照片上的陈纳德司令官穿一套笔挺的西装，熨得平平整整的领带，衣服上没有一点皱褶，神采奕奕威武矫健又颇具绅士风度。

出现在迈克尔面前的陈纳德司令官中等个子，皮肤微黑，面部轮廓宛如刀削的雕像，漆黑的眼睛和头发，穿一条微旧的军裤和一件短袖的白色衬衣，看上去非常平和随意。

这让迈克尔紧张的心情顿时轻松了许多。

陈纳德司令官说他已经看过弗里尔曼写给他的信，他向迈克尔详细询问了弗里尔曼在美国治疗烧伤的情况。在迈克尔讲述的过程中，陈纳德司令官一连说了三遍："他是好样的，非常优秀的飞行员。"这情景令迈克尔十分激动，同时也为自己的好朋友弗里尔曼骄傲。后来，他把那天经历的整个过程和陈纳德司令官的谈话详详细细一字不漏地写信告诉了弗里尔曼。

随后，陈纳德司令官还关心地询问了迈克尔来到昆明后的生活情况，并耐心细致地教他一些在运输途中如何应对日军零式战斗机袭击的空中技巧。

晚饭前，陈纳德司令官邀请迈克尔参加羽毛球比赛。迈克尔与空运指挥部的机械师格伦·卡特勒上尉一组，陈纳德司令官和他的副官乔·艾尔索普上尉一组。四个人在球场上展开了激烈的比赛，直到厨师叫大家吃饭。

正在吃饭的时候，又来了一位客人，这是迈克尔仰慕已久的阿德里安·卡顿·德瓦尔特中将。他是陈纳德司令官的好朋友，又是丘吉尔首相在亚洲的私人代表。这位独眼、独臂的中将参加过自从基奇纳再度占领喀土穆之后的所有战斗，并获得了维多利亚十字勋章。

这天的晚餐中，迈克尔还吃到了烤野鸭和清蒸野鸽。这些都是陈纳德司令官在滇池边猎获的。陈纳德司令官非常喜欢打猎，他经常带着猎枪到滇池打一些野鸭、野鸽来改善自己的伙食。

从这天开始，迈克尔精神焕发，如同换了一个人似的。他在给父亲和弗里尔曼的信中这样写道："我在一天内见到两个了不起的人物，我相信，我的人生将由此而改变。因为，他们是我学习的榜样，我会成为像他们那样的人……"

3

这一天天气真好。晴空万里，阳光明媚。从报话机里传来的消息得知，中国境内也是万里无云。

秋日的阳光透过驾驶舱的透视镜，暖融融地照射在迈克尔身上。机翼下，冰封雪盖的喜马拉雅山闪烁着晶莹的光芒。蔚蓝的天空一尘不染广漠明净，如同深邃无际的大海，令人产生一种强烈的想跃入碧波之中的欲望。

迈克尔的心情也像天气一样，轻松而开朗，若不是脸上套着一个紧绷绷的氧气面罩，他真想吹着口哨让皮特唱一支歌。

皮特的嗓子可好了，一个天生的完美男中音，还在上中学的时候，他曾经以一曲民歌《牧场上的家园》夺得印第安那州中学生歌咏比赛第一名，并由此赢得了众多女生的青睐，身边经常跟随着一群花蝴蝶似的崇拜者。皮特的父亲希望皮特能成为著名的歌唱家，并准备在他退役之后就让他去报考音乐学院，可皮特没有听从父亲的安排，从海军退役后，他很快与中央飞机制造公司签订合同，来到了中国。

在19000英尺的高空吹着口哨唱歌，可想而知这是一件多么愉快的事情。可是，这讨厌的氧气面罩却让人憋得透不过气来，更别想吹口哨唱歌了。

以活塞式发动机为动力的飞机飞行高度是很有限的，就连最先进的C-47型和C-54型运输机，要飞到20000至23000英尺的高空已是极限。飞机没有密封式座舱，飞行员只能靠氧气面罩供氧，不仅体力消耗非常大，活动也很受限制。

三架运输机保持着三角队形飞入缅甸上空。

这时，缅北白雪皑皑的山峰上升起了几朵银灰色的云彩，朝着运输机飞越的航线飘过来。

迈克尔警觉地观察着朝他们飘来的云朵。

驼峰航线飞行中，飞行人员使用的主要航行资料——航空地图是美国编绘的，许多资料陈旧，未经实测校验，根本不准确，有些地标之间关系位置与实际情况相差较大，飞行人员只得在飞行中参照地面实际地形地物，适时检查修正航行，否则就很难保证准确和安全飞行。

由于地形条件和科技水平的限制，驼峰航线的飞行情报、通信导航、气象等各项保障条件也非常差。航线上没有雷达情报保障，空中飞行状态地面无法掌握，因此也就无法进行有效的对空指挥与控制。通信导航设施少，仅有中国航空公司在昆明、重庆、汀江、加尔各答开设的几个航空气象站，航线的险要地区基本上没有气象保障点。气象观测点少，观测手段单一，气象人员业务水平也不高，很难提供准确的航线飞行天气预报，因此，飞行主要靠飞行员在空中根据实际情况和经验，灵活掌握和处置。

在驼峰航线上飞行了半年多时间，迈克尔已经像熟悉自己的手指那样了解这条航线上的每一个地方。缅北地区的群山峡谷间由于汇集着来自四川盆地和青藏高原的冷湿云团，气象非常复杂，即使是在阳光明媚晴空万里的时候，从峡谷里突然升腾起来的乌云浓雾瞬息之间就能遮天蔽日雷电交加，暴雨冰雹迎面而来，飞机的机身和驾驶舱的玻璃窗上都会凝结起一层冰凌，严重影响飞行速度并干扰飞行员的视线。尽管飞机的前挡风玻璃上有喷洒酒精的自动除霜装置，但除霜装置仅对凝聚成雪花状松散的冰凌起作用，对于由温度低于零度的冻雨而凝结的坚冰是不起作用的。在这种情况下，经验丰富的飞行员必须沉着冷静，镇定地驾驶着飞机避开强雷电，冲出积雨云。

还好，迎面飘来的不是令人恐惧的积雨云。

此时，迈克尔担心的并非完全是天气的情况，他只感觉今天的飞行似乎太顺利了。以往在这样晴朗的天气经过缅甸北部，那些该死的日本零式战斗机总是在刺眼的阳光掩护下，突如其来出现在运输机的面前，猛烈的炮火打得毫无反击能力的运输机措手不及，一些经验不足的飞行员就是在这一带的上空吃了亏。

今天一切很好，天气晴朗，阳光并不刺眼，蔚蓝的天空里只有那几朵像野鹤样飞来的云彩。

在长达四五个月的雷雨季节里，从印度到昆明的天空里到处飘浮着一堆堆形状美观的云朵，这些云朵在微风里变幻着各种各样的形状。然而，这些云朵却是由雪和冰雹凝结而成的冷气团，飞机强行穿越云朵时就会像碰在墙壁上那样受到强烈的撞击，机身上下左右剧烈颠簸，稍有疏忽，便是机毁人亡。更可怕的是，在这个季节，日军的零式战斗机常常利用天空飘浮的云朵或者大块的云层作掩护，围追堵截驼峰航线上的运输机。

今天该不会发生什么意外？

迈克尔心中有一种隐隐约约的不安。可他马上就将这种不愉快的心情扫荡得一干二净。报务员黄先平向他报告，再过二十分钟，飞机就进入中国上空。也就是说，进入中国境内后，再过一小时五十分钟，他们就到达滇池边的昆明了。这个季节的天气变幻莫测，正常情况下，飞行驼峰航线北航线的运输机从汀江到昆明需要五个多小时，但如果遇上强风或者雷雨则需要七个小时或者更多的时间。

想到昆明，迈克尔自然而然地想起了距离机场不远处那个浩瀚辽阔的湖泊——滇池。

那是一个多么美丽的湖泊呀。滇池边的水草绿油油的非常茂盛，密密的草丛中生活着很多野鸭和野鸽。清晨，当迈克尔驾驶着飞机从滇池的上空掠过时，瞧见一群群受惊的野鸭野鸽像云朵一样从芦苇丛中飞出来，飞到湖的中心，落在碧波荡漾的水面上，一只只像树叶形状的打渔船迎着霞光在湖面上撒网。有的时候还会有一些妇女或者是半大的小孩坐在一个个大木盆里，在湖面上漂来漂去，打捞一种生长在湖水中的雪白雪白的花朵。据说那种花叫海菜花，当地人用来做菜吃的，可惜他从来没有吃过。

滇池对面那座高大峻峭的红色山崖，就像用斧头劈开的悬崖峭壁，当地人把它叫做"西山龙门"。在航线上，红色的悬崖峭壁就是一个极好的路标，引导着所有美国飞行员无数次的返航降落。美国飞行员将这座红色的悬崖峭壁称为"欧德波德"。每次飞临滇池，看见那座红色的悬崖峭壁，飞行员就感到非常的熟悉和亲切，如同看见了美国古老的欧德波德山峰。

迈克尔轻轻活动几下麻木酸痛的肩膀和颈部。每次飞临缅北上空他的精神都是高度集中，警觉地观察四周，一旦发现异常现象，马上通知同行的运输机注意躲避，让护航的战斗机做好迎战准备。好几次，当偷袭的日机选择好攻击的角度俯冲上来时，运输机已经闪开，而日机刚好冲进了第十四航空队P-40战斗机的火力圈中。所以，迈克尔在驼峰航线上飞行了一百零四个航次，他的飞机从来没有受到过日机的攻击，即使是在没有战斗机护航的情况下，他也多次采用熟练精湛的空中迂回技术，避开日机的袭击，顺利飞达目的地。

他看见坐在副驾驶座上的皮特也是一副轻松愉快的样子。皮特的头有节奏地轻微摇晃着，好像心里在哼唱着什么欢快的歌曲。

迈克尔朝皮特送去一个会心的微笑。他发觉皮特摇头晃脑的姿态潇洒极了。

这时候，他非常想吹奏的是一首由美国军乐作曲家约翰·菲利普·苏萨创作的进行曲《星条旗永远飘扬》。

啊，在晨曦初现时，

你可看见是什么让我们如此骄傲？

在黎明的最后一道曙光中欢呼，

是谁的旗帜在激战中始终高扬？

烈火熊熊，

炮声隆隆，

我们看到要塞上那面英勇的旗帜，

在黑暗的过后依然耸立，

啊，你说那星条旗是否会静止？

在自由的土地上飘舞，

在勇者的家园上飞扬……

这首进行曲的旋律气势磅礴雄壮奋进，很容易激发人们一种热烈的、对胜利充满信心的情绪。可是迈克尔的脸上罩着氧气面罩，嘴唇动了几次都发不出完整的音调来。

迈克尔回过头，朝站在后座上通过顶部舷窗观察天空情况的黄先平做了一个夸张的手势，示意他看皮特的样子。黄先平笑着也回复了一个手势，表示他已经注意到了。

银灰色的云朵飘过来，很快就要与运输机擦肩而过。

突然，迈克尔听到从驾驶舱外传来一阵不太清晰的飞机引擎声。这引擎声绝对不是C-47和C-46运输机发出的声音。但这引擎声又是那样的熟悉……

他豁然一惊——这是零式战斗机的引擎声！

"滇池，滇池——兔子来了，前上方，11点钟方位……"迈克尔大声发出警报。

皮特和黄先平浑身一震，马上将目光投向驾驶舱外。跟在他们后面的两架C-46运输机也晃动了一下机翼，迅速拉开了距离。

就在这时，已经飘到他们前方的银灰色云朵里突然钻出两架日本零式战斗机，以迅雷不及掩耳的攻势朝三架运输机冲了过来。原来，狡猾的日机就是利用云朵作掩护，从缅北的山峰后面钻出来一直悄悄向他飞来。

哒哒哒哒哒……两排机关炮从左右两侧同时射向迈克尔的运输机。

迈克尔早有准备，就在机关炮射出的一瞬间，他一拉操纵杆，飞机的头仰了起来，呼啸着冲向蓝天。

日机的第一次攻击落空了。

扑空的日机在空中划出一道简洁的弧线，转回身又朝迈克尔的运输机扑来。他们已经从第一个回合的较量中发现了迈克尔的机灵和娴熟的飞行技巧，要吃掉这三架运输机，首先得攻下这架领队的运输机。

迈克尔也从日机在空中划出的弧线看出了对方老练的技术和他们下一步攻击的目标。他明白，今天自己遇上的是两个久经沙场，攻击能力较强的日军飞行员。趁着日机迂回的空隙，迈克尔迅速向报务员发出命令："通知塞尔和卡斯特，抓紧时机，加速前进，我来引开那两个狗东西。"

黄先平对着报话机大声疾呼："滇池，滇池，抓紧时机，加速前进。抓紧时机，加速前进……"

"迈克尔——小心！"

迈克尔的耳机里传来了塞尔和卡斯特的嘱咐。

两架C-46运输机稍微犹疑了一下，迅速朝中国方向飞去。

日机采用同样的双机夹攻又一次扑了空。

几分钟后，两架日本零式战斗机第三次朝迈克尔的C-47运输机扑过来。这一次他们来势汹汹，一副恼羞成怒的样子。

迈克尔看着塞尔和卡斯特的运输机已经飞离了日机的攻击范围，轻蔑地一笑："嘿，小子们，我们来玩一次捉迷藏。"

他拉起飞机，在空中绕了一个大大的"S"形，利用C-47运输机转弯灵活的优势与零式战斗机周旋。他这样做的目的是想让塞尔和卡斯特飞得再远一些，另外也是打算用这种方式迷惑对手，寻找机会甩开日机。因为他已经看见了前方连绵起伏的横断山脉。

但是，他却不能灵活自如地按设想迂回。C-47运输机是美国道格拉斯飞机制造公司生产的武装载人军用运输机，最高速度每小时230英里，最大升限23000英尺，最大航程2125英里。C-47运输机虽然有额外的引擎加力动力装置，具有转弯灵活的优势，但从结构、性能和军事装备上都不可能与飞行性能较好、爬升速度较快、能以很小的半径转弯，并能垂直爬升的日本零式战斗机相比，甚至不能与速度每小时270英里、升限24500英尺、航程3150英里的科提斯C-46"特种兵"运输机相比。何况，此时运输机上装满了物资，飞机很沉重，动作稍微大一点，机身就摇晃不定，好像就要朝下面坠落。当务之急，走为上策！

狡猾的日机改变了攻势，前后夹击冲了过来。

迈克尔牢牢捏住操纵杆，保持飞机的平衡向前飞行，当他估计两架日机进入射击范围时，又一次迅速拉杆，加大马力提速。飞机仰起头，冲向了高空。就在这个时候，他感到机身一阵强烈的震动。

飞机中弹了。迈克尔一惊，心里不由一阵不安。

机身失去了平衡，像只小船在空中摇摆。后座的黄先平发出一声压抑的惊叫。

"中尉——飞机……"

迈克尔马上镇定下来。他咬咬牙，紧紧捏住了操纵杆。

飞机终于平稳了。可他看见油量表上的指针正在迅速下滑——油箱已经被日机的枪弹击中。

这时，从左右两侧包抄过来的两架日机匆匆射出一排枪弹，机头朝上一仰垂直爬升几百英尺，迅速转身飞走了。

就在日机射出枪弹的千钧一发之际，迈克尔往下一压机头，C-47运输机从零式战斗机的机腹下一掠而过。

迈克尔看着远去的日机困惑不解。

黄先平激动地喊道："中尉，我们进入中国境内了……"

郁郁葱葱的横断山脉就在机翼下面，似一条巨大的苍龙。根据以往的经验，驻守在缅北阻击驼峰航线运输机的日军战斗机一般情况下是不敢越过横断山的，因为他们惧怕怒江峡谷特殊的地理环境和复杂的高空气候，更主要的是，他们惧怕猛然间从峡谷里冲出来的第十四航空队P-40型战斗机。自从1941年12月20日美国飞虎队在昆明上空首战告捷全歼入侵的日机，以及在缅甸仰光的两次空战之后，日本空军对飞虎队可真是闻风丧胆，狡猾的日机飞行员远远看见飞虎队的战斗机便匆匆忙忙将炸弹扔了掉头就跑。今天，这两架日机也不例外。

迈克尔松了一口气，大声命令道："黄先平向基地报告飞机情况……皮特，做好跳伞准备——"

皮特一声不吭。

迈克尔又一次发出命令。

"报告中尉，皮特……他……"黄先平突然哭出了声。

迈克尔连忙转过头去。

皮特仰面倒在副驾驶座上，一股股红的鲜血从他的额头上流了下来。

"皮特……"迈克尔心如刀绞。他紧紧咬住自己的嘴唇，不让盈眶的眼泪流下来。

皮特和迈克尔是一起坐船离开美国前往中国的，到达加尔各答后，又一块儿乘飞机来到昆明。在驼峰航线的运输飞行中，不同种类的机组人员都是轮番循环执行任务，飞行员、副驾驶员和报务员又有各自的循环名单，所以一般情况下是很难与相识的人组成飞行机组的，可迈克尔与皮特，还有黄先平，却仿佛是上帝特意关照他们一样，三个人差不多一个月内就有两三次飞行任务组合在一起。每次飞行中，他们三个人配合默契、相互支持，是大家公认的最好的飞行搭档。他们多次躲过了日机的炮火，多次越过了雷电和强气流的袭击。没想到，皮特却……

迈克尔看了一眼渐渐远去的日机，愤怒地骂道："强盗——狗杂种！"

此时，他多么希望自己驾驶的是一架战斗机，就可以追上那两架日机，把他们打得支离破碎片甲不留，为皮特报仇。

油量表上的指针降得更低。

仪表盘的红灯开始闪烁。

汽油只够飞五分钟了。

"中尉，前面就是高黎贡山。"黄先平呜咽着报告。

迈克尔看见了蓝天下面那座群峰众壑伟岸苍茫的大山，看见了铺青叠翠的莽莽深林。那里就是中国，中国的保山。而现在机翼下面还是缅甸的土地，是沦陷后的日军占领区。

五分钟！他相信自己的运输机能够飞过高黎贡山，飞到保山坝子的上空。

迈克尔回过头平静地对黄先平说："做好跳伞准备。"

"是！"黄先平回答。

就在这时，一股强烈的气流迎面而来，受了重创的运输机似航行在波涛汹涌的大海里的一叶扁舟，不停地剧烈起伏颠簸，无线电导航仪的指针成了疾风中的风车，整个在乱转圈圈。

飞机进入了"魔鬼峡谷"！

在驼峰航线上飞行的每一名飞行员的航空地图上，"魔鬼峡谷"都是用黑线条醒目地标出来的。

魔鬼峡谷在航空地图上真实的名称是"风雪丫口"。风雪丫口位于高黎贡山山脊上，四周是延绵的崇山峻岭，两侧是高耸云端的山峰，海拔10400英尺，受横断山和喜马拉雅山风向的影响，一年四季气候变化无常，云雾缭绕，阴雨飞雪。每年十二月至第二年的三四月，鹅毛大雪铺天盖地。由片马吹来的风特别猛烈，加上山形奇特，丫口两侧深谷的风卷起地上的积雪就像海浪一样滚滚而来。更可怕的是，当两股风力不相让时，从地上或空中卷起的雪花就像一支火箭似的拔地而起，直冲云霄。这种被飞行员们称为"喷射气流"的强风越过高山丫口猛然袭击飞机，完全会在一瞬之间将飞机吹向东南西北的任何一个方向。

在这个令人恐惧的地带，有的时候一天内坠毁的飞机就有几架甚至十几架。飞行员们早上还一起在餐厅里吃饭，或者在停机坪上挥手再见，可有的人起飞以后就再也没有回来。一百多架运输机和战斗机在这一地带坠毁、失踪，散落在冰川、山崖下的飞机残骸，在阳光下闪闪发亮，所以飞行员们又将这段闪烁着金属片反光的地带称为"铝谷"或者是"魔鬼峡谷"。

迈克尔用力推动操纵杆，想让飞机平稳下来，可是无济于事。时速超过了200英里的强大气流似一只巨手死死抓住运输机朝西边推去。

不能朝西。西边是日军占领区。宁肯撞山，宁肯坠毁，死也不能落到残暴的日军手里。

"该死的气流——"迈克尔恨恨骂道。他咬咬牙，使劲一拉操纵杆，运输机猛然向左面转了10度，冲出了强气流。

油量表上的指针已降到了零。

运输机像断了线的风筝迅速往下坠落。

"快跳！"迈克尔大声命令。

"中尉……"黄先平犹豫地喊道。

"快——"迈克尔火了，大吼一声。

"是！"

黄先平留恋地看了迈克尔一眼，迅速掀开舱底盖，纵身跳了下去。

4

迈克尔在跳出驾驶舱的一刹那突然改变了念头。

他知道,陈纳德司令官非常珍惜每一架飞机。据一些飞行员说,抗日战争初期,陈纳德上校曾经应蒋介石委员长的邀请到南昌视察中国的轰炸机中队,亲眼目睹了该队的中队长驾驶着轰炸机在跑道上侧滑倾斜降落,结果飞机与地面发生摩擦碰撞,好好的一架飞机被撞得四分五裂,这件事让陈纳德一直耿耿于怀。还有一次是在昆明机场,陈纳德视察十三架鹰式飞机进行飞行训练,飞机返航着陆时,由于飞行员操作不当,居然叮叮咣咣一口气撞坏了六架。这些不该发生的毁机事件把陈纳德气得发疯,后来他在严格训练飞行员的时候一再强调,一个优秀的飞行员不仅要具备娴熟的飞行技巧,还要懂得如何保护自己的飞机,因为飞机是飞行员的眼睛,也是飞行员的生命。何况,这架运输机上装载的又是当今中国抗日战场上万分紧缺的药品和医疗器材⋯⋯

迈克尔想,如果自己能安全着陆,或许这架运输机还能重上蓝天,这些医疗用品就能送到抗日战场,那么,将会有很多的伤员获救,将会有很多人的生命继续留在这个世界上。

机翼下面是越来越清晰的山崖、沟壑、树林⋯⋯如果现在跳伞,自己的安全是绝对没有问题的,但是,运输机必定坠毁燃烧,机舱内的所有物资也就荡然无存。

"我一定要想办法迫降。"

尽管这个想法的成功率几乎是零,他也想试试。

迈克尔大声呼唤地面导航站，可是耳机里除了静电的干扰，没有任何声音。

运输机继续往下坠落。

迈克尔使劲一拉操纵杆，飞机向上一冲，但很快又恢复原状。他干脆关闭了油门，利用飞机的惯性向前滑行。

运输机转入下滑。他立即把着陆阻力板放下——机腹着陆显然比较安全。接着，松开了起落架。

他看见前面的山梁上有一片开阔的灌木林。

一百英尺……五十英尺……运输机带着巨大的轰鸣声向地面冲下去。

运输机降至十五英尺高度时，迈克尔关上马达，紧紧靠在座舱里，闭上了眼睛。

"砰！"

一声巨响，运输机的两个主轮落在了山梁上。

迈克尔感觉有一把铁锤朝他的下腹部猛烈一击。他惨叫一声，不省人事……

第二章　高黎贡山的神秘马帮

1

秋天的高黎贡山是杜鹃流连忘返的季节。天高云淡，层林尽染，山林间各种各样的野果成熟了，野板栗、野核桃、山梨、地石榴、丹丹果，多得数也数不尽，走一路吃一路。

从小在高黎贡山长大，山林的一草一木在杜鹃的眼中永远都是那样亲切可爱，树林里山谷间飘逸着清新的带着泥土芬芳的气息，仿佛是从母亲身上散发出来的奶汁的醇香，充满了血脉相连的情感。

杜鹃好长时间没有跟随父亲出来走马帮了。

杜鹃姓张，她的父亲张进才是西南丝绸古道上一个很有声望的马锅头，人称"神枪张二"。

张进才的家在高黎贡山脚下一个汉族、傈僳族、哈尼族杂居的寨子里，名叫"火龙寨"。他十岁跟随父亲走马帮，练就了一手好枪法，常年来往于拉萨、缅甸驮运货物，还多次到过不丹、印度、斯里兰卡，在这条丝绸古道上的马帮中，算是个走南闯北的人物。十八岁那年，他家的马帮从拉萨驮货返回保山，在经过一处陡峭狭窄的山崖时，一匹骡马失蹄，连马带货摔下了深谷。在古道上，马帮的经营完全靠的是信誉和信用，为了寻找骡马和货物，张进才让马帮继续往前走，他独自一人下到了豺狼虎豹出没的深谷。到了谷底，他看见一只极其凶猛的高鹰（老虎）正在撕咬奄奄一息的骡马。张进才担心高鹰损坏了骡马身边贵重的货物，便闪身躲在一棵大树后面。当时高鹰的注意力全集中在骡马身上，张进才悄悄利用树丛的遮掩找好方位，突然打了一声尖利的口哨，乘高鹰惊愕地抬起头来的一瞬间，迅速朝高鹰连开了两枪。这两枪准确击中高鹰的脑门，高鹰当即倒地而毙。张进才扛着那驮货物翻过两座山坡，追上了马帮。

张进才单身斗高鹰的故事迅速在古道上传扬开来，他由此名声大振。加上他见多识广，为人正直厚道，极重江湖情义，在保山、腾冲、大理、丽江、中甸、拉萨的商人和赶马人中，提起"神枪张二"，那是无人不知无人不晓。

马帮的雇主"云昆"商号老板极为高兴，亲自从昆明赶到保山，在最豪华的饭馆设宴为张进才庆功，并奖励了他一支德国造的二十响手枪。后来，张进才又用卖高鹰皮的钱买了一支。每次马帮上路，张进才两支二十响手枪插在腰间，十分威风，从保山至西藏、缅甸、印度的路上，从来没有人敢打他马帮的主意。那些常年在古道上以杀人越货为生的山贼见了他总是满脸堆笑，毕恭毕敬地叫一声"张二哥"，即使是通过官府的设卡，山兵守将见到张进才的马帮也是礼让三分，不敢故意刁难。

张进才在丝绸古道上受人敬重还有另外一个原因。

千百年来，古道上的马帮就像是天边飘浮的云彩，永远在空中游来荡去，赶马人的生活随着马蹄，长年累月漂泊在高山峡谷，为了心理和生理的需求，很多赶马人在这条寂寞漫长的道路上也像蜘蛛似的编织了一个个能够养心安身的巢穴，有着一个个等待他们，能让他们解除身心疲惫的情人。赶马人将这种生活称为"打野"。

在这条长达两千多年的马帮路上，赶马人在老百姓的眼中就象征着财富，因为他们能够将很多便宜的物品从非常遥远的地方驮来，然后用高于很多倍的价钱卖出去。特别是一些经济实力雄厚的马锅头，更是沿途大姑娘小寡妇追逐的目标。有的马锅头先在云南的老家娶妻生子，又在缅甸或者西藏另择新欢，有的人干脆抛弃家乡的妻子儿女，在异国他乡落脚生根不再归来，有的人甚至在每一个货物中转的地方都有一个相好的女人和临时家庭。

张进才的大哥就是在走马帮的路上先娶了一个纳西族女人，生下两个儿子，后来又在西藏娶了一个藏族老婆，干脆做了人家的上门女婿，还生了三个女儿。

张进才在赶马人中是一个与众不同的马锅头。凭他在丝绸古道上的名声和威望，不要说三妻四妾，走到哪里随便手一挥，漂亮的大姑娘小媳妇就会跟来一大串。可他只娶了杜鹃的母亲一人，在古道上行走几十年，从不拈花惹草，也没有一个情人。每次走马帮回来，他都会带回一些漂亮的布料给杜鹃和妈妈、外婆做衣服，带一些从西洋来的香烟、罐头、怀表、毛毯类的物品孝敬杜鹃的外公。

杜鹃在父亲的影响下从小喜欢玩枪弄弩，她的枪法虽然达不到父亲那样百发百中，但也是八九不离十。与枪比起来，杜鹃对弩更是情有独钟。她喜欢弩箭快速灵活无声无息，再凶猛的野兽只要被涂上毒汁的弩箭射中便一命呜呼，必死无疑。

杜鹃我行我素不可逆转的野性让她的母亲非常心焦，她多次向张进才抱怨过，说他把杜鹃惯坏了，清秀水灵的一个姑娘家像个野小子，成天漫山遍野的疯跑，不会手工女红，不会操持家务，将来怎么嫁人，即使嫁出去了，也难免会被婆家笑话指责。

杜鹃的妈妈长得非常漂亮，娘家在腾冲县城，小时候读过三年私塾，手工女红无所不精，特别是一手好刺绣在腾冲城里很有名。她父亲是腾冲一个家底殷实的商人，几代人都是做丝绸生意，专门经营永昌丝及丝织品，每年都有一些软缎被面及丝棉驮往缅甸、印度销售，多年来一直是由张家的马帮捎带为他们往西藏、缅甸、印度运货。双方相互信任，交情很不错。

杜鹃的外公看中张进才年轻有为胆识过人，便把自己的独生女儿嫁给了他。张进才经常要带着马帮到远方走驮运货，最短的时候一两个月，长的时候半年甚至一年，杜鹃小时候经常随母亲回腾冲的外公家去住。外公特别宠爱这个唯一的外孙女，曾经把她送进当地的女子学校，可是在大山里无拘无束自由惯了的杜鹃实在难以接受学堂里面循规蹈矩的生活，上学不到半年，她一是成天又哭又闹赖着不进学校，二是进了教室就干脆趴在桌子上睡觉，教书先生对她毫无办法，外公外婆还有母亲拿她也是束手无策，最后母亲只好带着她回到火龙寨。

杜鹃七岁那年，张进才带回来一个比她大半岁的男孩，让她叫哥哥。这男孩名叫杨世保，白族，家住离火龙寨有半天路程的古寨。杨世保的父亲也是马锅头，与张进才是八拜之交的异族兄弟。半年前，张进才和义弟结伴一起驮运茶叶到西藏，翻越喜马拉雅山雪峰时，突然遇到雪崩，张进才眼睁睁看着走在他前面不到两百米的义弟连人带马刹那间就被铺天盖地的冰雪掩埋了，连叫都来不及叫出一声。张进才发疯似的冲上去，想从塌落的冰雪中抢救义弟，幸好被身边的几个马脚子死死抓住，拼命将他拖了出来，否则他也必定葬身雪山峡谷。

张进才痛不欲生，跪在雪地上大哭一场，最后抹干眼泪带着义弟剩余的骡马和马脚子走了。半个月后，等他从西藏返回时，义弟遇难的山峰冰雪已经消融，他带着人好不容易才在山谷里找到了义弟的遗体。

他将义弟的骨灰，以及帮其在西藏处理货物所赚到的钱和骡马送到了古寨，义弟的妻子看见丈夫的骨灰罐就昏过去了。

几天后，古寨传来消息，弟媳跳崖寻了短见。张进才赶到古寨，处理了弟媳的后事，把义弟不到八岁的独生子杨世保带回家来，收做义子。

杨世保性格温顺非常懂事，他对杜鹃如同自己的亲妹妹一样，处处都谦让着她。寨子里的人们开玩笑说张家这兄妹俩的性格完全颠倒了，杜鹃长得秀丽水灵，却像是一匹没有套上笼头的野马，胆大任性，而杨世保虽然长得健壮结实，却如同一个姑娘似的，文静腼腆。

张进才将杨世保带回来的第二年就送他到腾冲读书，高小毕业后，又准备送他到昆明的学校，可是杨世保死活不干，他说要跟着张进才走马帮，走他亲生父亲曾经走过的丝绸古道，将来也要成为像父亲那样的马锅头。张进才无奈，只好带着杨世保上路。张进才决定将自己在古道上的全部经验传授给义子，让他今后能够出人头地，这样才对得起九泉之下的义弟和弟媳。

火龙寨里有一位老猎手名叫艾满。艾满老爹年轻时候是寨子里数一数二的狩猎能手，一生猎获的野兽不计其数。他打死的黑熊皮山猫（豹子）皮铺满了火塘边的地板，野猪的獠牙和羚牛角挂满了墙壁，床上铺的全是一张张完整的高鹰皮，至于岩羊麂子小熊猫类动物的皮毛，他从来都看不上眼，每次剥了皮就朝寨子前的树枝上一挂，谁要谁拿走。

在高黎贡山，猎手是以猎物的多少和猎物的类别来体现自己的本领和身份的。他们把一些猛兽的头骨挂在家里，就像将军胸前悬挂的勋章一样，谁的家里高鹰山猫野猪的头骨多，谁就会受到人们的尊敬。没有猛兽头骨的猎手别人是瞧不起的，就连他的家人在寨子里也抬不起头来。

艾满老爹无儿无女，非常喜爱聪明胆大的杜鹃，他把自己的弩箭技艺全部传授给杜鹃，经常带着她进山林撵山狩猎，教给她捕捉各种野兽的本领。

杜鹃十四岁那年，有一次杨世保放假回到家里，杜鹃瞒着母亲和艾满老爹，悄悄和杨世保进了寨子后面的原始森林，她想去射几只野兔、山鸡给哥哥打牙祭。

这一天阳光灿烂，天气晴朗，森林里散发着阵阵沁人心脾的芳香。杜鹃和哥哥好长时间没有一起上山来玩耍了，兄妹俩兴致勃勃，在树丛中追得山鸡野兔乱飞乱窜。

突然，他们面前出现了一只肥胖得像座铁塔的黑熊。

杜鹃一时愣住了，手里捏着弩箭不知所措。艾满老爹曾经多次教过她应该如何对付黑熊、豹子这类庞然大物，也曾经带着她用地弩捕猎过两只半大的黑熊，但她毕竟是第一次独自面对如此庞大健壮的成年黑熊。他们想躲避也已经来不及了。

杨世保看见黑熊吓得脸色苍白浑身发抖，转过身撒腿就往树林外跑。

黑熊天生视力不好，所以人们又叫它熊瞎子。体格庞大视物昏花的黑熊发现前面的树丛中闪出一个穿花衣服的矮小人影时，大概还认为是一种幻觉。它眯着眼仰起头来，当看清楚了前面花花绿绿的影子的确是一个带有威胁性的人类时，便睁大眼睛恶狠狠地盯着杜鹃，喉咙里发出噜噜的恐怖的低吼声。黑熊吼了一会儿，发现那个人影丝毫没有逃避退让的意思，顿时大怒，双掌朝地上用力一拍，咆哮着冲了过去。

杜鹃呆呆地站在原地一动也不动，脑子里山洪暴发般轰轰乱响，过了好一会儿才镇定下来。她没有像哥哥那样转身逃走，而是冷静地盯着黑熊，心里想着对策，就在黑熊扑过来的那一瞬间，她迅速抬起弩弓，按照艾满老爹所教的绝招，嗖地射出一支蘸过毒汁的利箭。

黑熊的一只眼睛猛然被利箭射中，疼痛异常。它本能地直起身子，伸出两只肥胖的熊掌朝着前方乱抓，就在这时，另一只眼睛又被利箭射中。黑熊什么也看不见了。

黑熊张开大嘴，发出一阵凄厉的震撼山林的嚎叫。

此时，杜鹃飞快地搭上弩箭，嗖地射出了第三支毒箭。

弩箭上的毒汁很快发挥作用。瞎了双眼的黑熊倒在地上痛苦地翻来滚去，压倒了一大片灌木丛，它想叫，却叫不出声来。第三支弩箭射中了它的咽喉。

杜鹃看着在地上翻滚的黑熊害怕了，她跑到一块岩石后面躲起来，直到黑熊伸直四肢一动不动躺在地上，这才呜呜哭着离开树林。

杨世保跑回寨子报信，艾满老爹连忙带了几个人赶来救杜鹃。他们在半路遇上杜鹃，听说黑熊被射死了，艾满老爹和乡亲们都不相信。杜鹃带着他们在森林里找到那头已经气绝身亡的成年黑熊。现场的情景果然如杜鹃说的那样，两支弩箭射中黑熊的眼睛，另外一支穿透了黑熊的脖颈。

　　这件事轰动了整个火龙寨。乡亲们像庆祝盛大的节日那样，在寨子前的打谷场上架起篝火喝酒跳舞整整欢乐了三个晚上。艾满老爹将剥下的黑熊皮挂在寨子门口，逢人便得意洋洋指着三支弩箭，讲述他年仅十四岁的徒弟是如何活学活用他家"三箭射黑熊"的祖传绝技的。

　　几天后，张进才带上杜鹃随马帮去了缅甸。在八莫筹备货物期间，他又带杜鹃到密支那玩了一趟。在密支那，张进才花了八十块大洋，给杜鹃买了一只莹润通透、绿似翠鸟的上等玉镯，算是对她的奖励。

　　从这以后，杜鹃隔一段时间就跟上父亲走一趟马帮。但父亲只让她走缅甸八莫、密支那的马帮，从不带她走拉萨和印度。用马脚子们的话来说，走八莫、密支那这些地方在丝绸古道上是属于"撒泡尿"的路程，十天半个月就能来回，只有走拉萨和印度，那才能称得上真正的"马脚子"。马帮从保山到印度必须先进拉萨，这条异常艰险的道路长达数千公里，走一趟要八九个月甚至一年，一路上要渡过澜沧江、怒江、雅鲁藏布江，翻越千年积雪的梅里雪山和世界屋脊喜马拉雅山。

　　父亲说，女人是不能上雪山的。

　　去年五月，日本侵略军侵占了畹町、遮放、芒市、龙陵和腾冲，接着又封锁了高黎贡山南、北斋公房及分水岭等几条丝绸古道，他们在古道上构筑工事、据点，对来往于古道上的商人马帮拦截搜查，不仅抢货劫财为所欲为，还动不动就扣上一顶反日的帽子，肆意杀人。

从那以后，父亲就不准杜鹃再走马帮了。

南斋公房和北斋公房是高黎贡山西南古丝绸之路的两条主要交通要道的名称，斋公房为建筑在山顶海拔四千米处的两座石头房子。

据说，早年这两个地方没有任何房子，后来有兄弟两人常年奔波于高黎贡山的丝绸古道到西藏和印度经商，他们多次亲眼目睹一些来往古道上的商人和赶马人由于长途跋涉来到此地因高山反应双腿发软、头昏脑涨、体力不支而昏倒，经常有人因病、饿、冻等原因死在古道上。兄弟两人就用经商赚来的钱在古道上分别建起了一座石头房子，存放一些粮食及辣椒、红糖等御寒食品和解毒药物，救济过往的行人。兄弟两人的善举赢得了世人的赞颂，一些吃斋念佛的"斋公"轮流来到这两间石头房子里，为过往的马帮和行人提供帮助与救护。这项公德行为从此代代相传一直延续下来，两条丝绸古道也因此而得名。千百年来，南、北斋公房救护了不少在高黎贡山遇难的行人和赶马人，挽救了很多人的生命。

1942年5月，日本侵略军占领了南、北斋公房的两条丝绸古道，他们驱赶住在石头房子里的斋公，要在那里修筑工事。斋公们誓死不离开高黎贡山，他们说这是历代斋公行善积德的地方，是中国的土地，他们要留在山顶继续接济救护过往的马帮和行人。结果，残暴的日军砍来树枝架起火堆，把当时守在石头房子里的六个斋公活活烧死。

1942年5月，从腾冲逃出来的数百难民扶老携幼，经界头翻越高黎贡山向保山撤退，当他们行至怒江边时，因江边的渡船被毁，无路可逃，遭到尾随而来的大队日军的围堵残杀。难民们手无寸铁，当场就有四百余人遇难身亡，鲜血染红了怒江数十里江岸。在这些惨遭杀害的难民中，年龄最大的有六十多岁的老人，年纪最小的是八九个月的婴儿，其中还有四十多个十四五岁的青年学生。

1942年5月，几个住在高黎贡山的山民到缅甸走亲戚回来，路过北斋公房，驻守的日军士兵认出了其中有一个脸上涂抹着黑色锅底灰的青年妇女，手里还牵着一个十三四岁的女孩，一伙日军野狼样扑了上去，脱光了母女两人的衣服就轮奸，还把那个做丈夫和父亲的汉子捆在旁边的树上，看着他们施暴，其余的几个男人被日军用刺刀押着到山崖下背石头来修工事。第二天上午，女孩从碉堡里丢出来的时候已经咽气，她的母亲也奄奄一息。后来这个青年妇女乘人不备时跳崖身亡。

1942年5月，两批从印度归来的马帮经过南斋公房时，驻守在那里的日军硬说他们驮子里的洋布和西药是反日物资，不仅收缴了五十多匹骡马和驮子，还当场砍掉了两个马锅头的头颅，十几个马脚子有的被日军用锯子肢解丢下深谷喂野兽，有的被日军捆在树上用刺刀戳死，还有两个马脚子被日军塞进两只汽油桶内，下面架上柴火，活活煮死了。

滇西的民众将这些灭绝人性的日本侵略者称为"倭寇"。

倭寇没有入侵滇西之前，张进才的马帮可威风了，二十多个身强力壮的马脚子，一百多头骡马，全是清一色的铁青骡，走在山路上那真是威风凛凛、与众不同。按马帮中的行话"紫马黑汉铁青骡"，铁青骡的食量小，爬坡上坎较为灵巧，能驮起相当于自己体重的货物，走远路很有耐力。

马帮上路，走在最前面的头骡是母骡，因为母骡灵敏、警觉、胆大，而且比较听话。俗话说，头骡奔，二骡跟。只要头骡带得好，后面的骡马就会乖乖地跟着走。此外，马帮的后面还要有一匹同样灵敏胆大的尾骡，路途中它既能紧跟上大队，遇到险谷激流或者意外情况还能稳住阵脚。

张记马帮出门时，头骡二骡披红挂彩装饰十分华丽与众不同，头骡和二骡的笼头是用细皮带结成的，笼头上有一面小小的圆镜，亮锃锃的，镶嵌在额头上，像一个明亮皎洁的月亮，镜子的上面扎着一个用红绸做的彩球，犹如插上一朵红艳艳的山花，脖子下的两个铜铃黄澄澄的比拳头还大，其余的骡马挂的是九铃的二钗。所有的铜铃上全都打着"张"字的印记，一百多匹骡马的铜铃叮叮当当摇曳出来的声音不仅清脆响亮，还带着一股悠长缭绕的余音，走在丝绸古道上的其他马帮只要听见张记马帮的铜铃声，马上就闪在一边让开道路。

千百年来，古道上形成了一个不成文的江湖规矩：谁的信誉好，谁的马帮大，沿途的马帮都要主动让道。此外，骡马的数量、品种，以及骡马身上的装饰也非常重要，它们代表着马帮的地位和身份。

可是，自从倭寇占领了高黎贡山，接二连三对马帮截货杀人后，一些马锅头不得不解散了马帮，另谋生路。

张进才最初也打算暂时停止马帮运输，回家种地。"云昆"商号的老板急了，从昆明专程来保山找张进才，求他无论如何也要想办法将马帮运输维持下去，千万不能断了商号的货源。失去了缅甸和印度的商品，就等于江河水枯巧媳妇断了柴米油盐，商号只有关门了。

那时候，倭寇已经占领了仰光和缅北的三大重镇——腊戌、八莫、密支那，缅甸全境沦陷。仰光是缅甸出入海的第一大港口，是从西南丝绸之路走出去的商家、马帮接运物资的主要源头，这几个地方被占，通往缅甸的货物就几乎断绝。

从张进才的父亲开始，张记马帮一直在为昆明的"云昆"商号贩运缅甸、拉萨、印度至保山的货物。"云昆"商号经营甚广，在拉萨，缅甸的八莫、密支那，印度的噶伦堡、加尔各答均设有分号。他们把四川出产的丝绸和蜀布，云南的茶叶、红糖等一些土特产运往这些地方，又把印度的藏红花、大黄、棉纱、棉花、黄麻，英国的卡其布、灯心绒、毛呢、毛巾、肥皂等货物运到昆明。

张进才不得不考虑商号的要求。几十年来，他们之间已经形成了较为牢固的依存互利关系。况且，除去雇佣关系之外，他们私下的感情也很不错。经过反复考虑，张进才决定缩小马帮的阵容，留下二十匹骡马和六七个马脚子，避开倭寇占领的几条丝绸古道，绕路穿越荒无人烟的迷人谷，进入缅甸后再通过商家私下的渠道把八莫的货物运出来。

迷人谷一带山势险峻，地理环境十分复杂，当地的傈僳族和彝族群众传说那里是猎神居住的地方，千百年来属于无人涉足的禁地。多年前，曾经有一些汉族、纳西族和藏族马帮为了躲避山官的苛捐杂税和山贼的抢劫，悄悄绕道穿越迷人谷，逐渐走出了一条狭窄的马道。但迷人谷山高箐深林密草茂，山间虎啸熊嗷，野豹成群，多次有马帮在山林里迷了路，连人带马再也没有走出来，还有的马帮遭到猛兽袭击，货毁人亡，所以一般的赶马人根本不敢去冒险。

张进才年轻时跟随父亲几次进入迷人谷，走过那条山道，后来由于骡马经常滑坡，牲畜和货物损失惨重，他们就再也没有进去。

走迷人谷赶马人异常辛苦，人手要多一倍。走丝绸古道时，一个马脚子赶上五六匹骡马出门绝对没有问题，如果绕道迷人谷，再精干的马脚子也只能照顾两三匹骡马，而且所有的驮子只能使用软驮，以便途中经过危险的路段时灵活卸下货物，由人将货背过去。以前从八莫到保山，走一个单程十天左右，但走迷人谷最快也得十三四天。

2

迈克尔是从阵阵剧痛和寒冷中苏醒过来的。

他吃力地睁开眼睛，透过驾驶舱破碎的玻璃窗，看到眼前一片迷蒙。乳白色的雾气从山谷里缓缓飘来，如海浪前赴后继相互追逐，覆盖了山梁和周围的树木。两三米外，几棵毫无生气的大树杜鹃、冷杉树在弥漫的雾气中时隐时现，给人一种遥远的如梦如幻的感觉。

四周一片沉寂。时而，不远处的山峰传来一阵虎啸猿啼的声音，混合着附近树林中叽叽喳喳的鸟叫声，使迷雾中的荒山密林更增添了几分神秘恐惧的气氛。

"这是什么地方？我怎么会在这里？"迈克尔十分困惑。他习惯地将头偏向右侧，想问一问皮特。

可他看见的情景却令他大吃一惊——副驾驶皮特·桑德尔满脸血迹倒在座椅上，脸上的鲜血已经和氧气面罩凝固在一起。

"皮特怎么啦？皮特——黄先平，快……"他急忙回过身喊后座的报务员黄先平。

后座的椅子空无人影。黄先平不见了。

"这究竟是怎么回事？"迈克尔使劲摇晃了几下脑袋。

一阵折骨断肠的剧痛刹那间遍布迈克尔的全身，腹部和下肢像有千万根钢针在扎。

他扯掉脸上的氧气面罩，狠狠捶了几下晕乎乎的脑袋。一股冷冽的带着山野气息的寒冷空气沁入心脾……

迈克尔渐渐回想起了从汀江起飞后的经历，想起了日机的偷袭、飞机中弹、皮特牺牲、油箱漏油；想起了遭遇强气流，黄先平跳伞；想起了冒险迫降的过程。

迈克尔忍着疼痛回过头去仔细看了一遍四周的环境。满眼是绵延不断的山崖，苍翠的森林，蔚蓝色的天空有几丝白云，远远地传来几声小鸟的啼叫，显得飘浮，时远时近。

这是哪里？没有炊烟，没有犬吠，没有鸡啼，没有一丝人类生存的迹象。迈克尔不禁呆了，一阵悲凉的寒气从心头升起。

他不知道飞机降落的地方是高黎贡山的什么位置。但从飞机的情况看，他的迫降是成功的。运输机基本完整地停在长满灌木和翠竹的山梁上，遗憾的是左侧机翼撞在了一棵粗壮的冷杉树上，断残的缺口深深地扎进树干内。驾驶舱前窗和两面侧窗的挡风玻璃全震碎了，参差不齐的碎片在舱盖边亮锃锃的，如同鳄鱼锋利的长牙。

他抬起手来想看一下时间。可是，他的手腕上只有一个空空的表壳。迫降时手表不知撞在什么地方，玻片和内部零件已经完全损坏，仅剩下一个空壳和表带。从外面飘荡的雾气和寒冷的气温估计，现在应该是清晨。那就是说，他已经昏迷了一天一夜。

迈克尔觉得口干舌燥，又冷又饿。他不由得拉紧了身上崭新的皮革飞行服和头上的羊皮飞行帽。这套飞行服是前几天刚从美国运到汀江基地的冬装。飞行服和飞行帽都是用阿斯特拉罕羔羊皮制作的，里面有一层厚厚的柔软羊毛，非常暖和。那天，他领到飞行服还没有来得及穿上试一试合不合身，第二天接到飞行命令，便穿上新飞行服直接跑到停机坪了。印度天气炎热，这种皮衣在汀江是根本不能穿的，只是在执行飞行任务的时候才会换上。飞机穿越驼峰时的飞行高度在18000至23000英尺左右，这样的高度空气稀薄，气温较低。尤其是在冬天飞行，天空不是飘着雪花就是下着像米粒一样的冰凌，飞机外面经常结冰，坐在没有密封装置和加温器的驾驶舱里，如果飞行服的保暖质量差，飞行员就无法承受零下十几度甚至零下三十几度的低温，很多飞行员习惯执行任务的时候带上一床毛毯，必要时就披在身上御寒。看来还得感谢这套崭新的皮革飞行服，不然的话，他昨天晚上恐怕就冻死在这里了。

迈克尔挣扎着弯下身子，从仪表盘下面拿出航空地图。从地图上看，魔鬼峡谷一带是广袤的原始森林，方圆百里没有人烟。原始森林的西面是缅甸北部，如今为日军占领区，东面才是中国的领土。

自1942年5月驼峰航线开辟以来，在这片地区因恶劣气流失事坠落的运输机、战斗机就有一百多架，许多飞行员永远葬身在这片荒莽的林海中，尸骨无存。有的飞行员即使能够跳伞降落到地面，也因为得不到及时的救助，不是冻死饿死，就是遭到野兽的袭击。而坠落在缅北日军占领区的飞行员几乎全部遭到了日军的残酷杀害。飞行员们每次飞越魔鬼峡谷时，总要在自己的胸口画上几遍十字，祈求上帝的保佑。

迈克尔的心一下子缩紧了。他扶住座椅想站起来，可他的身子却似一块巨石沉甸甸的动弹不得，浑身上下折骨断肠般痛得揪心。

尽管迈克尔痛得神智昏沉，潜意识仍然十分清晰。他低下头仔细看了看自己的腰部和小腹，又用双手全身上下摸了一遍。身上没有一点血迹。不用说，他受的是内伤。

迈克尔不由得心头阵阵寒颤——本来，降落在这片原始森林里逃生的希望就很渺茫，更要命的是他现在还受了重伤。看来，从这里走出去的可能性几乎等于零。

他下意识地从衣服口袋里掏出父亲临别时交给他的那张纸。纸片上写着《圣经》里的那段话——"他要为你吩咐他的使者，在你行的一切道路上保护你。"

从离开美国，这张纸片就一直珍藏在他贴身的衣服口袋里。他一直认为，在驼峰航线上飞行的日子里，自己能够一次次躲过日本零式战斗机疯狂的攻击，一次次避开这条死亡航线上强风、气流、雷电、冰雪的袭击，就是父亲和上帝在保佑着他。

他强烈地想起了父亲，想起了已经去世的母亲，想起了童年时的伙伴、同学……

上帝啊——难道，我将要成为一个与世隔绝的野人，饮山泉，钻老林，宿山洞，去过那种茹毛饮血的原始人生活，还要凭自己的力量去应付种种意想不到的危险？难道我就得死在这里，死在这样一个连灵魂都走不出去的荒莽的地方？难道，我当初来中国的选择是一个错误？

迈克尔闭上眼睛呆呆地坐了很长时间，烦乱的心情终于逐渐平静下来。

不行，我不能死，我不能在这里坐以待毙。只要有一口气，就得想办法活下去，寻找机会走出山林。

迈克尔睁开眼睛，捏紧拳头冲着眼前荒莽的森林大声喊道："我要活下去——活下去！"

他又恢复了以往的坚韧和自信。

战争中最重要的一条规则就是如何保全自己的性命。这并不是懦夫，不是胆小鬼，而是勇士。只有真正的勇士才会懂得自己生命的价值，才会珍惜自己的生命，才能做到既完成军人的使命，又能在紧要关头化险为夷，活着回到美国去！实际这个问题，他们在离开美国前往香港的轮船上已经争论过无数次，并获得了一致认同。毫无疑问，人的生命才是最重要的。

没有一个人愿意自己的生命消失在异国他乡的土地上。

迈克尔努力侧过身子，从座椅后面的袋子里摸到一个军用水壶和两个面包。水和面包是他从昆明飞往汀江那天放进袋子里的。现在，水壶里还有不到小半壶水，面包已经有些微微发干。

迈克尔吃下一个面包，喝完水壶里剩余的水，将另一个面包放进飞行服的口袋里，然后从驾驶座椅下面拿出一个军用挎包，将空水壶塞进去，背在自己肩上。

军用挎包里装着指南针、折叠刀、绳索、火柴、反光镜、雨衣等各种应急物件，一旦飞行员发生意外，就能利用这些物品自救和发出呼救信号，所以飞行员又叫它"救生包"。

他们到达印度后的第二天就被送到一个训练营，接受了一个星期的坠机后如何在丛林里生存的训练。救生包是每一名飞行员每次飞行必须随身携带的物品之一。

迈克尔恋恋不舍地环顾了一遍驾驶舱，打开密码控制匣，果断地按下红色按钮，毁掉识别器内的密码——这是自"飞虎队"以来，每一名飞行员都自觉遵守的纪律。几年间，不论是在对日作战或是战略物资的运输，不论飞行员身陷险境或是生死关头，最令他们自豪的是，从来没有一个人泄露过有关飞虎队和驼峰航线的军事机密。

迈克尔抓住座椅和机舱板使劲撑起身子，艰难地走向机舱口。走出两步，他又回过身，低下头久久凝视着皮特。

皮特的脸色苍白，双眼紧闭着，就像他平时睡熟了那样安静，悄无声息，从额头上流下的鲜血早已凝固，像几块紫红色的破布条掩盖了他的半边脸庞。

"对不起，皮特，我亲密的好朋友，我只能把你先放在这里，如果我还能……还能活下去，我一定会来带你回美国……"迈克尔呜咽着低声说道。

他伸手轻轻摘去皮特脸上的氧气面罩，又扶正了他的飞行帽，然后从他的飞行服口袋里掏出他未婚妻的照片，端端正正地放在他的胸口上。

迈克尔振作精神，摸了摸插在腰间的拉八式手枪，坚定地仰起头来，两只手紧紧抓住舱盖边，使劲将自己的身子悬吊起来。

他吃力地先将屁股挪到舱边，再将一只脚抬起来慢慢挪出去，接着又抬起另外一只脚往外挪。他的身材修长，身子移动起来非常困难，这一个在平时仅需几秒钟就能完成的动作此时却花费了很长时间。

他的双脚终于触摸到地面了，可是原本挺拔的腰板此刻却像散了架似的，完全撑不住如同大山似的沉重身躯，站也站不稳。他的动作只要稍微大一点，下腹部就抽筋断骨般的疼痛。迈克尔咬紧牙关，试探着挪了几个位置都不合适，最后筋疲力尽，两只手一松，整个身子就像断绳的米袋子硬邦邦地砸在地面上。

迈克尔疼得眼冒金星，冷汗直流，腹部胀鼓鼓的更加坠痛，只想撒尿。

可他尿不出来。他稍微一挣，小腹下面就疼得撕心裂肺。最后他牙关紧咬，双手抓住地上的杂草树根使劲地挣，终于将尿挣了出来，而他也疼得满头大汗差点昏过去。

挣出来的尿是鲜红色的，像血一样，染红了地上的山草和土壤。

迈克尔躺在地上休息了好半天，感觉到下腹的疼痛逐渐减轻了一些。他从军用挎包里掏出航空地图和指南针仔细辨认方位，最后确定，他现在的位置是西边，昆明在东边，怒江也在东边。他必须往东走。

迈克尔抓住身边的树枝慢慢站起来往前走，可没走出几步就疼得跌倒在地上。他躺了一会儿，咬着牙又站起来，弯曲着腰身，两只手捂着小腹踉踉跄跄往东边走去……

3

这一次张进才让杜鹃出来走马帮纯属无奈。

本来，他的马帮已经按约定时间装好了驮往八莫的货物，第二天一早就必须上路，谁知有两个马脚子头天上午抓了一只松鸡，烤得半生不熟就吃下去，到了半夜又吐又拉躺在床上爬不起来，那副样子两三天内根本出不了门。

张进才急了，连忙去找人来顶替马脚子，但此刻正是秋收农忙季节，寨子里连一个会赶马的闲人都找不到。

杜鹃这些日子在家里正闷得发慌，听说有两个马脚子生病不能上路，高兴极了，缠住父亲非要跟着马帮走八莫。

杨世保也在一旁帮杜鹃说好话，他说："爹，让妹子上路照管骡马总比找一个不会赶马的人好得多。何况，妹子跟随我们走马帮已经不是一次两次，经验比临时找来的马脚子强多了。特别是有她带上弩箭护驮，路上遇上高鹰山猫山兵（豺狼）类的猛兽也好多个帮手。"

张进才连连摇头，说："我根本不担心什么高鹰山猫和山兵。我只是担心路上万一遇上那些没有人性的倭寇。杜鹃……她以前走马帮完全是跟着我们出去玩耍的，又不需要她照顾骡马。再说，按老祖宗千百年传下来的规矩，女人是不能赶马做马脚子的，即使是跟马帮出门上路的女人也只能走后不能走前，更不能挡了头骡的道。马道上的赶马人最怕的就是犯讳。"

杨世保又说："自从马帮绕道走迷人谷一年多来，每次上路都还安全顺利，从来没有遇见过倭寇。其实，在这条古道上，千百年来女人走马帮的也不乏其人，有的女人最先不过是个小小的马脚子，后来越走越发达，成了拥有几十匹甚至上百匹驮子的马锅头。何况，如今已经是民国三十二年了，爹怎么还抱着老祖宗那些迷信陈旧的观念不放开？亏您还是走南闯北见过世面的马锅头。"

"爹，您不要忘记了，我可是上过学堂的哟，不接受旧规矩。"杜鹃很自豪地说，"上次'云昆'商号的王大掌柜来我们家吃饭时说过，在北平和上海的一些城市，还有女人开汽车的哩。"

"还好意思说你上过学堂？"张进才瞪了杜鹃一眼，"你学了哪样？你哥那才叫上学……"

"爹，莫说妹子了。"杨世保连忙截住张进才的话，"妹子的好箭法，寨子里没有几个人能比……"

杜鹃和杨世保好说歹说，张进才就是不同意让杜鹃代替马脚子。

最后，到了马帮已经准备上驮出门的时候，还没有找到能替代的马脚子，张进才毫无办法，只好不顾妻子和岳父母的反对勉强答应了杜鹃的要求，但他要杜鹃改换男装，路上如果遇见生人就装哑巴不要吭声。

杜鹃换上一套傈僳族小伙子的衣服。她用条长长的黑布包头将自己的长发裹了起来，上身穿件蓝布大襟衣，内衬高领的白长衫，下面穿黑色的大裆裤，腰间系一根米黄色的腰带，脚上穿一双黑色布底鞋，肩上背着紫红色的弩和绣花箭包。这一身打扮，更使她显得英姿飒爽干练灵便，有一种少年英雄山野侠客的气派。

这趟马帮走得依然很顺当，到了缅甸八莫境内的小山村时，"云昆"商号驻守八莫的杨掌柜和伙计已经把往回驮的货物悄悄运到这里等候了。马帮仅仅歇息一天，备好骡马返程的饲料和赶马人的食物，又驮上货物往回走。

杨掌柜告诉张进才，由于今年的雨季比往年延长了近半个月，从加尔各答过来的货物全都囤积在八莫，比较危险，他希望张进才他们能抓紧时间多走几趟，尽量在来年雨季到来之前把这些货物驮到保山。

马帮里有句行话：春不走东，夏不走南，秋不走西，冬不走北。在高黎贡山走马帮最怕的是雨季。绵长的雨季使坎坷艰险的马帮路增加了更多的危机和陷阱，古道上很多地方被雨水冲毁或者大段的坍塌，马帮无法通过，一旦被困简直束手无策毫无办法。还有一些稍微平坦的路段积满了雨水看不清路面，骡马一不小心踩进深深的坑凹，轻的是翻驮，重的就是断骨伤筋。还有的路面虽然高一些，没有被雨水浸泡，但石头上面覆盖的青苔像泼上了菜油，马蹄踏上去就打滑，常常会翻驮。雨季是马帮运输中最残酷、最艰难的季节，马匹很容易在这个季节生病或累死，这对于任何一个马帮来说都是灭顶的灾难。

更加恐怖的是旱蚂蟥。到了雨季，高黎贡山满山满林的树叶、草尖上就爬满手指头粗细的旱蚂蟥。那些全身光秃秃连根毫毛都不长的旱蚂蟥刹那间犹如长了翅膀的野蜂，闻见人和牲畜的气味就迅猛地"飞"上来叮住不放，吮吸人和牲畜的鲜血，还从鼻子、嘴巴、耳朵一些孔窍钻进身体里去。在马帮路上，经常会看见路边被旱蚂蟥活活叮死的牲畜骨架。所以，雨季里马帮一般是不敢上路的，除非迫不得已。

二十四匹铁青骡一溜长队，沿着迷人谷一条狭窄的山脊梁缓慢地往上攀登。山路两侧全是郁郁葱葱的树林，密得透不进阳光。树林里弥漫着各种树脂树叶的气味，不时还飘来一缕缕野花和成熟野果的香气。

从清晨走到太阳西斜，驮着重负的骡马显得疲惫不堪，呼哧呼哧喘着粗气，背上的驮子似乎是一座大山，越来越沉重，骡马踏在碎石上的坚硬蹄子也软绵绵的，如同踩在棉花堆上，不时还打个跟跄。跟随在马驮子前后的赶马人一个个满头大汗，袒胸露腹地敞开了穿在身上的对襟衣和羊皮褂，还扯下头上那顶脏得乌黑泛光的破毡帽使劲地扇着风，除了看见调皮的骡马有意无意地往树干上撞驮子，不得不冲去小声吆喝并气狠狠骂上几句外，谁也懒得说话。

自从倭寇霸占了高黎贡山的丝绸古道之后，所有的马帮都摘去了骡马脖子上的铜铃，逢村过寨时也不再敲响铜锣，就连走在马帮前面的大锅头和走在马帮后面的二锅头上坡下坎也不敢大声吆喝，大家都尽量缩小马帮行动的目标和声响，以免被倭寇发现而遭到残害。

没有了叮叮当当的马铃声和赶马人雄浑高昂的吆喝声，走在山林里的马帮显得死气沉沉，就像一股在草丛中缓缓流动的山泉，偶尔从绿叶间闪过一丝半点光亮，却听不到流水悦耳动听的声音。

张进才腰间插着两支二十响手枪，手里拿着一把大砍刀，走在马帮的前面引路。他年过五十，体格硬朗精力充沛，走路带劲行动敏捷，看上去就像一个四十来岁的壮汉。

他挥刀砍掉路边横七竖八伸出来的树枝和杂草，走到险峻的路段就回过头，轻声嘱咐后面的马脚子注意护驮，遇上驮子过不去的地方就守在路边，协助马脚子们卸驮牵马，再将驮子背过去。

猎狗大黄跟随在张进才身边，它竖起耳朵跑前跑后，机警地观察着山林里的风吹草动。

大黄是三年前张进才在中缅边境的山路上捡到的一条野狗。那时候大黄只有野兔那么大，张进才的马帮经过时，大黄从树丛中钻了出来，一直跟在他身后，怎么撵也不走。猎狗阿黑狂吠它，甚至扑上去撕咬它，把它的后腿咬得鲜血淋淋，可过一会儿它又呜呜哀叫着跟了上来。张进才看它瘦得皮包骨头，样子很可怜，就把它带回来留在家里看守门户，同时也给杜鹃做个伴。没想到大黄长大后却是一条全身毛色金黄、威武健壮聪明机灵的猎狗，它撵山快如风，狩猎猛如虎。大黄发现猎物从来不会像别的猎狗那样狂吠乱叫，而是悄无声息地扯住主人的裤脚报信，然后奋勇当先引导主人追捕猎物。一年前，猎狗阿黑被野猪咬死后，张进才每次走马帮就带上大黄。

　　杜鹃手里捏着弩箭走在马帮的后面。按照马帮自古以来的规矩，女人是不能走在马队前面的，这样会挡住财路带来秽气。父亲让她断后负责照顾尾骡，同时防备山贼和野兽的突然袭击。

　　这次出门，杜鹃感到很郁闷。以前马帮走丝绸古道的时候虽然艰辛却不寂寞，大大小小的马帮你来我往，相识或者不相识的赶马人称兄道弟亲亲热热打个招呼开几句玩笑，有时候还凑合在一起吃顿饭歇歇脚，聊一聊马道上的奇闻怪事，或者赶马人之间的历险记风流事，既长见识也很愉快。可这次从八莫出来三四天了，只有第一天在山路上遇见过两队进八莫的马帮，后面几天再也没有见到过任何马帮的影子。从早到晚低着头走路，一路上，除了马蹄声和骡马的响鼻声，就只有山风吹过树梢的呼啸声，杜鹃心里闷得就像吃了不易消化的野山芋，堵在胸口特别难受。

　　马帮终于翻过了山梁，下坡的路稍微平缓一些，山坡上的树木也不像山梁那边高大茂密，阵阵凉爽的山风越过树隙迎面吹来，令人感到无比的惬意。

此时太阳已经西斜，在烈日下暴晒了一整天的树林里飘荡着一股异常浓烈的树脂气味。那气味犹如刚出窖的烈酒，清馨醇香，把天地和山林都熏染得兴奋激动起来。

杜鹃将手中的弩箭背到身后，解开头上的黑包头，披散着长发。

爬上高高的山梁，身上那件蓝布大襟衣和高领的白长衫被汗水浸透了，湿漉漉的，就像刚从水里捞出来。尤其是那件土布白长衫紧绷绷地贴在肉上，痒酥酥的似乎有许多小蚂蚁在身上爬。

唉，做女人真是痛苦。天热出汗，男人可以拉开所有衣襟，袒胸露腹无所顾忌，女人就不敢那样做，天再热再出汗，也只能解开大襟衣的扣子透一透气，穿在里面的内衬是无论如何也不能解开的。

清凉的山风吹拂着她瀑布样乌黑油亮的头发，掀开紧贴在身上的白长衫，犹如一只灵巧的手轻柔地擦拭着她头发丛中和前胸后背的汗水，杜鹃顿时感到身轻气爽，顺手摘下路边一个酸溜溜的野果咬了几口，拉开嗓门唱起了山歌：

岩上攒花岩下栽，

岩浆滴水润花开，

好花栽在石板上，

石板无泥花不开……

杜鹃的歌声使疲惫不堪的赶马人精神一振，大家走路的步子也随之轻快起来。杜鹃的歌声刚停，走在她前面的马脚子勒默便接上了腔：

> 哥哥赶马山那边来，
> 妹妹羞得头不抬，
> 去年哥哥走得急，
> 错穿了妹妹的绣花鞋……

勒默刚唱完，其他几个马脚子就怪声怪调地又笑又叫。

"喔呵，勒默大白日做梦讨媳妇，癞浆包想吃天鹅肉啰。"

"杜鹃，快点拿弩敲敲他的脑壳呀，瞧瞧他咯有睡醒了。"

"勒默你狗胆包天哟，不怕世保把你丢下山箐去喂老熊……"

杜鹃嫣然一笑，清了清嗓子，继续唱下去：

> 砍柴莫砍葡萄藤，
> 养女莫嫁赶马人，
> 三十晚上讨媳妇，
> 初一初二就出门……

没等勒默开口回应，另一个马脚子倪树生抢先唱了起来：

> 夜晚睡觉脸朝东，
> 梦见小妹在怀中。
> 睡醒不见妹模样，

脚蹬床板手拍胸……

在马脚子们放纵的狂笑声中，杜鹃唱得更开心了：

天下最苦赶马哥，
赶马哥哥辛苦多，
白天吃的锣锅饭，
夜里睡的荒草坡……

走在马帮前面的张进才听到此起彼伏的歌声，停下脚步拉起衣襟擦了擦脸上的汗水，回过头来朝杜鹃喊道："小声点，疯丫头……"

杨世保走在马帮的中段，他一只手用毡帽扇着风，另一手捏着根细细的树枝一上一下跟随着山歌的节奏打拍子。听到马脚子们与杜鹃调笑的话语也不插嘴，只是微笑着低着头走路，直到听见张进才的喊声，他才连忙抬起头来说："爹，不怕的，就让妹子唱吧，反正这些地方没有人。"

张进才笑着摇摇头，不再说什么，带着大黄继续往前走。

在一唱一和的歌声中，马帮下坡的速度加快了。再翻过一座山梁，就到他们今天晚上歇梢（野营）的地方——迷人谷温泉。

汪！汪！

突然，跑在前面的大黄发出两声压抑急促的叫声。

正在热烈而激昂的歌声就像挂在岩石上的藤条，一下子就被狗叫声砍断了。马脚子们急忙拉住骡马的缰绳，低声吆喝它们站在原地不动。

大黄是一条非常机灵的猎狗，若非紧急特殊的情况，它决不会叫出声来。

张进才迅速从腰间拔出双枪，小声吩咐大家："世保瞧好骡马，勒默截前，杜鹃守好后面。"

勒默从背上抽出长刀，跑到马帮的前面。

杜鹃飞快摘下弩箭，拉弓上箭，仔细扫视着周围的树林。

张进才俯下身子，跟在大黄后面，轻脚轻手朝侧面的山坡跑去。

4

迈克尔在山林里摇摇晃晃走了整整一天。他走一会儿，在地上坐着休息一会儿，然后爬起来再接着往前走。他自己知道，如此艰难地从清晨走到黄昏，实际上他仅仅只翻过了一座山梁。若在平时，这样的山梁，他顶多一个小时就能走过去。

太阳西斜，群山罩上了一层淡淡的暮霭。迈克尔又渴又饿，精疲力竭地倒在一片枯黄的山草上。

中午遇见一条从山岩上涓涓流下的泉水，迈克尔用空水壶接了半壶水却一口也不敢喝，只是用手指蘸着水抹了抹干裂的嘴唇。灌木丛中随处可见熟透的野果，尽管肚子很饿，他一个也没敢吃。他的小腹胀鼓鼓的就像要炸开了，一路上好几次挣得全身颤抖泪水直流也撒不出尿来。

迈克尔侧身躺在山草上，万念俱灰地遥望着天空。

夕阳已滑向西边的山峰，碧蓝的天空里浮动着朵朵彩云，有的金黄，有的火红，有的宛如鲜艳夺目的绸缎。天空的色彩映照着重重叠叠的峰峦和青翠繁茂的树木，在霞光里，每一片绿叶都欣欣向荣，萧瑟老树的灰色树干闪出亮光，就连地上枯黄的落叶也变成了金黄色。

这夕阳下的绚丽情景多像他家乡的黄昏呀。

小时候，迈克尔最幸福的时刻就是每天傍晚躺在房屋后面小植物园的草地上，看着晚霞的最后一丝余晖从树叶上滑落，天边升起一轮银色的月亮，直到母亲跑进园子来呼唤他回家吃饭。

父亲的植物园大约有两英亩，里面种植着各种各样珍贵的植物，那是父亲一生的心血。这些植物大多是父亲从各个国家带回来的树木、花卉，其中还有中国西双版纳的榕树、铁树、木玉兰、黄槐、罗汉竹，温室里还培植着山茶花、兰花、龙胆、报春花和风雨花。

父亲也喜欢躺在草地上看天空的云彩，看园子内生机勃勃的植物。父亲经常指着某一棵树或者某一种花，给他讲述当年采集这些植物时惊险有趣的经历，讲述中国、印度尼西亚、澳大利亚、巴布亚新几内亚等地的风土人情，同时还教他一些简单的印尼语、汉语的日常用语。其中，汉语词汇他学得最多，因为父亲在中国待的时间最长。这就使迈克尔来到中国后，比别的飞行员有了与中国人更多交流的机会，加上他平时又喜欢与基地的翻译官和机场的中国劳工聊天，时间一长，汉语的水平便大大提高了。有时候和战友一起出去逛街买东西，他还能充当个临时翻译。

父亲多次对迈克尔说，他今生最大的遗憾就是在中国没有走上高黎贡山，没有亲眼看见大树杜鹃花绚丽多姿的风采。

如今，他躺着的地方就是父亲毕生向往的地方——中国云南的高黎贡山。可是，他面对的并不是父亲那个美丽的愿望，而是即将到来的死亡。

山林里只有阵阵漫不经心的松涛声，以及草丛里孤独的虫鸣和树林间嘈杂的鸟啼。这个荒无人烟的森林，就像茫茫太平洋上的一个孤岛，没有一个人影，听不到一点人声。

"如果没有战争，怎么会经受如此的苦难？"他在心里恨恨地骂道，"该死的战争！真该把它打入地狱。"

他知道自己不可能走出这片荒蛮的森林了，他也知道自己离死神的怀抱不远了，干脆闭上眼睛，在荒山野林里静静地等待着死神的来临。

迈克尔感觉自己的灵魂离开了树林和草地，如同脱离了花蒂的蒲公英，在秋风里无奈地飘荡，渐渐向深谷坠落……

混沌中，他依稀听到一个女人优美嘹亮的歌声：

> 正月放马正月正，
> 赶起马来登路程，
> 大马赶在山头上，
> 小马赶来随后跟。
> 二月放马百草发，
> 小马吃草顺山爬，
> 马无青草不会胖，

草无露水不会发……

　　迈克尔浑身一震，吃力地睁开眼睛，竖起耳朵想捕捉一下歌声是从哪个方向传来的。

　　山林间依旧是松涛声，虫鸣，鸟啼。

　　迈克尔失望地叹了口气。什么歌声，不过是自己在绝望中的一种幻觉。这种幻觉大概就是神父们说的情景：每一个即将走向天国的灵魂，上帝都会派出一个走路如同闪电，衣服洁白如雪的天使来迎接他，引导他顺利到达天国。兴许，来迎接他的这个天使爱唱歌，正在用歌声引导他。

　　他无力地把头靠在一块石头上，闭上双眼，右手在胸前画着十字，心中默默地向上帝祈祷："啊，上帝，请不要离弃我。请您能够帮助我……把光明带到黑暗的地方，让我的灵魂得到解脱……上帝啊……"

　　嘚嘚嘚……

　　脑袋下面的石头传导出一种来自地面的似乎是马蹄的声音。

　　迈克尔的身子微微颤动了一下，连眼皮都没有睁开。他已经不再存有幻想，尽管他还在不断地向上帝祈祷。毕竟，他的那个上帝离中国太遥远了，更不可能来到这个荒无人烟的地方。

　　三月放马百花开，

　　赶马哥哥你几时来？

　　马儿吃草不回头，

等你回来花开败。

八月放马转回家，

哪怕山高路也滑，

大马顶着山风刮，

小马顶着山雨打。

哟哦——

歌声又响起来，越来越近，马蹄声也越来越清晰，其间还有几声骡马的响鼻声。

迈克尔奋力坐起身来，凝神静听，睁大眼睛扫视着传来声音的树林。

的的确确是马蹄声！从地面传来杂乱的声音中，可以肯定来的不止是一两匹马，而是很多，是一支长长的马队。

迈克尔激动地抓住身边的树枝和杂草，拼命站了起来，朝着传来马蹄声的方向走去。此刻，他又满怀希望，甚至忘记了疼痛。求生的激情如同医生抢救病人时注入的肾上腺素流遍全身，有效地麻醉了他的痛觉。

走出几十米后，他又犹疑着停滞不前。他不知道自己身在何处，是在中国人的地盘，还是日军的占领区？如果前面出现的是日本军队，那他很快就得和这个世界说再见了。落在日本人手里，各种方式的酷刑，最后的死法也许跟死在野兽的血盆大口里没有区别，跟耶稣被钉在十字架上的痛苦没有两样。

自从1942年美国志愿航空队与日机在昆明上空首战告捷后，飞虎队的名字传遍了世界，日军对陈纳德和美国飞行员恨得咬牙切齿。

驼峰航线开辟以来，日军加紧了对航线上运输机的拦截，疯狂抓捕美国飞行员，想以此来获取有关的军事机密。一些降落到日军占领区的飞行员就是拒绝说出战略物资的运输情况而被日军残忍地杀害的。

迈克尔从屁股后面的手枪套里抽出拉八式手枪，推上膛。弹夹里还有五颗子弹。他脑子里飞快地作出决定：倘若走过来的是日本人，就和他们拼了。五颗子弹，至少也能击中三四个日本人，剩下一颗留给自己，这样也就够本了；要是走过来的是中国人，就向他们求救。

这种口径只有0.45英寸的手枪，是驼峰航线上每一名飞行人员必备的武器。用他们平时开玩笑时说的，这是自杀的工具。万一不幸飞机失事，万一不幸被日军俘虏，可以用它来结束自己的生命，以免遭受非人的摧残和凌辱。

马队渐渐走近了。迈克尔清楚地看见了穿着羊皮褂蓝布大裆裤，戴着塌边毡帽的赶马人和后面一长溜驮着货物的山地马。

这是云南山区专门运输货物的马帮，在昆明的大街小巷经常能够遇见。每次迈克尔开着军用吉普车进城去大西门买茶叶蛋，或者是到南屏街看电影，沿路都会看见这样的马帮。那些身穿皮领褂大裆裤，头戴塌边毡帽的赶马人，精力充沛地跟在背上驮着重负的云南山地马后面，马锅头和马脚子全都穿着用草编织的鞋子，两只长满硬茧的脚板结实有力，踩在石子路上咔嚓咔嚓直响。有的人嘴里还叼着个像长杯子样的竹烟筒，边走边咕嘟咕嘟吸着水烟，非常潇洒自在。最有趣的是他们穿的大裆裤，这种用一条长布带扎在腰间的裤腿又宽又大，就像缅甸男人穿的"笼基"，走到僻静无人的地方，拉起一只裤腿就可以冲着墙角小便，实在是方便极了。

迈克尔将手枪插回枪套，从救生包里掏出反光镜，逆着阳光不停地晃动着，朝马帮的方向射过去。

前面传来两声急促的狗叫声，接着又听见有人压抑着的说话声。他知道，对方发现他了。

"我是美国……飞……客……你们的……朋友……朋——友……"迈克尔扬起一只手臂，用中国话朝着狗叫的方向喊道。

突然，他眼前的树木岩石模糊不清，天与地也飘浮旋转起来。

迈克尔向前一扑，失去了知觉。

5

迈克尔是在一股苦凉的药味中苏醒的。

一个头上裹着黑布包头的赶马人伏在迈克尔身边，两只手里使劲揉搓着一些绿色的树叶子，并将挤出来的绿叶汁小心地滴进插在迈克尔口中用阔树叶卷成的小漏斗里。赶马人看上去只有十七八岁，长得眉清目秀，桃子形的脸蛋，皮肤微黑而细润，秀气的眉毛下，一对眸子如山泉样清澈明亮，带有一种野性的自负和韧性。迈克尔看见他的左手腕上戴着一个晶莹通透，颜色绿得如同嫩树叶的玉手镯。

另一个赶马人大约五十岁，此人头戴藏青色毡帽，身穿对襟衣、大裆裤，外罩一件毛朝里的羊皮褂。中年人的皮肤呈古铜色，满脸黑里透出银白色的连鬓胡子，额头上匀称地分布着深深的皱纹，眼睛里两道犀利的光芒中流露出历经沧桑的勇武和睿智。

迈克尔估计这个中年人就是马帮的头领马锅头，那个年轻人则是他的伙计马脚子。

马锅头一只胳膊抱着迈克尔的身子，另一只手扶住迈克尔口中的树叶漏斗，协助马脚子喂绿叶汁。

看到迈克尔睁开眼睛，马脚子露出一口洁白的牙齿笑了，用胳膊拐了拐马锅头。

马锅头长长地舒出一口气，也咧开嘴笑了。

迈克尔扭动着麻木不堪的身子，想爬起来。

"莫动，年轻人，好好躺着。"马锅头连忙用胳膊按住了他。

马脚子将手掌中的最后几滴绿叶汁挤进迈克尔的嘴里，拔出树叶漏斗，再用手背轻轻将滴落在他脸上的汁液擦掉。

迈克尔舔了舔残留在嘴唇上的药汁，有气无力地说："我是……美国……飞客……飞客……"

他说着就想解开飞行服，让他们看缝在飞行服背面的"血幅"。

"血幅"是缝制在美国飞行员飞行服上的一块绸布。这是中国政府航空委员会统一制作的"救护文告"，上面盖有印鉴，写着两行中文字："来华救助洋人，军民一体救护。"一旦美国飞行员因迷路、事故或被日军击落飞机而迫降跳伞，就能及时得到中国军民的救护。

"血幅"被飞行员们称为"救命幅"。据说，"血幅"最初是为美国志愿航空队飞行员制作的，后来，驼峰航线上的飞行员也在飞行服上缝着一块"血幅"。不过，由于驼峰航线要飞越中国、印度和缅甸三国，在航线所经过的地区有不少原始村落，还有许多少数民族，所以"血幅"上总共写有十几种官方和少数民族的文字，内容都是告诉当地人，这些飞行员是来帮助抗日的美国人，希望能得到当地人的救助。

"你会说中国话？"马锅头惊喜地问，随即双手按住迈克尔，"莫动。我们晓得你是美国飞客，刚才已经瞧见你衣裳里面的那些字啰。你先静静地躺一下，等这些药再发挥发挥作用。噢，对了，我瞧见你的肚子胀鼓鼓的，是咋个啦？"

他说着用手轻轻摸了摸迈克尔的腹部。

马锅头说的话迈克尔大部分听懂了，再加上他的神态和手势，迈克尔完全明白了马锅头的意思。

"我的……下边，肚子，非常痛……"迈克尔指了指自己的下腹，"尿……尿在里面……尿……"他一时想不出合适的中国话来表达不能撒尿的痛苦，只好一只手指着小腹，一只手比画着流水的动作。

马锅头嘿嘿笑了，转过身朝马脚子挥挥手说，"哎——你走开。"

马脚子不解地看了马锅头一眼，随即又看看躺在地上摸着小腹的迈克尔，脸唰地一下红了，转过身走到一片灌木丛后面。

马锅头解开迈克尔的皮带，将他的裤子拉下去，俯下身子看了看便皱起了眉头，惊愕而遗憾地说："咋个会伤在这里？咋会……"

马锅头用手按了按迈克尔的下腹部和腰部。

迈克尔疼得哼出声来。

马锅头帮迈克尔拉上裤子，长长地叹了口气说："唉……年轻人，你伤得不轻哪。以后……唉……"

马锅头直起身子，朝灌木丛那边喊道："哎——你过去叫他们想办法挪一挪驮子，赶快牵一匹骡马过来，天黑以前赶到温泉给他治疗，不然他会被尿活活憋死的。"

不一会儿，马脚子就牵着骡马过来了。

迈克尔发现马脚子对马锅头要表达什么意思全是打手势，没有讲过一句话。

原来他是个哑巴。

第三章　温泉疗伤

1

天色黑透，迈克尔在哑巴马脚子和一个长发齐肩的马脚子的帮助下来到了迷人谷温泉。

长头发的马脚子腰部挂着一把长砍刀，没有穿鞋子，赤着一双光脚板，走在乱石嶙峋荆棘丛生的山路上就像走在平坦光滑的花岗岩石板上，行动灵活而快捷。

迈克尔像只长长的布袋那样趴在骡马的背上。他腹部又胀又疼，骑在马背上连坐都坐不稳，后来马锅头在马背上捆了一个硬驮，铺上垫子，让他趴在上面，两只手抓住鞍架。一路上，哑巴马脚子牵着马，长头发的马脚子走在侧面扶着迈克尔的身子，提防他从马背上滑下来。迈克尔身材修长，趴在个头不高的云南矮马背上，两只脚还不时能够蜻蜓点水地踩到地面上，这样就使他的两条硬撑在马背上的胳膊减轻了不少负担。

走在他们前面的马帮已经卸下驮子，铁青骡一长溜地拴在一间只有两面围栏的草棚子里，正在吃草料。

草棚的旁边是一间用树片盖顶的长方形破旧木棚，木棚里面黑乎乎的，什么也看不见。木棚的前面架起一堆熊熊燃烧的篝火，几个马脚子正在篝火前面忙着做饭，收拾驮子。这些马脚子的穿着打扮大体上差不多，都是对襟衣、大裆裤，外罩一件毛朝里的羊皮褂。除了哑巴马脚子穿着一双布鞋，长头发的马脚子光着脚板外，其余的人脚上穿的全是草鞋。

借着天空闪烁的星光，迈克尔看见离木棚和草棚不远处有一座高大挺拔像巨莲状黝黑的山崖，山崖的后面是黑压压的森林，山崖的侧面白雾缭绕热气腾腾，就像放置着无数个沸腾的开水炉。在莹莹星光的衬映下，周围的环境充满了一种幽深神秘的气氛。

"来啦？爹在那边等着呢。"

一个年纪比哑巴稍微大点的马脚子举着火把朝他们走过来。这个马脚子身材健壮，剪着小平头，样子文文静静，他的皮肤虽然不像马锅头那样呈古铜色，但也晒得棕红发亮，透着烈日风尘的色彩。他笑着对迈克尔点点头，接过长发马脚子手中的缰绳，牵着马就朝冒白雾的地方走去。哑巴马脚子从火堆里捡起一根熊熊燃烧的还飘逸着松脂香气的木柴，跟在骡马后面。

走进弥漫的白雾之中，迈克尔这才看清楚那些缭绕的雾气原来是来自几个从岩石下涌出的露天温泉。

戴藏青色毡帽的马锅头蹲在一处冒着串串水珠的天然石凹边，正在岩石上捣一堆绿色的树叶。他身边的石缝里插着个熊熊燃烧的火把，一条黄色的大狗蹲坐在不远处的岩石上警视着四周，像个忠诚的卫士。

马锅头将捣碎的树叶放进一口漆黑的凸肚圆形底的大铜锅里，然后舀进热气腾腾的温泉水。

听到脚步声，马锅头站起身来，朝他们招手："快过来，来这边。"

骡马在铜锅边站住了，迈克尔用力挣起身子，想从马背上滑下来，可他四肢麻木冰凉，连动都不能动一下。

"莫动莫动，小心挣着下边。"马锅头连忙按住迈克尔，同时招呼两个马脚子，"快，扶他一把。"

两个马脚子将手中的火把插进地上的石缝里。三个人扶住迈克尔的身子，将他从马背上抱下来。

马锅头叫两个马脚子换扶着迈克尔站一会儿，帮他先疏通活动一下血脉，嘱咐完了他又蹲下去用手使劲搓揉铜锅里的树叶。

两个马脚子熟练地将迈克尔的手臂架在自己的肩膀上，双手搓面一样上下来回帮他揉着胳膊和大腿。

迈克尔的身子渐渐暖和起来，手脚也能活动了。

"谢谢！谢谢……你们……感谢你们帮助我，非常的……"迈克尔吃力地举起两只手，朝三个赶马人作了一个揖。这个动作他是向机场里的中国民工学来的，翻译官告诉他这是中国人见面的礼节性动作，表示问候和感谢。

马锅头和两个马脚子都笑了。

"爹，他的中国话讲得蛮不错嘛。"剪平头的马脚子对马锅头说。

马锅头笑着点点头，从地上端起一个木碗递到迈克尔嘴边："来，先喝点淡盐水，不然出汗多了你又会头晕。现在你最重要的事是先将尿撒出来。俗话说，尿憋人，憋死人。只要把你那泡要命的尿整出来，其他的事情才好整。"

哑巴马脚子扑哧笑出声来，他瞅瞅迈克尔，把头扭向侧面，小声地笑个不停。

迈克尔不知道这几个赶马人要做什么，但他完全信赖他们。他接过木碗，一口气喝完里面热乎乎的盐水。

"你先回去，我和世保要给他泡药。"马锅头对哑巴马脚子说，"你去帮着煮饭，注意给他煮的稀饭不要太稀，可以稠一点，稍微多加一点盐，我们这边完事了就来吃饭。"

哑巴马脚子从地上拔起一个火把，牵着骡马就走了。那条大黄狗紧紧跟在他的身后。

马锅头回过身来比画着手势对迈克尔说："把你的衣服全脱掉，坐进这个锅里，用药水泡。只要能撒出尿来就好办了。"

迈克尔连连点头。

马锅头和剪平头的马脚子帮着迈克尔脱去身上的衣服，扶他坐进那口凸肚圆形底的大铜锅里，然后两个人用竹筒将烫乎乎的温泉水舀进去，直到药水淹过迈克尔的腰部。

火光中，迈克尔看见飘在铜锅水面的植物碎叶绿油油的，散发出一股浓郁刺鼻的药味。几滴水珠溅到他的嘴唇上，他用舌头舔了舔，水很苦，就像是划破的鱼苦胆。

马锅头和剪平头的马脚子继续在岩石上捣药放进锅内，同时不断地朝铜锅里添加温泉水。

温泉四周热气腾腾，温度很高，不一会儿，迈克尔就满头大汗，他感到头晕目眩，心里很难受。

剪平头的马脚子回过头来看见迈克尔的脸色，连忙喊道："爹，你瞧他的样子……脸都白了。"

马锅头捏住迈克尔的手腕摸了摸脉搏，平静地说："不怕，你只管加热水。"

铜锅里的水越加越烫，迈克尔头上脸上的汗水似断线的珍珠直往下流。他的头更晕了，两眼直冒金星。

马锅头叫剪平头的马脚子蹲在迈克尔的身后，用肩膀扛住他的身子，不要让他倒下去。

马锅头加快了添水的速度，添水时还故意将手中的竹筒高高举起来，然后再将竹筒里的水缓缓倒下去。

"瞧着我的流水，快瞧流水……"他一边倒水一边喊。

从竹筒里倒下来的流水如同一道银色的瀑布，哗哗落在迈克尔的身上。

迈克尔突然产生了排尿的急迫感。

"我要尿……下面……尿急……"迈克尔面红耳赤地扯着马脚子的衣服，痛苦地喊道。

马锅头的脸上一下子放出光彩："快拖他起来——"

两个人使劲将迈克尔从铜锅里拖了出来。

如同开闸的洪水，迈克尔山崩海泄淋漓尽致地解完一泡长长的尿。顿时，他绷得快要爆炸的腹部一下子全瘪了，下腹的疼痛减轻了，甚至整个身子都轻快多了。

"爹，您瞧，全是血呀——还有这么多的血块……"剪平头的马脚子指着地面惊慌地叫道。

马锅头拿过一个火把，照着地上看了看，高兴地说："好！好！只要这泡血尿出来，他这条命就保住啰。"

迈克尔此时全身虚弱得如同一团棉花。他软绵绵地靠在剪平头的马脚子身上，用手掌抹着脸上的汗水，有气无力地说："谢……

谢……你……们……"

"年轻人，是你的命大哟。"马锅头拍了拍迈克尔光秃秃的脊背，"世保，来，帮他穿上衣服，扶他上去吃饭。"

剪平头的马脚子架着迈克尔慢慢地走回去。马锅头将大铜锅里的药水倒了，在泉水里洗干净，提着锅回到草棚拌料喂马。原来，这口凸肚圆形底的大铜锅是专门用来给骡马泡料、喂水的。马帮上路时用皮袋子装起来拴在马驮上。

晚饭已经做好了。铜锣锅里飘出山芋焖饭的香味，另一口锣锅里煮的是野兔肉，一块平整的石头上放着两碗炒野菜。看见他们的身影，坐在草地上抽着水烟筒聊天的马脚子们跑过来七手八脚将迈克尔搀扶过去，让他躺在篝火前的一堆干草上，然后几个人好奇地围在他身边。

"哎——怪哉哟，这个美国飞客的鼻子咋个会有这样高，眼睛蓝蓝的像猫眼，头发又是黄的，长得一点不像我们中国人嘛。"

"你说话完全是在放屁，长得像你咋个还叫外国人？"

"你们瞧瞧他的头发，咋个会是卷的？咯是拿烧红的火钎烫出来的？"

"哦呵——瞧不出来艾撒你这鬼东西还蛮厉害的嘛。回去也拿火钎烧红了给你婆娘烫头发……"

"算毬啰，他那个婆娘头发少得像荒草，一烫就着火，小心半夜把被窝也烧着了，烫了他的光屁股……"

"哈哈——"

几个马脚子一边大惊小怪地对迈克尔评头论足，一边相互间开玩笑取乐。他们说话的声调跟马锅头的一样，迈克尔虽然不能完全听懂他们说话的内容，但从他们说话的神态和语气，也能明白七八分。他知道，眼前的这些中国人是善良友好的，是完全可以信赖的。

哑巴马脚子端来一碗煮得稠稠的稀饭，蹲在迈克尔身边，用一把舀饭的大木勺一口一口喂他吃。迈克尔不好意思，想自己坐起来吃，可他浑身软弱无力，手都抬不起来。

迈克尔实在吃不惯这种将大米煮得稀烂稀烂的食物，但此刻饥肠辘辘，他也顾不得什么习惯不习惯，只要能够恢复身体延续生命，即使是树根杂草，也要憋着气往肚子里咽。稀饭有点咸，不知加进了什么动物肉，嫩嫩的，味道很鲜。

哑巴马脚子喂饭的动作娴熟温和。他将衣袖挽到肘部，一双修长的手虽然被烈日晒成褐色，但很光滑，与其他马脚子粗糙的长满老茧的手不一样。他不时用手背擦去迈克尔流溢在嘴角边的饭汁，那动作轻柔得如同水波，使人感到透心的惬意。

迈克尔不由得想起了早逝的母亲。他的母亲勤劳而善良。小时候，父亲不外出的时候就是成天待在他的园子里给植物接种截枝、浇水施肥，母亲经常把饭弄好了带进园子里，一家三口坐在绿茵茵的草地上用餐。母亲喜欢把肉汤倒进缸里用勺子喂迈克尔。母亲喂他肉汤时的轻巧柔和以及不时帮他擦嘴角的动作就同现在哑巴马脚子喂他稀饭一模一样。

母亲去世后，由于继母的苛刻虐待，迈克尔对女人一直没有好感，上高中和大学时，他们班的男生几乎都有女生陪在身边，有些男生还为了某一个女生决斗，打得鼻青脸肿，迈克尔却不愿意同任何一个女生来往。曾经有一个女生对他很有好感，主动来找他玩，给他买冰淇淋和热狗，结果都被他扔进了垃圾桶。

在汀江基地和加尔各答，有一些飞行员到了晚上就钻进酒吧和咖啡厅，与一些风骚的印度混血女郎通宵达旦地喝香槟，或者用摩托车带着她们满街乱窜，有的甚至违反规定悄悄把她们带回基地的宿舍。迈克尔不喜欢到这些地方去，他只喜欢看电影，不管是在昆明还是在印度，有空他就跑电影院或者约上几个人玩扑克牌。他的薪水大部分都存起来，准备回国以后就扩大父亲的植物园，将来也像父亲一样，到世界各地采集奇花异木，在他们家屋后的那个植物园内种上每一个国家的植物。

他的心底始终深刻牢记着母亲美丽善良的形象和母爱的温馨。

一碗稀饭吃下后，迈克尔渐渐缓过气来，哑巴马脚子又去添了半碗来喂他。

马锅头端着一碗饭走过来，蹲在迈克尔旁边。

"年轻人，你咋个会跑到这大山里来的?"马锅头边吃边问。

"飞机……坠落了……"迈克尔咽下嘴里的稀饭，做了一个飞机从天而降的手势，"受伤了……"

"你真是福大命大哟，年轻人，从天上掉下来你还能活得好好的。"马锅头一连啧啧几声，感叹地说，"真是，真是老天爷保佑哦。"

"谢谢你们，帮助我。"迈克尔说。

"咋个能这样说呢!我们大家都晓得，你们是从很远很远的美国来，帮助我们打倭寇，把那些杀人害人的倭寇从我们的国家赶出去，是我们要谢你们哩。"马锅头很真诚地说。

他转过头对哑巴马脚子说:"吃了这些就够了，不能吃得太饱。剩下的稀饭明天再热给他吃。"

哑巴马脚子点点头。他喂完了木碗里的稀饭，站起身来朝迈克尔笑了笑，端着空碗走了。

迈克尔感觉哑巴马脚子的笑容温和善良，非常亲切。刚才面对面喂饭的时候，马脚子一直都在用洁白整齐的牙齿咬着粉红色的嘴唇，似乎在竭力压抑着什么乐不可支的趣事，那双清澈明亮带有野性的大眼睛热烈地闪动着，非常深透，好似加勒比海的碧波，里边盛满了青春的活力，同时还闪烁着一种故意隐藏在水波下面的奥秘。他是马脚子里最年轻的，精力充沛，就连走路的姿势也是轻快而活泼，一副无忧无虑的样子。

其他几个马脚子也端着饭碗围过来。

"这一年多来，光我们亲眼看见坠毁的飞机就有十多架，从来没有一个人活着。"剪平头的马脚子说，"上个月我们去八莫的路上，还看见一架摔得七零八落的飞机和两具尸骨，那两个人的长相跟你差不多……后来我们用毡子把他们包起来，埋在一棵大树下。"

迈克尔激动了，吃力地撑起身子，朝这些赶马人行了一个军礼，"谢谢……你们！"

"快睡下去，尽量不要多动。"马锅头将手中的空碗放在地上，扶迈克尔躺下，"年轻人贵姓？"

迈克尔一愣，莫名其妙地耸了耸肩。

"我爹问你，叫什么名字？"剪平头的马脚子在一旁解释说。

"噢——"迈克尔恍然大悟，"我叫迈克尔·查尔斯……"

"哪样？买个儿……叉死……买来个儿子，还要叉死？"一个瘦小的马脚子惊乍乍地喊了起来。

围在旁边的马脚子们哄堂大笑，有的人甚至把吃进嘴里的饭都喷了出来。

"不是。他的名字叫迈克尔·查尔斯。我们可以直接叫他的姓查尔斯先生，或者叫他的名字迈克尔。"剪平头的马脚子笑着说，"外国人的名字跟我们中国人不一样。中国人前面的是姓，后面的是名。外国人前面的是名，后面的是姓。"

"咋个名啊姓啦，前啊后啦的，头都听大了。"

"比如你叫倪树生，倪是你家祖辈给你的姓，树生是你爹给你取的名字，外国人就是倒过来的，树生——倪……"

"哦呵——我的妈哟……"

几个马脚子前仰后合，笑得差点岔了气。

"树生——你，老天爷哦……这名字太妙了……意思就是……你——就是树生树养的……"

"倪麻子呀倪麻子，我们还说你为哪样吃死不胖养死不壮，原来你他妈是树生的，难怪你一辈子长得像棵背阴箐里的弯腰树，三十五岁还讨不起婆娘……"

"树生——倪，你小子不必攒钱讨婆娘啦，晚上抱着树睡，瞧着哪棵就干哪棵……"

那个名叫倪树生的马脚子急了，放下饭碗，抓起篝火里一根燃烧着的树干，追得几个取笑他的马脚子东逃西窜。

迈克尔被马脚子们开心的情绪感染了，也笑起来。

"我姓张，叫张进才……"马锅头边笑边指着打打闹闹的马脚子向迈克尔介绍，"那个瘦小的汉子叫倪树生，是汉族，外号倪麻子；披着长头发，赤脚走路的那个叫勒默，是怒族；左边耳朵上挂着小银圈，插腰刀的那个是彝族，名叫聂鲁都；站在篝火边穿黑衣黑裤扎黑头巾的那个是哈尼族，叫艾撒；他呢，你刚才见过了，是我的儿子，叫杨世保……他读了六年书，是我们那一带村寨独一无二的秀才哩。对了，那条猎狗叫大黄。"

"他……是谁？"迈克尔指着独自坐在篝火边吃饭的哑巴马脚子问道。

"她……"张进才犹豫了一下，说，"她叫杜鹃。是我……儿子。"

杜鹃看着迈克尔吃稀饭时整个眉头皱成细麻花的样子就想笑。

迈克尔是她平生第一次看见的外国人，虽然父亲经常对她讲当年赶马帮进印度、不丹的经历，也对她描述过印度人和欧洲人的模样，但她无论如何也想象不出来，长着高鼻子蓝眼睛黄头发的外国人究竟是一副什么稀奇古怪的样子。

没想到她今天亲眼看见了父亲描述中的外国人，而且，这个外国人除了父亲所描述的特征外，还有一点是父亲从来都没有提过的——就是外国人的皮肤居然这样白，白得就像煮熟剥开的鸡蛋，从来都没有晒过太阳似的。

杜鹃对眼前这个从天上掉下来的外国人除了好奇外，还有敬佩和羡慕。她怎么想也想不通，迈克尔是如何驾驶着那么大的飞机飞到天上去的。他没有像鸟一样的翅膀，怎么能够像鸟一样自由地在天空飞翔？

在杜鹃的眼里，迈克尔就是传说中的神仙。只有具备神力的人才能飞到天上去。

把迈克尔救回来后，父亲说迈克尔受了重伤，又饿了两天，人非常虚弱，让她熬一些稀饭给迈克尔吃。她举着火把到附近的山箐里抓了几只石蹦，剥去皮，仅将细嫩的大腿肉撕下来煮进稀饭里。这种样子长得像青蛙、专门生活在山箐岩石间的石蹦肉很滋补，煮出来的汤比鸡汤还好喝。有一次杜鹃的妈妈生病几天几夜水米不进，艾满老爹带着她到山箐里抓石蹦，每天熬汤给妈妈喝，妈妈的身体很快就恢复了。

父亲曾经告诉过她，外国人吃的东西跟中国人不同，他们是吃面包和牛奶，很少吃大米，根本不吃熬得稀烂的米饭。但根据迈克尔现在的状况，只能让他吃稀饭喝汤。

迈克尔果然吃得痛苦无奈，紧皱着眉头，一口一口屏住气使劲地往下咽，仿佛嘴里吃的不是用鲜嫩的石蹦肉煮出来的稀饭，而是一碗树叶或是山草。她想笑又不敢笑——在生人面前，她是个哑巴，而且穿的是男装。

她咬紧嘴唇，抑制着不让自己笑出声来。

2

迈克尔在周围悦耳的鸟叫声中醒来。睁开眼睛，他就从木板破烂的缝隙间看见照耀在岩石和绿树上明亮的阳光。

这一夜，迈克尔在木棚内铺着山草的地铺上睡得很香很沉，旁边几个马脚子如同雷鸣般的鼾声对他毫无影响，反而给这间破旧不堪的木棚增加了一种温馨和热闹的气氛。虽然他的腰部还在火辣辣地疼，但下腹胀鼓鼓的压迫感解除之后，就像是卸下了压在身上的巨石，他终于能够缓过气来了。毕竟肌体的疼痛是能够咬紧牙关扛过去的，就像战场上受伤的伤员，能够在没有麻醉剂的情况下接受迫不得已的手术，而撒不出尿来的痛苦却是任何人都无法忍耐的。张锅头说得对，尿憋人，憋死人。

他环顾左右，木棚里的地铺上空荡荡的，只剩下他一个人。

木棚是长方形的，大概经历了几十年的风吹雨淋，四面的木墙已经腐朽，上面布满了虫蛀。房顶上覆盖着发黑腐朽的树皮，整个房顶就像一面筛子，千疮百孔地朝里面透着光线。看得出来，这是一间废弃多年的房子，也是马帮临时的住所。

木棚地面一侧是用手臂粗的树干镶嵌起来的一个长长的地铺，上面铺垫着厚厚的山草，另一侧是碎石地，堆放着从马背上卸下的驮子。睡觉时，马脚子们每个人抓床垫在马背上的羊毛毡毯盖在身上，一个挨着一个睡在地铺上。昨天晚上，张进才说靠门边风凉，让迈克尔睡在靠木墙的最里边，除了给他铺上一床牛皮垫套，还给他盖了一床西藏产的羊毛毡毯。

突然，木棚外面响起了脚步声，不一会儿，杨世保和哑巴杜鹃走了进来。

杜鹃端着昨天吃饭的那个木碗，杨世保提着一口小铜锅，锅里热气腾腾，飘浮着一股浓郁的诱人香味。

"醒啦？"杨世保文静地冲迈克尔笑笑，"先吃点东西，我爹今天还要给你泡药哩。"

"顶好。谢谢！"迈克尔点点头。

他直起身子想坐起来，腰部一阵自上而下似皮带拉扯的剧烈疼痛又使他不由自主倒在地铺上，嘴里还痛苦地哼了两声。

"小心——我来帮你。"

杨世保将手中的铜锅放在地铺边，走过来掀开盖在迈克尔身上的羊毛毡毯，弯下腰一只手搂住迈克尔的脖子，另一只手伸进腰部下面，用力抱着迈克尔坐起来。然后杨世保坐在迈克尔的侧面，让迈克尔靠在自己的脊背上。

"好了，你喂吧。"杨世保对杜鹃说。

杜鹃走过来蹲在迈克尔的身边，用木勺将木碗里的稀饭舀了喂他。

"谢谢！我自己……能吃的。"迈克尔说。

"啊……"杜鹃连连摇头，张开嘴好像要说什么。

迈克尔朝杜鹃感激地点点头，接过木碗，一勺一勺将碗里的稀饭吃得干干净净。

"不错啊，风卷残云，看来跟我一样，属豹子的。"杨世保开玩笑地说，"怎么样，好不好吃？"

迈克尔用手背擦去嘴角边的饭汁，不好意思地笑了："顶好。谢谢你们！顶好。"

杜鹃也笑了，接过迈克尔手里的木碗，从地铺上提起铜锅，将里面冒着热气的鸡汤倒进木碗里，先端起木碗微微尝了一口，温度刚合适，便将碗递给迈克尔，做了个手势叫他喝下去。

鸡汤的颜色是乳白色的，像兑了水的牛奶，味道很鲜，迈克尔一口气喝了三碗，全身很快就热乎乎的。

"好了，休息一下，我们送你去泡药。"杨世保说。

迈克尔点点头："顶好。"

杨世保又对杜鹃说："你出去叫个人来帮一把。"

杜鹃拿着木碗和铜锅走出去。不一会儿，勒默小跑着进来了。

杨世保和勒默一左一右架着迈克尔的胳膊，朝昨天晚上泡药水的温泉池子走去。走出木棚，迈克尔看见马脚子聂鲁都和艾撒在空地上切草喂马，倪树生在不远处砍木柴。

清晨的温泉热气氤氲，云笼雾罩，雾气比昨天晚上更浓重，似一笼稠密的纱帐，掩蔽着大大小小的水池，弥漫的白雾里飘逸着浓浓的硫磺气味。

张进才坐在水池边的石头上，低着头咕咚咕咚吸竹烟筒，大黄乖乖地蹲在他身旁。

"爹，你咯准备好了？"杨世保高声问道。

"好了。扶他过来。"张进才抬起头来，将手中的竹烟筒靠在岩石上。

杨世保和勒默将迈克尔扶到一个椭圆形的水池边。

这是一个天然石凹的水池，地面光滑平整，形状像一个大浴缸，水池里浸泡着一些捣碎的绿色叶子和黄色花瓣，雾气中散发着浓郁的药味和野花的芬芳。水池紧挨着一片高温的露天泉眼。露天泉眼的地面覆盖着许多鸡蛋大小的石头，几十个高温泉眼从石缝间喷吐出一串串珍珠样晶莹的水珠，滚烫的泉水从一米多高的岩石上流入下面一层水池里，再溢出池外的乱石中，飘逸的雾气如同一条白色的巨龙顺着山谷蜿蜒而下。

三个人帮迈克尔脱去衣服，扶他坐进浸泡着药物的水里。水池大约有七八英尺长，刚好适合迈克尔的身材。

迈克尔全身泡入热得有点发烫的泉水里。几分钟后，他便感到身上的肌肉和关节在舒展松弛，继而又是麻酥酥的，犹如无数股细小的电流在刺激着肌肤，尤其是腰部和下腹非常明显。

"怎么样，咯受得住？"

张进才蹲在水池边，关注着迈克尔的脸色。

"顶好，没有……问题的。"迈克尔舒坦地回答。

"这就好了！只要这些药物对你有效果，泡上两三天你就能骑马啰。"张进才高兴地说。

"爹，您的意思是我们要在这里待两三天?"杨世保吃惊地问。

张进才沉思了一会儿，点点头。

"张锅头，那不行的哟。我们带的米不够吃，还有那么多的马，草料还好找，没有蚕豆和包谷……"勒默有些着急地说。

杨世保悄悄扯了扯勒默的衣服，制止他继续说下去。

"他伤的是男人最要命的那个地方……目前的状态根本不能骑马。从这里下山最快还要四天，你们都晓得，这一带全是没有人烟的森林，除了我们没有别的人会来到这里了。我们不能将他放在这里噢，无论如何也要将他带回去，送到保山。"张进才停顿了一下，继续说道，"对了，他身上背着的那块布你们都看见了，上头写得明明白白，美国飞客是来帮助我们国家的，所有的中国人都必须要救护他们。"

"爹，我们肯定不会丢下他不管，该怎么办您就交代吧。"杨世保说。

"可是……"勒默欲言又止。

"好啰，不要再说了。"张进才站起身，拍了拍勒默的肩膀，轻松地说，"这样大的一座高黎贡山还能饿死人? 何况你是个山精! 去，你们两个现在就去给人给马找吃的。把杜鹃也叫上一起去。记住了，狩猎尽量用弩箭不要开枪，不要惊动大的野兽，免得血腥味太浓将野猪黑熊引来就麻烦了，射一些野鸡野兔就得啦。"

杨世保点点头，接着担忧地问："爹，您一个人在这里照顾他恐怕不行哟，他个子大，重得很哪，我怕您……"

"不怕的，你们走就是啰。你爹这身老骨头还扛得动一个美国飞客。"张进才笑着回答。他低下头，对坐在地上的大黄挥了挥手，"去，你也跟他们去。"

大黄站起来，摇着尾巴，伸出舌头舔了舔张进才的手。

杨世保和勒默相互看了一眼。勒默轻轻叹口气，两个人转过身走了。大黄敏捷地跑在他们的前面。

迈克尔静静地躺在泉水里，细心听着他们的对话。

他们三个人说的话迈克尔全听懂了。

张进才又蹲在水池边，拿起根粗粗的木棍使劲捣地上的一堆叶子和块状的植物。

"张先生，我给你们……麻烦了？"迈克尔内疚地问。

张进才回过头来看了迈克尔一眼，微微笑了："麻烦？这算哪样麻烦。这么芝麻大点事情就算麻烦，还能在这条道上走？"

张进才在地上捣一会儿药，走过来扶迈克尔从水池里坐起身缓口气，撒泡尿，坐在池边喝几口淡盐水，然后再让他躺下去，将全身浸泡进药水中。

这样反反复复折腾几次后，迈克尔看见张进才的头发丛中和额头上溢出一层细细密密的汗珠。那些亮闪闪的汗珠顺着纵横交错的皱纹，缓缓地流到他古铜色的脸庞上、脖颈里。

刹那间，迈克尔想起了自己的父亲。

十岁那年，迈克尔和小伙伴到村外的河里捉鱼，不小心被石块划破了脚掌，后来感染发炎，一只脚肿得像大面包，父亲每天送他到学校上课。好多次，迈克尔趴在父亲的背上，看着一颗颗汗珠溢出父亲的头发、额头，顺着细细的皱纹流到他的脸上、脖颈里。这个情景，迈克尔一生一世都不会忘记。

此刻，张锅头汗流浃背的样子与父亲非常相像，唯一不同的是，父亲的皮肤白皙红润没有胡子，而张锅头皮肤黝黑一脸连鬓胡子显得有些苍老。

他的眼眶湿润了。

"张先生……谢谢你们。"迈克尔喃喃地说。

"莫说这些客气话，年轻人。最要紧的是想办法把你的伤治好。"张进才拉起衣袖，擦去额头和脖颈间的汗水，爽朗地笑了。

迈克尔在温泉的药水里泡了将近两个小时，张进才把他扶起来，趴在水池边的石头上，将捣好的药草敷在他的腰部，再用一条长长的布带包扎起来。

迈克尔感觉全身轻松了许多，解小便时的疼痛减轻了，坐立弯腰也比原来灵活。

他在张进才的搀扶下，从温泉走回木棚。

关在草棚里的骡马早就放出来了，三三两两散开在树林里和山崖下悠闲地吃着草。聂鲁都和艾撒正在检查骡马的蹄子更换新马掌，倪树生则在篝火边忙着做饭。

迈克尔想在岩石上坐一会儿，看几个马脚子如何钉马掌，张进才不答应，他说刚敷了活血化瘀的草药不能随便动，必须好好躺上一两天，否则前功尽弃。

太阳当顶的时候，杨世保、勒默以及杜鹃几个人狩猎回来了。

从马脚子们高兴的喧嚷声中，迈克尔知道杨世保他们是满载而归。他听见张进才吩咐马脚子将猎物抬到温泉去宰杀，还叫倪树生和杨世保多煮一些麂子肉给大家吃，吃不完的就抹上盐巴，吊在房檐下晒起来。

在这些嘈杂的声音中，迈克尔似乎听到有一个年轻女子的声音，但说话声压抑得很低，就像滑过草尖的山风，倏忽即逝。

吃晌午饭时，杨世保把迈克尔扶出木棚，靠在篝火旁的一块岩石上，同马脚子们一起吃饭。他说人多吃饭热闹，免得迈克尔一个人在木棚里吃饭没意思，闷得慌。

马脚子们煮饭的地方非常简陋。他们在山崖下面背风的地方，用几块平整的条状石头搭成一个品字形的火塘，石头上面放着两口锣锅，下面架上柴火就煮饭炒菜。那些大石头黑漆漆的，看上去天长日久经历了无数次的烟熏火燎。煮饭炒菜的锣锅同样黑得像是涂上了墨汁，根本看不出它们本来的颜色。

这时，火塘下的柴火噼噼啪啪直响，火苗子上蹿下跳舔着锣锅底，锅里的汤冒着热气，一股鸡肉的香味四处飘荡。

山崖的石缝间流下一股清澈的泉水，马脚子们就在泉水边洗菜舀水、洗碗洗锅，非常方便。

迈克尔发现，这个地方的水源十分丰富而且别具特色，除了这条从山崖上流下的山泉和那一片岩石丛中的温泉外，离温泉不到三百英尺的地方还有一个出水量不大的盐水泉，马脚子炒菜、煮汤以及腌制兽肉用的盐巴就是从水池的石头上刮下来的细颗粒。

晌午饭很丰盛，有烤野兔、烤野鸡，还有一大锅野栗子炖麂子肉和两大碗炒野菜。饭是用铜锣锅焖出来的，香喷喷的别有一种风味，里面掺进了很多山芋，饭粒很少。

迈克尔不愿意再吃烂糊糊的稀饭，他要求和马脚子们一起吃用锣锅焖的山芋饭。他吃了一大碗山芋焖饭，还吃了一点野栗子炖麂子肉和涂上香辣植物烤出来的野鸡肉、野兔肉。

其实，迈克尔对中国的饭菜并不陌生。父亲在中国的那段时间里，学会了做中国米饭和多种炒菜、炖肉，甚至还会用油炸的辣椒，加上酸醋、白糖、大蒜泥做凉拌菜，用大葱、蒜苗和辣酱、麻油等作料炒油腻腻的回锅肉。迈克尔小的时候，家里来了客人，父亲经常会做一些中国口味的饭菜请朋友品尝，就这样，迈克尔不仅学会了吃中国的米饭和炒菜、炖肉，他还能稍微吃一点点辣椒呢。不过，马脚子们用山上采来的植物烤出来的野鸡肉和野兔肉实在是又辣又麻，吃在嘴里就像嚼着一团火。

迈克尔后来逐渐发现，马帮里有很多生活习俗，或者叫做"规矩"，是十分有趣的，比如吃饭，每天的饭菜做好之后都必须由张锅头第一个舀饭菜，然后其他人才能动手舀饭夹菜。吃饭时，所有的人都必须蹲坐在饭锅的两侧，两头不许坐人，更不许横跨对过，否则就是犯忌讳，要遭到马锅头的重罚。

马脚子们每人一个大木碗，盛好饭夹上菜，饭碗堆得满满的，撕块烤肉随便找个平坦的地方一蹲，稀里哗啦就吃起来，吃完饭把碗往地上一放便不管了，总是最后一个吃完饭的人负责洗碗筷。此外，他们把吃饭叫作"打亮"，煮饭的大铜锅叫"大黑"，煮菜的铜锅叫"二黑"，吃饭的木碗叫"莲花"，筷子叫"小手"，勺子叫"顺子"，山间的溪水叫"清龙子"，用来煮汤的油叫"滑水"。

赶马人一天才吃两餐饭，即中午饭和晌午饭，"晌午饭"就是晚饭。让骡马去吃草叫"打野"，途中歇气叫"打尖"，晚上野营叫"歇梢"，赶马人自称"马脚子"，管理马帮的人叫"马锅头"。

杨世保告诉迈克尔，这些马帮的行话和很多规矩在这个特殊的行业里已自成定律，千百年来一直沿袭至今。

吃饭时，杜鹃总是等张锅头舀好饭菜后，就拿一个木碗先帮迈克尔盛好饭，用另外一个木碗舀上菜放在他身边，再从旁边的树上摘下几片树叶铺在石头上，将烤好的野鸡肉和野兔肉搁在上面。迈克尔使用筷子不太灵活，所以杜鹃总是把舀汤的勺子给他用。

杜鹃非常喜爱大黄，每次吃饭总是喂了大黄以后自己才吃饭，撕给大黄的野鸡野兔肉大部分是净肉，很少将剔光肉的骨头给它吃。

张进才和大家一样，也是端着碗捏着烤肉蹲在地上吃饭，不过他吃饭前总要先吸一会儿竹烟筒。别看他是最后一个吃饭，但他吃饭的速度比谁都快，端起碗来眨眼工夫一碗饭就吃得精光，接着又是第二碗。别的马脚子还没有放下饭碗，他已经又捧着竹烟筒吸起来了。

停留在迷人谷的那几天里迈克尔比较特殊，每天吃三次饭，早上吃的石蹦熬稀饭和白马鸡汤都是杜鹃专门给他煮的。

马脚子们端着饭碗就喜欢围到迈克尔的身边来，边吃饭边刨根究底问个没完没了。在他们的眼里，迈克尔是生活在另外一个世界里的与他们截然不同的人，全身上下都那样稀奇古怪。

"哎——美国飞客，为哪样我们的头发是黑的，你的头发会是黄的？你的头发还一圈一圈卷起来，喀是用烧火的钎子烫成的？"

迈克尔笑了，摇摇头，努力让自己的"中国话"更清楚一些："天生的。我的妈妈……生下我的时候……就这样。"

"美国飞客，你的皮肤为哪样比我们的白，鼻子为哪样比我们的高，是不是吃的东西不一样？"

"你们吃的……东西，我们吃的……东西……不一样的。你们喜欢，吃米饭，我们吃牛奶、面包、奶酪、咖啡。"

马脚子们一个个大眼瞪小眼："面……包，奶……劳（酪）……哈非（咖啡），是哪样名堂嘛？听都没有听过。"

张进才哈哈大笑："你们真是少见多怪。俗话说，十里不同风。不要说一个国家跟一个国家的风俗习惯不相同，就算是在中国，一个地方跟一个地方的风俗习惯也是不相同的，就像你们在八莫吃蚂蚁蛋、酸笋煮鱼和嚼槟榔一样。我第一次赶马帮去印度的时候，那些人吃的东西我连闻见了都想吐，他们吃的是大海里味道很腥的鱼啦虾啦螃蟹啦，还有海带、海马。那些人还吃用咖喱粉炒的味道怪怪的鸡肉。吃饭不兴用小手（筷子）和莲花（碗），全家老小都是用手抓饭抓菜吃……不过，这些东西我后来也都学会吃了，也吃过面包、奶酪和咖啡、牛排，还喝过香槟酒、威士忌。那些年，从云南驮出去的茶叶、红糖、丝绸特别抢手，销得快，利润高，商号的老板常常会请马锅头和一些马脚子到印度饭馆或者是英国人开的西餐馆去吃饭，一是让大家尝个稀奇，二是联络联络交情，这样对主雇双方都有好处。"

马脚子一个个听得端着饭碗却都忘记了吃饭，眼中闪烁着惊奇和羡慕的光芒。

"张锅头，哪个时候也带我们去见见世面？"

"是啰，让我们也去亲口尝尝什么……下（虾）啦……扳鞋（螃蟹）啦，还有什么面……包，奶……奶劳（酪）……"

"那得瞧局势啰。其实我也很想再去不丹和印度走走。"张进才深深叹口气,"唉……算起来我都有十多年没有走那条路了。自从'云昆'商号在八莫开了分店以后,印度的货都是由西藏的马帮从加尔各答驮到拉萨,我们就不消长途跋涉走远路了。不过话说回来,印度那边走一趟虽然路远,也很艰苦,可是利润高啊,顺便可以带一些洋布回来给家里的女人做衣裳。唉……那些年没有战乱,天下太平,这条马道走得顺顺当当,商号的生意也很兴盛,从云南运一驮普洱茶到加尔各答可以换回一驮英国的卡其布。你们算算,四匹卡其布到了昆明能卖多少钱?利润高,很赚钱的。昆明、大理,还有腾冲一些大的商号全都在加尔各答设有分号……"

迈克尔眼睛一亮,急忙问道:"张先生……去过,加尔各答?"

"我年轻的时候赶着马帮去过几次,还去过噶伦堡、汀江、阿萨姆邦,因为那些地方货源充足,来回的利润大。我们的马帮一般是从腾冲过猴桥到缅甸的密支那,然后到印度的雷多、噶伦堡,一直走到孟加拉湾的加尔各答。加尔各答是一个很大的海港,许多国家的货物从海上运到这里,再用汽车、马帮运到其他地方。云南的洋货都是马帮从这些地方运进来的。说起加尔各答来还有个笑话……"

张进才说到这里突然住了口,在烟嘴上按上一撮烟丝,点上火,咕咚咕咚吸了两锅烟后才抬起头来继续往下讲。

马脚子们全都眼巴巴地望着张进才的每一个动作,谁也不敢插话。

"我们中国人最早的时候不是叫加尔各答,是叫'各里各答'。这句话在印度语中是'昨天种的'。老人们说,在很早以前,有一个云南的马帮到了加尔各答，他们不晓得这个地方叫哪样名字，瞧见城外田地里有一个正在种地的印度农民，就去问这个农民。问话的中国商人指着前面的房子和行人问，'请问此地叫哪样名字？'种地的印度农民听不懂中国话，他瞧见中国商人的手指着地，误认为是问他地里的庄稼是哪个时候种的，就回答说'各里各答'。后来中国人就把这个地方叫做'各里各答'。"

张进才的故事逗得马脚子们哈哈大笑，倪树生和勒默还模仿着他的声音直叫各里各答。

"加尔各答天气太热，热得让人受不了，特别是夏季。印度人只在身上披一块又宽又大轻飘飘的粗布，他们叫'托绨'。很多女人和男人在自己的脑门上贴一块金片，有的人还在自己的鼻孔上扎一个洞，戴上纯金的鼻环。听说贴金片可以帮助降暑，不晓得是真还是假。反正我们到了那里只是穿一条薄薄的短裤，身上还随时在出汗，饭也不想吃，一天到晚只想喝水。好多人到了印度就生病，所以有的马帮根本不敢走那条路。最烦人的是街上的牛特别多，一群一群满街乱窜，有的牛性子野，瞧见马帮就昂着两只角冲过来撞驮子，所以我们瞧见牛群就赶快先让开。"

"牛有哪样害怕的？拿马鞭把它打开不就得了。"倪树生满不在乎地说。

"你懂哪样？打了牛就闯大祸了。在印度，牛就是中国供奉在庙里的菩萨，没有人敢碰它们，更不用说打牛了，搞不好会掉脑袋哩。街上不单是牛多车也多，专门在铁轨上跑的电车，声音轰隆轰隆就像打雷，英国人和美国人开的吉普车快得像刮风，在你身边窜过来窜过去，胆小的人连街都不敢上。加尔各答办事的衙门和关卡大多数是英国人和美国人在把守。对了，那些人的长相跟他差不多。"张进才指了指迈克尔，"也是高鼻子蓝眼睛黄头发，还有的是红头发，黑头发，像板栗颜色的头发，你们只要去走一转见识见识就不会大惊小怪了。"

"张锅头，你给昆明的大掌柜说一说嘛，干脆过些日子就让我们去印度运一趟货？"

"就是嘛，带我们过去开开眼界。"

"让我们也瞧瞧哪样是电车，哪样是吉普车。"

几个马脚子围在张进才的身边大献殷勤，有的帮他揪烟丝，有的帮他装烟，有的帮他点火。

张进才吸了几口水烟，很遗憾地摇摇头说："现在根本不行，路上不安全。万一……丢了货不说，伤了人我咋个向你们家里交代？等等吧，等那些倭寇滚蛋以后，我就带你们去印度，还要去不丹、斯里兰卡……"

"倭寇？什么是……倭寇？"迈克尔不解地问。

"倭寇就是日本人，就是那些横行霸道，跑到我们的土地上杀人放火的日本侵略者。"杨世保解释说。

迈克尔的眼睛又是一亮，有些激动地坐直了身子。但他最终还是没有吭声。

他想起了日军发出的通告……

3

天蒙蒙亮，迈克尔就爬起身悄悄到温泉去泡药。

他睡不着。

黑夜里，外面刮着风，溪水声、松涛声交织在一起，隐隐约约还听见虎狼的嚎吼。有几次他甚至感觉到有野兽经过，被踏断的树枝噼啪噼啪响，令人毛骨悚然。

迈克尔虽然很疲惫，但怎么也睡不安稳，在蒙眬中，他不时被这些声音惊醒。深山老林的夜，一点儿也不平静，充满了恐怖。

此外，整个夜间，马脚子们的鼾声此起彼伏，前呼后应，就像几台不同功率的发动机架在一堆，尖利而悠长，粗重而迟缓，搅得人心烦意乱。第一天晚上，他由于身上疼痛疲惫不堪，倒下头就沉睡不醒，可从第二天晚上开始，他就怎么也合不上眼了，马脚子的鼾声几乎掀翻了木棚顶。

离开木棚的时候，他借着房顶上千疮百孔漏下的微弱光亮扫视了一下，马脚子们全都在睡觉，就连平日晚睡早起的张进才也还打着呼噜躺在靠门边的地铺上。奇怪的是张进才身边像挂电影布幕一样扯着块防雨的油布，隔开的地铺上也睡着一个人，可惜看不清是谁。

大黄趴在这个人的身边睡得正香，听见响动，它的眉头牵动几下，睁开眼睛淡淡地扫了扫迈克尔又闭上眼。

迈克尔今天基本上能够独自支撑着走路了，但还不能活动自如地挺起腰杆，只能是弯曲着身子，弓腰驼背，犹如一个历经生活磨难的风烛残年的老人。不过，只要自己能够走动，迈克尔就不想给这些善良的赶马人增加麻烦。

天色灰蒙蒙的，山岩树影，罩在一片朦胧中，温泉里升腾着轻曼的白色雾气。途中，有几只松鼠模样的动物在他的前面一闪而过，顿时销声匿迹，像从地底钻出，又遁入地下，霎时不见了踪影。

虽然还是清晨，迈克尔却感觉暖融融的，就像走进室内的沐浴间，包括晚上睡在四壁破洞的木棚里，身上仅仅盖着一床薄薄的羊毛毡也不感觉冷。

迈克尔没有用木棍捣药草，他担心吵醒酣睡的马脚子。他将张进才头天晚上搁在水池边的药草放进泉水里，用手使劲揉碎。

冒着白雾的温泉水泛出了绿色的水波。

迈克尔脱掉衣服，解开包在腰部的草药，整个身子泡进温泉里。从地下缓缓涌出的温泉水如同按摩师轻柔而富有弹性的手，非常舒适地梳理着他全身的肌肤、关节，特别是还在隐隐胀痛的腰部和下腹。

迈克尔将头枕在一块平整的岩石上，渐渐睡着了。

不知过了多长时间，岩石后面的下层温泉池里传来一阵女人优美的歌声。

　　　高山岩（ái）来低石岩（ái），

　　　满山鲜花迎风开，

　　　花开只等蜂来采，

　　　不见阿哥上山来……

歌声清脆柔和悦耳动听，就像是从钢琴上滑出来的旋律，悠扬地飘荡在清晨弥漫的白雾里。

迈克尔从睡梦中惊醒，他急忙睁开眼睛。天色已经大亮，山谷里到处流溢着清新的晨光，四周的山峰上显露着金红色的朝阳，一片悠长的白云似一条洁白的飘带缠绕在半山腰，经久不散。

周围一切依旧，除了林立的岩石，就是白雾升腾的温泉。

他使劲在自己的大腿上拧了一把——疼痛让他清晰地意识到这不是在做梦。可这深山老林哪来的女人？难道小小的温泉池中还能钻出一条美人鱼？

如果真是美人鱼该多好啊！他屏息凝神，一动也不敢动，唯恐轻微的一点响动就会使美人鱼潜入水底，从此销声匿迹。

> 高山岩来低石岩，
>
> 蜜蜂采花绕山来，
>
> 花见蜜蜂开口笑，
>
> 蜜蜂见花又飞开，
>
> 又飞开……

优美的歌声里还夹杂着哗哗哗的击水声，仿佛是一条鱼儿在水池中欢快地跳跃。

迈克尔完全陶醉在婉转缠绵的歌声中，虽然他不能完全听懂歌词的内容，但那充满深情如行云流水的旋律如刀刻斧凿般永远留在了他的心里。

迈克尔再也无法控制自己的好奇心，他迅速穿上衣服，蹑手蹑脚朝着传出歌声的温泉水池走过去。

透过温泉弥漫的白雾，迈克尔看见一个披着乌黑长发的女人坐在热气蒸腾的水池中洗澡。

女人的背向着迈克尔，她一边擦拭着身子，一边轻声唱着歌。

女人白净的身子在飘逸的雾气中若隐若现，显得更加扑朔迷离，简直就是传说中浮出了海面的美人鱼。

迈克尔顿时神摇魄动，脚下一滑，踩踏了一块小石头。

小石头滚下岩石，发出一串清脆的响声。

歌声戛然而止。水池中洗澡的女人急速转过头来。

如轰雷掣电，迈克尔惊愕地差点叫出声来——温泉池中洗澡、唱歌的女人竟然是那个哑巴马脚子杜鹃。

在扑朔迷离的雾气中，杜鹃的脸色红润水灵，如同洒满了露珠的山花，那双又黑又亮的大眼睛似受惊的山羊，柔润温驯里透出迷惑和慌乱的神情，漆黑油亮的长发在水波里漂浮摇曳，犹如一匹随波逐流的黑绸。

迈克尔呆住了，目不转睛看着水池里的杜鹃一动不动。

杜鹃发现了站在岩石后面的迈克尔也吃了一惊。她羞得面红耳赤，身子往下一缩，整个人潜入了水中。

迈克尔恍然回过神来，急忙转身返回浸泡草药的水池。

迈克尔在温泉里整整泡了一个上午。

回到木棚，他看见杜鹃的头上又裹上黑包头，正和杨世保、倪树生在火塘边煮饭炒菜。

"喔呵，美国飞客可以走路啰——我们可以开拔啰——"

倪树生眼尖，看见迈克尔弓着腰走过来就高声吆喝起来。

杜鹃蹲在一块平整的岩石前切菜，她抬起头看了迈克尔一眼，脸唰地就红了，急忙低下头去，装作很忙碌的样子。

杨世保将手中的树枝匆忙塞进锣锅下面的火堆里，跑过去扶住迈克尔，笑着说："我早上醒来不见你，就到温泉去找，瞧见你泡在药水里睡得很香就没有叫醒你。怎么样，今天泡了那么长时间，感觉略好些?"

"我没事的。你看，我自己能走路。"迈克尔努力挺起腰杆大步朝前走。

他才走出两三步，下腹与腰杆之间好像被什么东西揪住用力往下一扯，疼得他一阵哆嗦，捂着肚子蹲了下去。

杨世保连忙扶住他。

"慢点慢点，你可千万小心噢，不然我爹这几天的心血就白费了。"

张进才提着竹烟筒从草棚里走出来，笑眯眯地看着迈克尔说："年轻人，不要逞强哟！你这伤跟别的伤不同，要是治疗不彻底，将来一辈子都是弓腰驼背的，连媳妇都找不着，就不会生儿子啰。"

迈克尔的脸红了红，便很大方地笑着说："媳妇找不着，没有关系，我只要老婆，就可以。"

马脚子们哄地大笑起来。

"喔呵——你们听，美国飞客只要老婆不要媳妇。"

"美国飞客，你的老婆要了是干哪样? 你的媳妇又是要了干哪样? "

"你干脆老婆媳妇都不要，就要个婆娘算啰……"

迈克尔茫然地看着大家，不明白他们笑什么。他刚才完全听懂了张进才的话，意思就是如果他的伤治不好，将来就不能结婚生子。同自己结婚生子的必然只会是自己的妻子。他听巫家坝机场的那些翻译官都是管自己的妻子叫老婆，所以就想用中国的称呼来回答张进才善意的玩笑。

"迈克尔，你完全没有搞明白。"杨世保一边笑一边解释说，"在中国，对妻子的叫法有很多种。比如我们这个地方是叫婆娘，有的地方叫老婆，还有的地方叫媳妇，像西北那些地方是叫婆姨。只有在城市里，一些有文化、有地位，或者是当官的人，才叫妻子，或者是叫夫人、太太。"

迈克尔哈哈大笑。他没有想到，仅仅是一个对妻子的称呼，在中国就会有这么多复杂而有趣的叫法。

他下意识地瞄了杜鹃一眼。

杜鹃背转着身子，低着头似乎在那里偷偷笑哩。

吃过早饭，马脚子们轮流吸了一会儿竹烟筒就散开各忙各的事情。

迈克尔发现那个用粗粗的竹子制作的水烟筒真算得上是赶马人生活中不可缺少的东西，就像是欧洲人用来提神解乏的咖啡。他们每次吃完饭要吸一会儿，干活累了要吸一会儿，晚上睡觉前也要吸一会儿。七个赶马人带着三个竹烟筒，除了杨世保、杜鹃不抽烟，张锅头的烟筒是专人专用外，其他的人是轮流使用。他们吸烟很节约，一小把烟丝就够几个人用，吸完烟后还要把竹筒里的残水倒在木棚周围，说是能够避蛇防虫。

倪树生和勒默把上午猎获的一只麂子抬到温泉边剥皮剔肉，准备响午好好吃一顿。杜鹃和杨世保在草棚里收拾驮子，聂鲁都和艾撒则将这两天割来晒干的山草切好装袋，准备骡马路上的食料。

在迷人谷停了三天，从八莫带出来的包谷和蚕豆所剩无几，后面两天的路途中没有人家和马店，无法给骡马添加精料，驮着重负的骡马吃不饱就走不动路，这三天马脚子们割了很多山草，晒干带着走，路上让骡马多吃几次食。

张进才对迈克尔说："年轻人，我们还是抓紧时间到温泉给你疗伤吧，只有你的伤尽快好转，我们下山的速度才能加快。"

"顶好，顶好。"迈克尔连声答应。

张进才朝身边的大黄挥了挥手，大黄转身冲进草棚，叼出一小捆像爬壁藤样的碧绿植物。

"这是……什么东西？"迈克尔奇怪地问。

"野三七。对治疗你的内伤很有效。"张进才说着进木棚拿了一撮烟丝捏在手里，另一只手提着竹烟筒朝温泉走去。"今天早上我和大黄翻了两座山梁才找到。这种野三七专门长在高大陡峭的岩石夹缝中，有的地方岩石太陡，连我都爬不上去，幸好大黄机灵，爬上去硬是用嘴咬着藤子连根揪下来。"

他的话语中充满了对大黄的褒奖。

"谢谢！大黄，谢谢你。"迈克尔伸手亲切地抚摸着大黄毛茸茸的脑袋。

大黄谦虚地摇摇尾巴，算是对迈克尔的回答，叼着野三七藤踏着碎步跑在他们前面带路。

张进才把水池中的药草捞干净，搬开堵住出水口的石头，让迈克尔早上泡过的药水流走，又重新堵上石头将露天泉眼的烫水放进去，再将野三七藤连叶带根捣碎，浸入泉水中。

迈克尔脱了衣服躺进水池里。

张进才蹲在水池边，一边揉搓着藤叶一边说："这种草药活血化瘀止痛的效果很好。今天你在这池药水里好好泡一泡，吃了晌午饭再来泡一次，我想明天你就能骑马了。没办法哪，在这种荒山野地，只能用这些简单的办法给你先缓解缓解了。等回去你到我家里住下来，我再去找一些草药来帮你治疗。放心吧，年轻人，我一定会把你治好的。"

"张先生，我没办法……表达我的，感谢。非常非常地……感谢！"迈克尔竖起大拇指激动地说。

张进才哈哈笑了："瞧瞧你这个年轻人，咋个老说这些客套话呢？我不是给你说过吗，你们丢下自己的家和父母，从老远的美国来帮我们打倭寇，是我们要感谢你们哪……"

迈克尔心中又是一热。他久久地看着张进才。

张进才的笑容真诚而热烈，眼睛里流溢着历经岁月沧桑的勇武睿智和坚韧顽强，还有博大的宽厚和仁慈。

迈克尔终于下定决心，猛地从药水中坐了起来。

"张先生，有件事……请您能，帮助我……"

张进才又笑起来："我说你这个年轻人哪，咋个不像住在印度的英国人美国人性格直爽，想整哪样就整哪样，根本不多考虑。哪样事？你说嘛。"

"我的飞机，落在山坡，我的朋友牺牲了，在飞机里。飞机装着药品，很多的，治疗伤员的药品，做手术的器械，帮助中国的，战场，给中国的，抗日的……"迈克尔指着后面的山梁，竭力把每一个字说得清晰明确，同时还加上手势比画着。

张进才闻言大吃一惊。他一把抓住迈克尔的手，急切地问："你是说，你的飞机没有在天上爆炸，已经落在地上？飞机上装着很多药品，是援助我们抗日战场的物资?"

"是的，是的……"迈克尔连连点头。

"你要我帮助你做哪样事情?"张进才又问。

"把药品……送昆明。"迈克尔直截了当地说。

张进才的脸色一下子变得非常严峻。他拉住迈克尔的手，扶他重新躺进药水里，然后站起身走到岩石边拿起竹烟筒，按上烟丝点上火，使劲咕咚咕咚吸起来。

迈克尔看见张进才此时吸烟的神态与平时的完全不一样。在这几天的观察中，迈克尔注意到有两样东西是张进才随身不离的宝贝，一样是猎狗大黄，另一样就是他的竹烟筒。张进才平时吸烟的样子潇洒而自在，他先在长长的烟嘴上按上金黄色的烟丝，将细麻搓的火绳绕在手指上，半边脸和嘴捂在烟筒口，缓慢且很有耐心地将烟丝点燃，接着，那根手臂粗的烟筒里便发出了悠扬而富有韵味的水声。可是，今天烟筒里的水声却是急促而响亮，就像是暴风骤雨中的波涛。

吸了两锅烟后，张进才拍了拍大黄的脑袋:"去，叫世保过来。"

大黄站起身，飞快地跑了。

不一会儿，杨世保跟在大黄的后面跑来了。

"爹，找我有事?"

张进才放下竹烟筒，父子两人走到岩石后面，低声讲了几句话。

杨世保快步走过来，神色严肃地问道:"迈克尔，这样重大的事情，你为哪样一直不告诉我们?"

迈克尔稍微沉思了一下说:"日军通告，中国人帮助我们……救护飞行员，就要受惩罚。我担心……被日本人发现，连累你们……"

驼峰航线开通之后，不断有运输机和战斗机在腾冲、保山、怒江一带失事坠落，日军利用各种工具大肆宣传，在滇西占领区的大街小巷张贴告示：凡协助美国飞行员的人，不但本人将被处死，还要株连家人和乡邻。

张进才和杨世保相视无语。看得出来，父子两人此刻的心情非常复杂。

过了一会儿，迈克尔真诚地说："算了，你们，不要管……"

"不行！"张进才打断了迈克尔的话，"年轻人你莫担心，这事我们来办。"

他把竹烟筒递给杨世保，果断地说："你去叫他们几个停下手里的活计，把吃草的骡马赶快吆喝回来，我们马上去把飞机上的药品找回来。"

"那……我们的货怎么办？保山的郭掌柜还在双虹桥等着接货呢。能不能先……"杨世保有些迟疑地说。

张进才火了，将手中的打火石狠狠砸在地上："你这小子的脑袋里装哪样东西？白让你读了那么多年的书，救亡图存、匹夫有责的道理你都晓不得？那些药品可是救命的仙丹哪。别人在战场上打倭寇流血牺牲，你小子在这里当缩头乌龟……"

杨世保脸红了，急忙分辩："爹，我不是这个意思……我们驮的不也是战略物资吗？这次驮的大米、罐头、棉布、电池，还有蜡烛，全都是'云昆'商号签过合同送内地的。我是说，先将这批货驮到双虹桥，再转回来驮药品……"

"好了，不要说了。"张进才挥挥手，截住了杨世保的话，"这些事我都晓得。哪样轻哪样重你爹我分得清清楚楚。你赶快去叫人，拉上骡马就走。"

"那他怎么办？"杨世保指着迈克尔问。

"我也去。"迈克尔坐起身来要穿衣服。

张进才拦住了迈克尔："你不能去，好好在这里泡药。你现在还不能骑马，走路更不行，跟着我们反而耽误时间。只要告诉我们飞机在哪个地方就得了。"

"那地方……太复杂，找不到的。"迈克尔坚持着要起身。

"不用担心。有大黄在就没有找不到的东西。"张进才又把迈克尔按了坐下去，顺手拍了拍大黄的脑袋。

大黄紧跟在张进才身边。它抬起头来很自信地看看主人，昂起头颅，挺着胸脯，毛色金黄的尾巴摇得虎虎生风，一副信心十足的样子。

"可是……皮特在飞机上……我要去……"迈克尔沉痛地说。

"放心，我们会处理好的。你现在最重要的是赶快泡药、治伤，你身上的伤痛哪怕能减轻一分也是好事，明天一早我们就得上路。"张进才很严肃地说。

"爹，让迈克尔一个人守在这个地方恐怕不行。这几天我们在这里杀了那么多野兽，万一有高鹰、山兵、山猫一类的大家伙闻见血腥味从森林那边过来怎么办？"杨世保担忧地说。

张进才想了想说："让杜鹃留下来。叫她先把驮子捆好，准备藏山洞。今天我们回来肯定时候晚，肚子饿，叫她多煮点麂子肉，烤几只野鸡。"

杨世保答应着转身跑了。

迈克尔坐起来，捡起一个小石块，在地上画着坠机的位置。

"那天，你们救我的地方，往西边……翻过一座山梁……这样，打开机舱门……"

4

迈克尔躺在药水池中，辗转反侧，思绪万千。他为自己不能亲自跟随张锅头他们一起去找寻坠机，驮回机舱里的紧急战略物资而感到内疚。更令他痛苦不安的是不能亲自安葬皮特·桑德尔。已经四天了，皮特现在是什么样子？不过，张锅头说得对，他现在最重要的是尽快治疗自己的伤痛，走出原始森林，想办法将飞机上的医疗器械和药品送到昆明，才对得起牺牲的皮特和跳伞后生死不明的黄先平。

他抓起水中的藤叶，仿照张进才平时帮他疗伤的方式，用力搓揉按摩自己的下腹部和腰部。

此时，灿烂的阳光照耀着巍峨的山峰和苍莽的森林，温泉内升腾的热气化解成一缕缕薄雾轻纱渐渐飘散了，四周的景物清晰可见。

杜鹃的身影在草棚前出出进进。

迈克尔看见杜鹃手脚利索地将草棚里的驮子一一捆扎好后，提着两只肥壮的白马鸡到山崖下的溪水边宰杀清洗，抹上盐末和作料，用铁钎穿起来架在石块中间，燃起柴火慢慢烧烤。杜鹃每天出去打猎必定带几只这种全身雪白的野鸡回来，煮汤、烧烤或是黄焖。白马鸡是生长在高黎贡山上的一种独特的野鸡，它的肉丝细嫩，煮出来的汤味道醇香鲜美，非常好喝。

迈克尔自从昏迷中醒来第一眼看见杜鹃之后，就对这个裹着黑包头的年轻马脚子有了一种特殊的情感。这种情感很复杂，说不清道不明，里面不仅包含着救命之恩的感激，还包含着杜鹃那双仿佛带有魔法的手所唤起他的眷母情结。他曾经为杜鹃是个哑巴深感遗憾。没有想到，杜鹃非但不是哑巴，还是一个漂亮能干的姑娘。

当年，父亲多次对他描述过中国女性的美丽善良勤劳勇敢，这些优秀品质全都汇集到杜鹃的身上。几天的观察中，迈克尔发现杜鹃是这伙赶马人中比较能干的一个马脚子，打猎、煮饭、洗碗、收拾大伙晚上睡觉用的垫套毡子，从早到晚总是像只快乐的喜鹊跳来跳去忙忙碌碌。从马脚子平时谈话中得知，杜鹃还是一个很有名的神弩手，这几天吃的麂子、岩羊、野鸡、野兔就是她和杨世保、勒默猎获的。特别让迈克尔感动的是，杜鹃每天晚上都要举着火把到山箐里去抓石蹦，拿回来关在岩石缝里，第二天一大早再杀了给他煮稀饭。每次杜鹃从山箐回来，迈克尔都会发现她的手臂上有被利刺划破的道道血痕。

迈克尔闭上双眼转过头去，想避开杜鹃的身影。可是，他的脑海里又像放映纪录片似的，一会儿闪现出杜鹃山花样粉红水灵的脸蛋、乌黑油亮的长发、灵动活泼的大眼睛；一会儿闪现出杜鹃包着黑色大包头，肩上背着弩箭，英姿飒爽走在山路上的样子；一会儿闪现出杜鹃喂饭时灵巧柔和的双手……他的脸上甚至有了杜鹃用手背帮他擦拭嘴边稀饭汁时如同水波的惬意。

不知为什么，自从清晨在温泉飘逸的雾气中看见杜鹃白净的身子的那一刻起，他的心里就像闯进了一匹放任不羁的野马，蹽开矫健的蹄子在胸腔内纵情奔驰狂蹦乱跳，跳得他全身的血液都要沸腾起来了。

想起杜鹃优美动听如行云流水的歌声，迈克尔浑身燥热得如同喝下了过量的威士忌。他的身上燃烧起了有生以来第一次对异性心向往之的激情。

杜鹃一副专心致志的样子低着头忙干活，看都不朝温泉方向看一眼，似乎根本不知道迈克尔正在水池内泡药的事情。

此刻，杜鹃也是思绪纷繁心神不宁。她的眼睛虽然盯着柴火上烧烤的野鸡，眼前却在不断浮现出温泉里的情景，浮现出迈克尔惊喜地凝望着她的那双大眼睛。迈克尔的眼睛蔚蓝清澈，就像深秋万里无云的天空，广袤而深邃，给人一种无可置疑的亲切。

长到这么大，她是第一次被陌生的男人看见自己裸露的肌体。即便是自己的父亲，也是在她很小的时候帮着母亲为她换过衣服。当她懂事之后，父亲连她的房间都很少进去，有事不是让母亲来叫她，就是站在门外喊。她没有想到迈克尔会独自一人去温泉。这几天迈克尔去泡药必定是父亲或者哥哥陪同。今天早上离开木棚时她还特意朝地铺上看了一眼，当时父亲和哥哥都在睡觉，偏偏没发现迈克尔早就出去了。

父亲走的时候专门交代她，要她隔一段时间就到温泉去看一看。迈克尔受伤后身子弱，在温泉里时间泡长了出汗多会头晕发昏。可她根本没有勇气走到温泉去照看迈克尔。一想到迈克尔的眼睛，杜鹃的心就像疾风中滚动的铜铃，连她自己都能清晰地听见慌乱的叮叮咚咚的撞击声。

这几天晚上，杜鹃睡在父亲身旁紧挨着门边，用一块专门给驮子防雨的油布从中间隔开。以前她跟随马帮上路时父亲是让她单独睡一个小帐篷，到了迷人谷，父亲说睡帐篷湿气重，木棚里不管怎么说是地铺，木板干燥隔湿，更主要的是让她一个人搭帐篷在木棚外不放心，迷人谷一带猛兽较多，特别是攻击力很强的云豹一到夜间就出来活动，捕捉食物。

平时，杜鹃的睡眠特别好，身子只要挨着床和枕头就睡着了，可在迷人谷的每一个夜晚她怎么也睡不着，老是睁着眼睛看那个千疮百孔的破房顶，静静地聆听着木棚里马脚子们此起彼伏嘈杂的打鼾声，再从那些尖声粗气的鼾声中分辨出一个陌生的声音。迈克尔睡在木棚的另一端，他的鼾声不大，平和均匀不夸张，很容易被马脚子们尖声粗气的鼾声所掩盖，但杜鹃依然能从嘈杂的声响中找出迈克尔的声音。这时候的她感到心跳剧烈，全身灼热滚烫，就好像是躺在熊熊燃烧的火塘边。这种异常的现象过去从来没有发生过。难道，女人见了喜欢的男人就会这样？

她知道父母喜欢世保，打算将她嫁给世保。她和世保从小青梅竹马一起长大，她也喜欢世保，不过那种喜欢只是妹妹对哥哥的情感。她和世保在一起的时候，从来就没有出现过浑身燥热心跳不安的感觉。

架在柴火上的野鸡烤熟了，一股摄人魂魄的香味顺风飘了过来。烤鸡的香味使迈克尔想起小时候过圣诞节母亲烤的火鸡，冬天房间里温暖的壁炉……他觉得腹中的肠胃叽里咕噜蠕动起来，抬头看看天空，太阳正顶，才是中午时分。他知道，这几只野鸡是烤了留给张锅头他们一伙人回来吃的。路那么远，等他们把机舱里的药品器械卸下来再走到这里，不知要到什么时候。

他侧过身子逆着风向，遥望着远处连绵起伏的山峦和郁郁葱葱的森林，努力克制住自己，不去闻那诱人的烤鸡香味。

突然，迈克尔从岩石缝中看见一头长得像小牛样健壮，浑身布满褐色斑纹的豹子朝杜鹃走去。

杜鹃背坐在篝火边，根本没注意到她身后出现的云豹。

"嗨——小心！你后面有豹子……豹子……"

迈克尔急忙从温泉水中坐起身来，大声朝杜鹃喊道。

可是，逆风逆向，山风是从杜鹃所在的那个方向刮过来的，迈克尔的喊声一出口就被风吹得无影无踪，杜鹃根本听不见。

云豹继续朝杜鹃走去，越来越近。

杜鹃丝毫没有察觉身后的危险，依然坐在石头上专心致志地翻烤着野鸡。

迈克尔心急如焚，他迅速从水池里站起身，飞快穿起衣服，抓起地上的手枪，一只手捂着下腹，咬着牙朝云豹冲过去。

云豹离杜鹃只有七八步的距离了。

迈克尔清楚地看见花纹锦簇的豹头上，一双铜铃般的豹眼闪烁着饥饿贪婪的绿光，死死盯着杜鹃和铁钎上的烤鸡。云豹脸上肉感极强的鼻吻在不停地抽动着，一副垂涎欲滴的样子。

迈克尔举起手枪瞄准云豹，却不敢扣动扳机，他害怕一枪不能击中豹子，反而会误伤杜鹃。他抬高枪口放了一枪。

砰！

子弹打在长着山草的岩石上，飞起漫天碎石、草叶和尘土。

枪声如晴天霹雳，震住了那只云豹。它回过头来惊悸地盯着迈克尔。

杜鹃听到枪声吃了一惊。她转身看见站在自己身后的云豹，急忙扔掉手中的铁钎，敏捷地就地一滚，一个鹞子翻身躲到岩石后面。

迈克尔从来没有见过如此活灵活现的庞大野兽。他的家乡也有绵延不断的山脉和苍茫无际的森林，小时候，每到冬天，附近几个村子的猎人就邀约着到森林里去打猎。猎人们回来的时候很神气，用雪橇拉着猎获的灰熊、豹子、狐狸、野兔、山鸡等猎物，在村子里左一转右一转兜圈子，将他们的战利品展示给村里人看。那些放在雪橇上由猎狗拖回来的猎物早已经冻得冰凉僵硬像石块一样，村子里的许多男孩子争先恐后爬上雪橇，坐在灰熊和豹子的身上，两只手还紧紧抓住它们硬邦邦的脑袋，有的人甚至还用手指去抠它们的眼睛和耳朵。迈克尔从来不敢用手去摸雪橇上的猎物，他总是站在远远的地方观看，为此每年都要被小伙伴嘲笑，说他是个胆小鬼。

此刻，迈克尔就与这头像小牛样健壮，浑身布满褐色斑纹的豹子面对面地相持着。

迈克尔看着云豹闪着幽光的眼睛，大脑里突然一片空白。他在空中无数次面对日机疯狂的炮火毫无畏惧，沉着应战，机灵地躲开敌人的攻击，而如今他却呆呆地望着那头云豹，不知所措。

云豹盯了迈克尔几分钟后索然无味地回过头去，当它看到近在咫尺的烤鸡已经无影无踪，顿时怒不可遏。云豹伸长脖颈发出一声震撼山林的吼叫，用力在地上磨了几下前爪，随后一弯腰，十几节棕色环带的豹尾朝下一弹，闪电般从地上跃起，气势汹汹朝迈克尔扑过来。

杜鹃滚到岩石后面，抬起头来看见云豹正欲扑向迈克尔，而迈克尔却呆呆地站在原地没有什么反应，急得大喊："快跑——开枪呀——"

　　迈克尔似乎什么也没有听见。

　　"快——跑——"杜鹃声嘶力竭喊叫着冲过来。

　　迈克尔浑身一震，脑子里猛然清醒过来，他迅速举起手中的枪……但已经来不及了。

　　野性勃发的云豹旋风似的把迈克尔扑倒在地，两只前爪搭在他的肩上，锋利的爪子扎进他的肌肉。

　　迈克尔手中的拉八式手枪被弹飞出去。云豹沉重得就像一座大山，迈克尔的肩膀碎裂般疼痛。

　　云豹低吼着，张开血盆大口朝迈克尔的喉咙咬下去。

　　迈克尔绝望地闭紧了眼睛。

　　就在这千钧一发之际，只听到砰砰两声枪响，扒在迈克尔身上的云豹发出一声痛苦的嚎叫，身子剧烈地颤抖几下就倒下来，半个身躯砸在了迈克尔的身上。

　　两颗子弹击中了云豹的脑门，腥热的血液和白花花的脑浆带着浓重的血腥味喷溅在迈克尔的身上和脸上。

　　杜鹃扑到迈克尔身边，手里还揶着冒青烟的拉八式手枪。她看见迈克尔双目紧闭，满身血污，顿时哭出了声："大……哥……迈克尔——大哥……"

　　迈克尔被云豹压得喘不过气来，听到杜鹃的哭喊声，他睁开眼睛，吃力地回答："我……没……事……"

　　杜鹃转悲为喜。她使劲将压在迈克尔身上的云豹拖开，扶他坐起来，解下自己的包头，帮他擦拭脸上身上的血污。

迈克尔的脖子和肩膀上有几道被抓开的血痕，火辣辣的疼得他直咧嘴，幸好他的皮革飞行服厚实，云豹的爪子扎得不深。

杜鹃跑回木棚，拿来一些父亲吸烟筒的黄烟丝，敷在迈克尔的伤口上。烟丝凉幽幽的，一会儿就止住了血。

张进才他们回来时已是半夜。二十四匹铁青骡的背上驮着沉重的纸箱和一些大麻袋。

杨世保对迈克尔说："药品和医疗器械全部都驮回来了，只是那些军服和毯子实在驮不下，我爹说了，药品是治病救人的，先驮回去，过几天我们再转回来驮军服和毯子。"他停顿了一下，压低声音说，"你的战友已经安葬了，用毯子很好地裹起来埋在飞机旁边的一棵杜鹃花树下。"

想起皮特满面血迹的样子，迈克尔的眼眶湿润了。他用力咬着自己的嘴唇，连连点头。

"谢谢！谢谢……"

"对了，"杨世保停顿了一会儿又说，"大黄在路上还找到了一个装水的铝壶，我放在飞机的机舱里，走的时候忘记拿了。"

马脚子们看见躺在地上的云豹，又听杜鹃讲述了迈克尔不顾一切救她的经过，大家激动地围住迈克尔连声道谢。吃饭的时候，几个人争着帮他端碗盛饭，不断将鸡腿肉、麂子肉硬塞进他的碗里。迈克尔的饭碗和菜碗被肉堆得满满的，连饭都没办法吃。

张进才和杨世保对迈克尔更是感激不尽。听说迈克尔肩膀上的伤口出了不少血，张进才连饭都没吃就举着火把爬到山崖上拔草药来给他重新敷上。

第二天一大早，马脚子们拔锅卷席准备上路，张进才和杨世保、倪树生将马帮从八莫驮出来的所有货物藏进山洞里。

那座高大挺拔像巨莲样黝黑的山崖下面有几个天然岩洞。山崖为石灰岩，崖下由石乳凝成的石柱和石笋形成了几个贯通相连又独立成形的岩洞。由于迷人谷方圆百里没有人烟，马帮无法补充给养，张进才从家里出来的时候就多带上一些米、包谷和蚕豆，存放在山洞里，当他们从八莫返回走到这里刚好人和马的食物都已经吃完，就用山洞里的存货补充。

张进才在山洞里找到一副当年父亲的马帮抛弃的旧鞍子，用布条裹了裹，铺上厚厚的毡子，给迈克尔专门备了一匹体格健壮的公骡。

驮上从飞机里卸下的纸箱和大麻袋，又在驮子上面铺盖上防雨的棕衣，马帮就上路了。

迈克尔记得，飞行前他和地勤人员查验货物的时候，货单上药品的数量是两吨多。没有想到，那么多的药品和医疗器械现在全都放到了这些个头并不高大的云南山地马的背上。

而且，为了照顾他的身体，这些和善的赶马人又专门腾出了一匹骡马。

骑马，对于迈克尔来说，并不陌生。

小时候，父亲经常要到很远的地方去挖各种树木花草，所以他家还专门养了一匹马。有时候，父亲出去遛马，也会带上迈克尔。

父亲将迈克尔放在马背上,教他如何控制好马的缰绳,如何利用缰绳的收紧或放松让马快跑或者慢步。父亲说,一个好的骑士,在马匹有异动的时候就能从缰绳上感觉出来。例如,骑马在树林间穿行或者走在铁丝网旁,一定要集中注意力,防止马匹突然急闪,将骑马的人甩到树上或者铁丝网上。就这样,迈克尔在父亲的教导下学会了骑马。后来他到中国参加驼峰航线的运输后,有时候在巫家坝机场或者汀江机场,只要遇上带鞍的马,也会骑上痛痛快快地跑上一段路。

可是,当他在迷人谷第一次骑上骡马时,才发现当年父亲教给他的那些骑术此时基本就用不上。

刚骑上骡马,迈克尔立刻感到小腹撕心裂肺地疼痛,尤其是当屁股碰到驮子时,简直就像从高空落在一把锋利的钢刀上,尽管张锅头已经在驮子上面垫上了厚厚的毡子。

迈克尔紧紧咬住牙关,没有让自己叫出声来,然而,额头上的汗水却似断了线,大颗大颗往下滚。

他必须要忍住,必须,必须!

他知道,为了救治他,这些素不相识的赶马人已经耽误了好几天的时间,已经面临着骡马断料人断粮的境地。

他知道,为了帮助他将坠机上的药品运出去,这些深明大义的赶马人已经舍弃了自己所运的货物,必定会遭受商家索要的损失赔偿,也许他们会因此倾家荡产,一无所有。

所以,再大的痛苦他都必须忍住。

"你……很疼?"杜鹃走到迈克尔的身边,用一块包头轻轻擦去他额头上的汗水,小声问道。

"不……"迈克尔趴在驮子上，咬紧牙关，挣扎着抬起头来，咧了咧嘴，挤出一个笑容。

"你就叫出来吧，会好一些。"杜鹃依然小声地说。

"不……不疼……"迈克尔依然咬着牙回答。

这时，马帮已经上路，驮着迈克尔的骡马也紧跟着前面的骡马迈开了步子。

"我去给爹说，不行就等你好些再走。"杜鹃看着迈克尔蜡黄的脸色，一把拽住了骡马的笼头。

"不……没……有事。我没有……事。"迈克尔说。

杜鹃看了看前行的马队，叹了一口气。

张进才从前面快步走了回来，问道："年轻人，能坚持吗？"

"爹，他太疼了，恐怕……"杜鹃着急地说。

"没事，我……没事的。"迈克尔急忙打断了杜鹃的话。他用力撑起身子，装出一副很轻松的样子。

"我知道，你现在还不能走动。但是没有办法，人和马都断粮了，只能走啊。"张进才深深地叹了口气。

"这样吧，你用手抓住驮子，两只脚用点力蹬住蹬子，让身子稍微撑起一点，就会好一些。"张进才将迈克尔的两只手拉了放在驮子的两侧，将他的脚拉了套进脚蹬，然后做了一个撑起身子的动作。

迈克尔照样做了，果然感觉疼痛减轻了一些。

"还有，如果走在平路上，你只要抓住缰绳，身体随着骡马步伐的节奏轻微起伏，走起来会很稳，你的身子也可以稍微撑高一点。但是爬坡下坡就要特别小心。记住了，骡马上坡时你的身子必须稍微后仰，骡马下坡时你的身子又得稍微前倾。"张进才边说双手还比画着动作。

迈克尔似懂非懂地连连点头。

"爹，放心吧。我会照顾他的。"杜鹃说。

她拉起马鞍两侧垂下的毡子，仔细地铺垫在鞍架上。这样，迈克尔坐在上面就更柔软一些。

迈克尔深情地望着杜鹃，小声地说："谢谢……杜鹃……你……顶好！谢谢……"

5

第三天，马帮终于走出了迷人谷。

中午"打亮"是在一个叫黑风口的山坡上。马帮到了黑风口就意味着完全走出了迷人谷，进入西南古丝绸之路的正道。山坡下，那条由青石铺就的古道像一条狭长的腰带，在树林间和山梁上蜿蜒延伸，时隐时现，残缺不全的青石上，布满了蜂窝样深深浅浅的马蹄印。

"打亮"的这片山坡地势稍微平缓一些，山坡的左面是一条陡峭的山箐，长着许多不知名的灌木，叶稠阴翠看不见箐底。山坡的右面有一条山谷，清澈的溪水从乱石丛中无声地流淌下来，又沿着蜿蜒的山谷继续流淌下去。

"松松……"

"启几……"

"嘘呼……"

杨世保、勒默、聂鲁都以及艾撒四个人嘴里不停地用一种特殊的语言对骡马吆喝着，发出各种指令，同时忙而有序地给二十匹骡马卸驮、喂料、饮水。张进才先从头骡的驮子上取下两口凸肚圆形底的大铜锅，到山谷里舀来溪水，拌好喂骡马的豆子和草料，然后带着大黄钻进山泉边的灌木丛中去找烧汤吃的野菜。

马帮上路有一个规矩——人吃两餐马喂三餐，饿人不饿马。在马帮里，几乎所有的赶马人都把骡马看得跟自己的性命一样重要。因为骡马就是他们家庭的经济支柱、生活来源，即使是那些受雇于商号的马锅头和马脚子，对骡马的照顾也是非常精心和认真。运输途中，骡马的食料、饮水有着严格的规矩；一般情况下，每天早晨上路之前给骡马喂的料相对要少一点，上了驮子就赶路，中午喂的料要稍微多一点，到了晚上就得让骡马吃饱喝足，第二天它们才有精力走路。

那些卸下了鞍架的铁青骡顿时显得非常轻松，它们有的舒适地昂起头颅，打着响鼻；有的则躺倒在地上欢快地打上几个滚，然后围拢在大铜锅周围大口地吃草料。

倪树生和杜鹃先在周围的树丛中捡来一些干树枝，在几块被烟火熏得漆黑的石块上架上两口漆黑的铜锣锅，舀上溪水，点燃树枝，再将头天晚上留下的冷饭冷菜用一块布巾包好放进一口锅里蒸上，另外的一口铜锣锅舀上半锅水。

马帮在行路的途中是不用锅炒菜的，一是炒菜麻烦耽误时间，二是避免炒菜时油香四溢招惹野兽的袭击。

干柴燃火，不一会儿，铜锣锅内便水花翻腾，白雾缭绕。

这时，大黄从灌木丛中无声地钻了出来，紧接着张进才手里拿着一大把青翠碧绿的野菜，也从灌木丛中钻出来。他先到溪水里简单地洗了洗野菜，然后走上山坡，将水淋淋的野菜递给杜鹃。

"赶快干事（吃饭），干了事早点上路。"张进才大声对马脚子们说。

"都好了，就等煮汤的菜了。"杜鹃回答说，一边将野菜放进水花翻腾的铜锣锅内，又放了一点盐巴，然后从装冷饭冷菜的羊皮袋子里拿出半只烤野鸡，放在草地上给大黄吃。

张进才从驮子里拿出竹烟筒，找了块平坦的岩石坐下，低着头抽烟，若有所思。

按照马帮的生活习惯，中午吃饭都很简单，大都是把头天晚上留下的剩饭剩菜蒸热就行，然后煮一锅野菜汤，这样饭吃了，菜吃了，水也喝了。俗话说，有山就有水，有水的地方就饿不死人。在高黎贡山上，每一条山谷里都流淌着永不干涸的溪水，溪水边一年四季都生长着茂盛的青草和各种野菜。有些野菜不仅人可以采来做汤吃，牲畜也非常爱吃，所以马帮在中午"打亮"或者是晚上"歇梢"都要选择有溪水的地方，骡马们吃个半饱的豆子草料后，自己跑到溪水边找寻一些青草和野菜加加餐，这样就节省了不少饲料。

"歇梢"就是野营。马帮野营的地点是很讲究的，地势要平坦干燥，能够背风挡雨，而且柴火要充足，还要靠近水源。更重要的是他们必须在天黑之前让骡马卸驮歇脚。常年在山路上行走的骡马会看天色，当日落西山暮色降临，疲惫不堪的骡马就自己停下脚步不走了，无论赶马人使用什么样的办法也无法赶它们继续前进。

迈克尔从马背上艰难地爬了下来，准备走到不远处一块高大的岩石后面解个小便。

这一路上，他最大的麻烦事就是上厕所的问题。古道上遍地都是树林和灌木，长年走马帮的马脚子们习惯于撩起大裤裆就无拘无束随地大小便，这次由于杜鹃的关系，他们稍微收敛一点，看见杜鹃走过来就背转过身子。迈克尔不好意思当着杜鹃和马脚子的面做这件事，他每次解手都要躲到树丛或者岩石的后面。

迈克尔走到岩石后，刚想解手，突然看见勒默急匆匆地走到前面的岩石后，双手将裤子一扒就蹲下去，紧接着一股臭味便顺风飘了过来。

迈克尔急忙用手捏住自己的鼻子，快步走向侧面一丛茂密的灌木林后，避开从勒默那边过来的风向。

他终于痛痛快快地解了一次小便。

经过张进才几天的治疗，迈克尔现在解小便已经顺畅多了，只是每次小便时下腹部仍有些疼痛，小便里不时还带有一点血丝。

这一次，他感觉下腹的疼痛减轻了，小便的量也比之前的多。遗憾的是面对着灌木丛，无法知道小便里面还有没有带血丝。

迈克尔转过身去，看见勒默还蹲在岩石后面没有离开，干脆就站在原地，双手捂在小腹上，顺时针轻轻地揉着。

这是张进才专门交代他做的事情：每次解完小便后，都要轻轻地揉一揉小腹。

突然，迈克尔感觉头顶的正前方传来几声轻微的响声。他抬起头来，顿时吓得浑身都颤抖起来。

在他前面的一根树枝上，盘卷着一条比水管还粗的蛇。那蛇的头是三角形，颈部微细，全身呈翠绿色，颜色非常好看。

看清楚蛇的颜色与特征，迈克尔的脑子闪电似的跳出一个名字——"Trimeresurus gramineus（竹叶青蛇）"。

他知道，这是在云南的很多地方，特别是在高黎贡山的大森林里常见的一种毒蛇，当地人叫"竹叶青"。昆明巫家坝机场和汀江机场的资料室里，贴着云南、印度、缅甸等地生存的各种毒蛇猛兽的照片，上面还有详细的介绍和防备的措施，飞行员们没事的时候，经常会到资料室去看看。

他们将这种具有主动攻击性、颜色非常漂亮的毒蛇戏称为"美丽的魔鬼"。

"美丽的魔鬼"从树枝上探出半截身子，警觉而狡黠地吐出鲜红的信子，眼睛里透射出一阵阵冰冷的死寂。它就这样目不转睛地盯着迈克尔。

看着那条蛇的眼睛，迈克尔浑身不住地发冷。他从来没有见过那么冰冷恶毒的眼神，像是来自地狱的恶魔，分秒间便会将人们赖以生存的美好家园化为灰烬。

此刻，他根本想不起来图片上面关于蛇类防范措施的介绍，只是怔怔地站在那里，呼吸急促，心脏跳得怦怦响，感觉都要跳出胸腔。

恍惚间，他好像看见那条蛇张开的大嘴，嘴里两颗青白的獠牙闪闪发光，牙尖上还滴着墨绿的毒液，似乎那毒液很快就会注入到他的身体里面。

"魔鬼……美丽的……"

迈克尔还是忍不住大叫了一声。他用力地握了握拳，强迫自己镇定心神，毕竟不久前才与那凶残的云豹交锋过，多少有了些心理准备。

思绪在脑中飞快地旋转，他决定不能坐以待毙。迈克尔按捺住心中的恐惧，屏住呼吸，小心翼翼地往旁边挪去。一步，两步，三步，他以微不可见的身形在移动，只要离开这片树林，他就安全了。

谁知道，他竟然碰到了身边一棵低矮灌木，晃动的树枝立刻引起了那条蛇的注意。它扬起脑袋，飞快地吐着信子，缠绕在树枝上的身子迅速蜷缩，像一张拉紧的弓，摆出了即将进攻的姿势。

"莫动——"

就在这千钧一发的时刻，只听到有人大喊一声，同时听到"嗖——"的一声，一支弩箭闪电般直射向那条蛇，不偏不倚，正中它的头部。

那条毒蛇被利箭钉在树干上，它扭动着，挣扎着，不一会儿就耷拉着脑袋不动了。

站在岩石后的勒默双手抬着一张弩，下半身赤裸裸的。他还没来得及提上裤子。

听到这边的叫声，杨世保最先端着枪冲了过来，紧接着张进才和其他的马脚子也提着刀、拿着弩箭跑了过来。杜鹃正在"锅灶"上忙碌着，听到声音，手里捏着一个"顺子"（木勺）便跑过来。

"哪样事？"

"咋个啦……咋个啦？"

迈克尔用手指着树干上的蛇："美丽的……魔鬼……美丽……魔鬼……"

"噢——吓了我一跳，不就是一条老梭（蛇）嘛。"倪树生丧气地说，将手里的枪放了下去，"值得大惊小怪的，还以为遇见山兵了。"

其他人也看清了被弩箭钉在树干上的竹叶青，一下子全都笑了起来，仿佛他们看见的只是从树上飘下来的一片树叶。

突然，聂鲁都一眼瞄见了正在忙着提裤子的勒默，指着勒默大笑起来："勒默……哈哈……你在整哪样？咋个将屎巴巴整在裤裆里，光着精屁股晒太阳……哈哈……"

"放你妈的狗屁。聂鲁都……你狗嘴里吐不出象牙，等着瞧，老子收拾你……"勒默一边骂，一边拉起宽大的裤子，用根长长的带子系在腰间。

马脚子们回过头看着勒默，笑得更欢了。

"哈哈……迈克尔，你刚才说，说什么……美丽的……魔鬼……"杨世保一只手指着树干上的蛇，一只手拍了拍迈克尔的肩膀，笑着问道，"你们外国人真是搞不懂，明明是害人的毒蛇，还要说它是美丽的……"

杜鹃跑过来，看见迈克尔无事，长吁了一口气。当她顺着聂鲁都的手指看见正在手忙脚乱整理裤子的勒默时，也笑了起来。她停住脚步，转过身，往"锅灶"那边走去了。

"好了，你们都莫笑了……"张进才一边笑一边说，"今天要是没有勒默的这一箭，这个年轻人可就遭殃了。真被咬了，不死也要脱层皮。"

他走到迈克尔的身边问道："年轻人，吓到了吧？这种青竹标是毒蛇，平时最喜欢爬在树枝上和竹林里，你以后解手不要去有树林的地方，尽量找岩石的后面，看清楚了……"

这时，迈克尔已经缓过神来，他有些不好意思地挠着头，连声向大家道谢，还特意朝着勒默作了个飞吻的手势。

他们说说笑笑，又回到了"打亮"的地方。

迈克尔坐在石头上休息了一会儿，心情完全平静下来，就想帮着大家做点事。他看马脚子们每个人都在忙着干自己的事情，插不上手，就走到做饭的"锅灶"。

从迷人谷出来的两天里，每次"打亮"或者"歇梢"，张进才都叫迈克尔坐下好好休息，不让他过多地走动。

"我，可以，干什么？"迈克尔问杜鹃。

"你……烧火吧。"杜鹃看着他，想了想，指着干树枝做了个添柴的动作。

迈克尔就坐在石头"炉灶"前，他仿照着杜鹃的样子，将放在旁边的干树枝折断，然后添加到火堆里。

这时，卸完驮子的马脚子们也围拢过来，撩起衣襟抹了抹头上身上的汗水，勒默和聂鲁都各自从驮子上抽出一个竹烟筒，坐在石头上抽烟，艾撒和倪树生则是四仰八叉地躺在草地上歇息，等待着"打亮"。

"干事喽，快点起来干事喽，快——"

几分钟后，杜鹃一边将蒸饭菜和煮汤的铜锅端到一块平整的岩石上放好，一边大声吆喝着刚将头落在草地上就已经打起呼噜的艾撒和倪树生。

杨世保从石灶下面抽出还没有燃尽的树枝，又到溪边提来溪水，小心翼翼地将余火浇灭。

迈克尔从装碗筷的羊皮袋子里拿出一个"莲花"和一双"小手"，然后走到岩石边。

杜鹃一连吆喝了几遍，勒默、聂鲁都、倪树生，还有杨世保都已经拿着"莲花""小手"走过来了，唯有艾撒依然鼾声如雷一动不动。

杜鹃无法，走了过去，弯下腰，扯着艾撒的一只耳朵，大声叫道："艾撒，艾撒——干事喽！"

艾撒这才醒了过来，他从地上爬起来，伸了个懒腰，然后走到岩石边，接过杨世保递给他的"莲花"和"小手"。

张进才掀开蒸饭菜的铜锅盖，接过杜鹃递给他的"顺子"，舀了饭夹了菜，坐到旁边的石头上低着头吃。

其余的人也各自舀好饭菜吃起来。

迈克尔扒了几口饭，感觉今天的饭有点硬，他走到汤锅前，拿起放在饭锅里的"顺子"，舀了几勺野菜汤泡在饭里，然后将舀汤的"顺子"顺手放进了汤锅里。

"莫放——莫……"

站在一边吃饭的杜鹃猛然看见迈克尔的举动，顿时脸色都变了，她大声喊起来，想阻止迈克尔，可是来不及了，"顺子"已经放进了汤锅。

迈克尔被杜鹃惊慌的叫声吓了一跳，他端着碗，莫名其妙地望着杜鹃，不知自己做错了什么。

马脚子们被杜鹃的叫声吓了一跳，他们抬起头来，当看清了原来是迈克尔将舀汤的"顺子"放进了汤锅时，每个人的脸上也露出了惊慌的神色，他们全都望着迈克尔，随后又将目光转向了张进才。

张进才阴沉着脸，盯着汤锅里的"顺子"一声不吭。过了一会儿，他说："都干事吧。他晓不得（不懂），不怪他。"

马脚子们全都舒了一口气，有的人还朝着迈克尔作了一个怪脸，然后又低下头哗哗吃饭。

迈克尔依然端着"莲花"站在原地，不解地望望这个，又望望那个。他实在不明白自己究竟做错了什么。

"快干事吧。迈克尔，没事，什么事都没有。"

杨世保走过来，将迈克尔拉到旁边的石头上坐下。他一边安慰迈克尔，一边从汤锅里将"顺子"拿出来，放到饭锅里。

后来，杨世保悄悄告诉迈克尔，在马帮的规矩中，舀汤的勺子是不能放进汤锅的，必须放进饭锅，否则赶马人就认为不吉利，尤其是马帮即将过河、过江之前，这些举动都是非常忌讳的，他们称作"放鸭子"。

不过，杨世保还是再三地安慰迈克尔："你是外国人，又是我们的客人，所以我爹没有怪罪你，你不必担心。"

匆匆干完事，倪树生帮着杜鹃在山谷的溪水中清洗餐具。他们将烧水煮汤的锣锅以及吃饭的缸子、"莲花""小手"包好套在一起，顺次装进一个皮袋子里，然后放在驮子上。这种洗碗包筷装锅的规矩也是马帮世世代代流传下来的，不可改变，也马虎不得。

此时，杨世保、勒默、聂鲁都和艾撒已经将附近吃草的骡马吆喝回来，给骡马捆驮铺鞍。马帮捆驮子很讲究技术，硬驮与软驮的捆法又各不相同。硬驮是给骡马配上合适的木鞍桥，再将装货的鞍架架上去。硬驮适合在相对平缓的道路，如果道路险峻狭窄，就必须捆软驮。软驮是将货物直接用皮条捆在骡马背上，这样可以避免在路途中磕磕碰碰损坏了货物或者货物滑落。由于这批医药器械的包装既有纸箱又有麻袋，所以既要捆硬驮也要捆软驮，装卸驮子也很麻烦。

张进才的神情显得有些严峻。他让杨世保拿一套衣服给迈克尔换上，把他的飞行服包裹好藏进驮子里，还在迈克尔的头上裹了个像杜鹃一样的黑包头。

迈克尔的个头比杨世保高大，穿上杨世保的衣服就像成人套上儿童装，又短又小，紧绷绷的，逗得众人直笑。

张进才想了想，从包袱里拿出一件自己谈生意时穿的丝绸长衫帮迈克尔罩在外面，又给他戴上一副宽边墨镜，再把黑包头解掉，换成一顶黑毡帽。

经过一番打扮，迈克尔与先前恍若两人，乍眼看上去，还真像一个风度翩翩的生意人。可遗憾的是，迈克尔穿上丝绸长衫就像是套了一只长口袋，显得很笨拙，再加上腹痛弯曲着腰杆，跨不上骡背。最后还是杜鹃想了一个办法，上骡前将他的长衫卷到腰部，用长包头扎起来，必要时只要一解包头巾，长衫就哗的放下来了。

张进才比画着手势对迈克尔说："年轻人你可要记住了，从现在起，路上遇到任何人你都不要开口讲话，不要摘帽子也不能取眼镜。我们就说你是从八莫来的商人，到保山谈生意的。"

"顶好，顶好。"迈克尔明白了张进才的意思，连连点头。

张进才又回过头对马脚子们说："哎——你们大家也多注意点，遇到人就叫他……吴老板，千万不要说漏了嘴喔。"

"好啰。"马脚子们笑着答应。

"哈哈——吴老板？"倪树生大笑着走过来拍拍迈克尔的腰杆说，"我说美国飞客，按你们外国人的规矩，你的名字应该咋个叫……老板——无？就是根本没有的老板，不存在的老板。世保，是不是这个意思？瞧瞧，我们张锅头毕竟是走南闯北，能文又能武，张口就给你取了这样一个在阎王爷的生死簿上都查不到的好名字。从现在起，你就是老黑熊头上顶红布——冒充新媳妇啰。"

众人顿时哄堂大笑。

张进才一边笑一边指着倪树生骂道："倪麻子，瞧你这副死德性，说话天上一句、地下一句的，拍马屁你都拍不在点子上，拍得浑身马粪臭烘烘的。"

大家说说笑笑，收拾好驮子上路。

杜鹃把上鞍的公骡牵过来让迈克尔骑上去。这几天迈克尔一直是骑骡走在后面，杜鹃依然断后，照顾后面的几匹驮子和迈克尔。

自从那天经历了云豹袭击之后，杜鹃在迈克尔面前不再装哑巴，一路上两个人有说有笑。杜鹃经常摘一些路边的野果野花给迈克尔，有的野果很好吃，有的野果迈克尔完全无法下咽还闹笑话。

有一次，杜鹃在树丛中摘了一个拳头大小淡黄色的野多依果抛给迈克尔，她没有讲话，只做了个手势让他放在鼻子下面闻，可是迈克尔却误会了她的意思，就像吃其他香甜的野果一样，大大地咬了一口，没想到那果子又酸又涩，迈克尔一张脸拧成了苦瓜状，趴在骡马背上直吐口水，把杜鹃笑得差点岔了气。

从温泉出来三天的路途中，迈克尔断断续续向杜鹃讲述了自己的一些经历。他讲童年的幸福和快乐，讲多年来对亲生母亲的思念，以及父亲当年遥望着高黎贡山，却失之交臂的遗憾。有的时候，迈克尔会指着路边的一些树木及花草，惊喜地对杜鹃说，这些植物他在佛罗里达大学生物系的教科书里见过，父亲也多次对他讲过，可惜父亲的植物园里全都没有。

迈克尔向杜鹃讲述美国的独立日、圣诞节，讲述美国的风土人情。他说在温泉那几天吃到的又辣又麻的烤山鸡味道很可怕，那种让口腔几乎要冒火的食品美国人根本吃不下去。他讲小时候母亲做的一种油炸鸡"特大啃"，那是自己一生都不能忘怀的美味。做这道菜非常麻烦还费工夫，只有每年的感恩节母亲才会制作。首先要杀一只自己家里养的火鸡，再将一只杀好的鸭子塞在火鸡的肚子里，然后再往鸭子的肚子里塞一只鸡，最后还要往鸡肚子里塞些香肠和熏肉，经过两三个小时烤制才能完成。

他向杜鹃讲述了好朋友弗里尔曼·约翰击落、击伤十三架日本战斗机的英雄事迹，汀江基地的执勤官"老马"斯莱德·康纳上尉在空战中受伤的经过，还有那些他认识的至今仍驾驶着P—40战斗机与日机在空中真枪实弹战斗的飞行员们。他说，这些战友都是他所崇拜的英雄。

他特别讲述了与副驾驶皮特·桑德尔和报务员黄先平的战斗友谊，为皮特的牺牲很是痛心，也为跳伞之后的黄先平担忧。

杜鹃现在最后悔的事情，就是当年没有在腾冲的学堂里好好把书读下去。说实话，她小时候半年时间所学的知识，如今差不多都还给先生了。迈克尔给她讲述这些经历和别人的故事时，有一些她能够听懂也能理解，但有一些却是一知半解，尽管迈克尔已经竭尽全力用自己所知道的中国话来表达。

而杨世保却不一样。

每天傍晚马帮歇梢后，安顿好所有的事情，杨世保总喜欢与迈克尔在一起聊天。他们两个人虽然经常需要通过手势比画，但都能弄明白对方所要表达的意思，他们有时候叹气惋惜，有时候开怀大笑。他们聊天的内容杜鹃听得几乎就是莫名其妙，什么为争取独立的第一次世界大战，什么太平洋战争的发展趋势，还有罗斯福总统、陈纳德司令官等等。

杜鹃多么希望能完全听明白路途中迈克尔讲的每一句话，能理解迈克尔与杨世保交谈的每一件事。

　　她喜欢看迈克尔讲话时潇洒的神态和动作，特别喜欢迈克尔从骒马背上弯下腰来看她的那双眼睛，那双像秋日的天空一样蔚蓝蔚蓝的大眼睛。

第四章　倒马坎遭劫

1

嗖！

一支弩箭带着犀利的响声射在头骡前面的树干上。

马脚子们吃了一惊，连忙牵住骡马停下来。

张进才从树上拔下弩箭，当他看见箭翼后面小小的三角形黑布条时，不由得皱了皱眉头。

就在这时，山坡下的树丛中响起一声悠长的口哨，从一块岩石后面猛地跳出了八九个衣衫褴褛持枪捏弩提刀的汉子。这些人举着亮锃锃的长刀，一个个凶神恶煞，剑拔弩张。

跳出岩石的人迅速散开，堵住了马帮的去路，嘴里不停地喊叫着："此树是我栽，此道是我开。要从此山过，留下买路财……"

紧接着，岩石后面又跳出一个皮肤黝黑的壮汉。这汉子四十来岁，长得五大三粗，鼻梁上戴着一副四方形的黑眼镜，一顶卷边的咖啡色毡帽罩在后脑勺上，肮脏的浸透着汗渍的对襟衣敞开着，露出肌肉结实的胸膛。

黑汉手里提着一支德国造的二十响手枪。他走过来，眼珠骨碌碌地朝马背上的驮子扫了一遍，怪声怪气地说："哦呵呵——这是哪家的马队哟，连帮旗都不插。要走黑道噢？"

按照古道上千百年形成的不成文的规矩，凡是上路的马帮都要插上自己的"帮旗"。帮旗是黄布缝制的小三角旗，外面用绿色的齿状布条镶边，三角旗上写着马帮的帮名插在头骡身上。但是，走私的马帮是不会插帮旗的，害怕暴露身份。

张进才背对着黑汉，他闻言转过身来朝黑汉拱了拱手，笑着说："山魁兄弟，近来可好？"

黑汉抬头看见张进才愣了一下，随即将手中的枪递给身边的喽啰，满脸堆笑地走过来，边走边拱手还揖："哎哟——原来是张二哥，好久不见啰，想死兄弟了。难怪今天一大早我就听见几只喜鹊在树上叫。"

他一挥手，围住马帮的山贼们放下了刀枪、弩箭。

"山魁兄弟真是越来越会说话了。喜鹊叫是给兄弟你报喜呢还是给憨老哥报喜，这不是和尚头顶的虱子，明眼人都瞧得见嘛。咋个说，昨晚又到哪家去打野？大姑娘还是小媳妇？"张进才哈哈笑着说。

山魁也大笑起来："张二哥眼明，眼明。兄弟这号人，哪有大姑娘小媳妇瞧得上，不过是些残花败柳。"

两个人说说笑笑走到一起，张进才从口袋里掏出一包大白旗香烟，抽出两支与山魁各自点上，其余的递给杨世保，让他散发给山魁手下的喽啰，同时他对杨世保使了个眼色。

杨世保散完香烟，借故检查驮子上的皮条走到杜鹃和迈克尔的身边，他和杜鹃把迈克尔扶下马来，扯下他腰间的包头巾，放下丝绸长衫，让他背转过身子用毡帽遮着脸。

山魁是常年盘踞在高黎贡山上的一个赫赫有名的山贼头子，专门靠在古道上以保护马帮为由，收取保护费和杀人劫货为生。山魁是个孤儿，他连自己的亲生父母姓甚名谁都不知道，也不知道自己是哪个民族，何方人氏。据说，山魁出生不到一个月就被父母抛弃在高黎贡山一家孤零零的马店前，是好心的马店夫妇把他养大的。山魁十二岁那年，一伙山贼抢劫了马店，杀害了他的养父养母，临走还一把火将马店烧个精光。那天山魁刚好下山去买米幸免于难，回来后他跪在马店的废墟前大哭了一场，从此消失得无影无踪。几年后，已经成为山贼、练就一手好枪法的山魁终于找到杀害养父养母的那伙山贼，把他们一个个砍腿断臂抛到山谷里去喂狼。之后他不断壮大队伍，自称"黎山镖队"，在古道上占道为王。山魁生性粗鲁，放浪形骸，杀人不眨眼，其他的山贼和守道的官兵也惧让他三分。山魁和他的黎山镖队居无定所，他们就像幽灵一样，在高黎贡山上飘来飘去，无处不在，古道上的赶马人和商人听见山魁的名字就头皮发麻。

山魁看见截下的是张进才的马帮就有几分失望。他知道，张记马帮多少年来都是规规矩矩走货帮，为商号长途驮货靠脚力赚钱，这样的马帮牟利不多，所以给官兵、山贼的买路钱自然也不会多。不像那些走烟帮的，驮的是从缅甸过来质量较好的鸦片，利润高，一般的烟帮最少也有几十匹骡马，大的烟帮是浩浩荡荡上百匹骡马。小烟帮为求平安，舍财免灾，遇到官兵、山贼出手也还可以，大烟帮财大气粗，无所谓给几个买路钱。最晦气的就是遇上像张进才这样走货帮的，在江湖上又是颇有名声的马锅头。

"张二哥有福气哟，走南闯北，成天抽洋烟吃洋菜，这外国烟就是香呐。"山魁贪馋地长长吸了一口烟，酸溜溜地说，"我可是有一两年时间没有见到张二哥了，想着你是发了大财，守在家里享清福不再出门啰。"

张进才当然明白山魁的意思。他哈哈笑着说："山魁兄弟，你瞧瞧老哥这副穷酸的样子能发哪样财？如今老啰，马老腿慢，人老嘴慢，能找口饭吃，不要饿死就是托兄弟你的福啰。如今这世道，兵荒马乱生意难做，驮出的烟叶每驮只能换三十个半开，除掉本钱来往的开销还要倒贴……"他说笑着，转回身对杨世保说，"去给你山魁叔拿几筒五十支装的烟来，另外再拿五十块大洋。"

"哎哟哎——张二哥，你这不是在打兄弟的脸嘛！"山魁一副受宠若惊的样子连连摆手，"兄弟咋个敢要二哥你的钱哪。"

山魁嘴里说着客套话，眼睛却滴溜溜地仔细扫视着一个个驮子和牵着骡马的马脚子，当他的目光落在迈克尔顾长的身上时，就惊诧地定格在那里一动不动了。

"我说张二哥哪，你真是艺高人胆大，这个年月，还能像你这样在道上来去自如，敢去八莫虎口掏食的人可不多噢。看来你这趟货是重货呐。瞧瞧，还带着老板亲自押货呢。"

山魁说着就朝迈克尔走去，边走他还借故抚摸马背，将几个驮子上的棕衣掀起来摸了摸麻袋。

张进才一惊，想阻拦山魁已经来不及。他稍微思索一下，若无其事地说笑着跟在山魁的后面。

"兄弟你是开老哥的玩笑啰。这个年头，哪个人吃了熊心豹子胆敢带重货？这个吴老板是八莫商号的，要到保山谈生意，顺路跟上我们走。"

看见山魁走过来，杜鹃急忙轻轻拉了迈克尔一把，两个人转身朝旁边的树丛走去。

没想到山魁快步绕过树丛，堵住了他们的去路。

迈克尔不知所措，慌乱地用双手蒙住他高挺的鼻子。杜鹃连忙走过去，抢在迈克尔的前面。

山魁飞快地上下扫了迈克尔几眼，回过头来朝张进才挤了挤眼睛，古怪离奇地嘎嘎笑起来。

"哎哟哎……我说是哪个站在这里不吭声，原来是我三箭射黑熊的大侄女呀！咋个见到叔叔连个招呼都不打，是嫌弃你的丑叔叔？"山魁怪笑着，一副伤心失落的样子，似乎根本没有看见迈克尔。

"魁叔咋个这样说？"杜鹃镇定下来，笑眯眯地迎上去，"侄女正想来给叔叔请安，瞧见你和我爹聊得高兴，不敢打断你们的兴致嘛。魁叔身体可好？"

"好！好！托你们父女的福，丑叔叔还算混得下去。"

山魁走过来摸了摸杜鹃头上的包头，装模作样地上下打量了杜鹃一番，回过头对张进才说："人家说，女大十八变。我这大侄女真的是越长越俏哪，她穿女人衣裳瞧上去就像是一朵水灵灵的山茶花，没有想到改头换面穿上男人的衣裳还是这样亮鲜鲜的一根葱的子弟，我虽然老眼昏花，可是一眼就认出来啦。我说张二哥哪，如今这世道不太平，你还是少让大侄女出来走动，免得惹是生非。"他嘴里说着，眼睛却死死盯住迈克尔。

张进才听出山魁的弦外之音，他装作不明白，依旧打着哈哈："是啊，只有兄弟你才晓得老哥的苦处，如今兵荒马乱的，本不想让她出来，可这全家老小的肚子向我要饭吃，我有哪样办法？难呐！"

杨世保用一块帕子包着四筒香烟和五十块大洋走过来，递给山魁，客气地说："这是我爹的一点心意，请魁叔笑纳。"

山魁狡诈地笑笑，推开杨世保的帕子："大侄子，你和你爹都是明白人，特别你又是读过书进过学堂的秀才，上知天文下知地理，事情大小，轻重缓急，你是称得出来哟。"

张进才淡淡一笑，对杨世保说："去，把我的钱袋拿过来。"

杨世保跑到驮子前，取来一个装衣物的包袱。

张进才把包袱里的钱袋拿出来，拉起山魁的大襟衣，将钱袋里仅有的一百个半开和五十块英洋倒下去："兄弟，我只有这些了，你拿着和兄弟们先花着。"

山魁伸头看看空钱袋，把嘴一撇："张二哥咋个如此小瞧兄弟？"

"山魁兄弟，俗话说，行船走马三分命。你也在这条道上走了几十年，山不转水转，有朝一日老哥我手头宽裕了，决不会亏待你的。这些钱你先拿着，可以买到四匹上等的好马了，老哥我把命系在裤带上跑一转还赚不到这点钱。你也要设身处地为老哥想想，要是都像这样贴着老本的白跑，家里的人就要挨饿，要跟我拼命啰。"张进才柔中带刚地说着，把半开和英洋全部装进钱袋硬塞给山魁。

"瞧张二哥说的，兄弟我也不是那种人心不足蛇吞象的人嘛。"

山魁双手捏着钱袋掂了掂，凑近张进才的耳朵似乎很关心地小声说："我是担心你带的这些货。最近倭寇查得相当严哪，几条道上都设了卡，特别是那些狗日的别动队像老梭（蛇）一样到处乱窜，瞧见人影不问青红皂白就开枪。前几天我的手下在北边道上，亲眼瞧见倭寇在李记马帮的驮子里查出了藏红花、大黄，还有他们平时带在身上防病的头痛粉、十滴水，硬说是抗日物资，驮子全部没收，马锅头当场给枪毙了，几个马脚子也被打得伤的伤，残的残，可怜呐。"

张进才也凑近山魁的耳朵推心置腹地小声说："你我几十年的兄弟，我实话对你说，我这次驮的货里是捎带了点药材。你也晓得，走药材我是走了几十年，从我爹手上就给昆明的几家药店驮西藏的药材，不过是一些大黄、红花、贝母、虫草、麝香之类的。"

"这个我晓得。不过日本人现在查的还有那个……"山魁诡迷地朝迈克尔努了努嘴，张开自己的两只手臂，作了个飞翔的动作："那位老板咯是价值五十万？"

张进才眉头微微一皱，不动声色拉住山魁的手，呵呵笑着说："兄弟，酒可以乱喝，话不能乱说。我瞧兄弟的样子，昨晚上打野的小婆娘家肯定是酒好，把你灌得到这个时候还在说醉话。"

杜鹃站在不远处，父亲和山魁说的话她全听见了，她想了想，褪下自己手腕上的那只玉镯，走过来放在山魁的手上："魁叔，我爹这次出门手头紧，让你见笑了。我这个镯子，你瞧得上眼就拿着。"

山魁举起玉镯在阳光下照了照，立刻眉开眼笑："我就说嘛，我侄女就是懂事。快和你爹收拾东西走吧。"

喽啰们闪开一条道。马脚子赶快牵着骡马往前走。

张进才走出几步又回过头来叫住了山魁："兄弟，老哥还是那句话，酒可以多喝，话可不能乱说哟。"

"张二哥，你这是拿兄弟当撒尿拌泥巴玩的娃娃了。拿人钱财，替人消灾。这条道上，兄弟我好歹也混了二三十年，这点江湖道义还是有的。"山魁脸红筋胀地说。

"我晓得，晓得。只是怕你喝多了说漏嘴。"张进才笑着解释道。

"你就放一百二十个宽心。"山魁拍拍胸膛说。

两队人马分道扬镳。

张进才虽然对山魁再三嘱咐交代，但心里还是不踏实。山魁刚才的那些话不是吓唬人的，他得认真思考后面的路线应该怎么走，毕竟驮子里驮的都是倭寇严查的抗日物资，还有悬赏重金抓捕的美国飞行员。

马帮沿着青石路走出两三里后，悄悄拐进了密林中的一条羊肠小道。

2

山魁带着他的喽啰来到了东坡的老街子。

老街子位于高黎贡山半山腰一处地势稍微平坦的山梁上。这里曾经是西南丝绸古道上一个十分繁华的驿站，是从缅甸回来的马帮歇息、补充给养的必经之地，又是从保山出去的马帮躲避蛮烟瘴雨、毒虫兵匪的好场所。别看老街子的山梁只有五六十公尺的开阔地，当年却开着几十家马店、赌馆、烟馆、杂货店，以及可供赶马人娱乐的简易场所。

自从日本侵略军占领了高黎贡山的南、北斋公房古道后，过往的马帮日渐稀少，古道上许多驿站的马店、茶馆和饭店纷纷关门下山去另谋生路，老街子如今只剩下四五家马店和一两家杂货店。

拿着从张锅头那里得来的沉甸甸的钱袋以及洋烟，山魁和他的喽啰们都很高兴。到了老街子，一伙人进了街头的刘记马店，山魁从钱袋里掏出三块半开丢在柜台上，几个喽啰便大呼小叫地吆喝马店的老板和伙计尽快给他们端菜拿酒。

酒过三巡，山魁看着十几个喽啰饿狗似的忙着抢烟抢酒抢菜，不由得搁下酒碗长叹一声，心头火辣辣地涌上许多烦恼事。

山魁现在的日子真的很不好过。随着马帮在古道上的减少，他们拦路打劫，按利提成的机会也越来越少。过去那些年世道太平，通过古道出去西藏、缅甸、印度贸易的商人和马帮多，大多数的山贼只须守住一座山头干点雁过拔毛的勾当就能把日子过得很滋润。千百年来，商人马帮依靠古道而谋利，山贼依靠商人马帮而生存，互利互惠，大家相安无事。说实话，山魁自十二岁落草为寇，成为一个在高黎贡山上明火执仗的山贼，但他也并非滥杀无辜毫无人性之辈，有时他也会讲几分江湖道义，做一点扶贫助弱的事情。几十年来，他从来不抢做小本生意的商人，也不抢在途中遭遇山洪雪崩等灾难的赶马人。

倭寇来了之后，霸占了高黎贡山的主要交通要道，到处设防堵卡，查禁从缅甸印度驮进来的货物，更可恨的是那支山猫别动队。那些狗日的倭寇武器设备精良，翻山越岭的本领并不亚于山魁这些在高黎贡山土生土长的人。半年多来，山猫别动队成天在山上扫荡来扫荡去，撵得山魁和其他山贼东奔西跑无处安身，仅仅三个多月时间，他的五个弟兄就先后死在山猫别动队的乱枪之下。

前些年，山魁在古道上虽然恶名在外但也还威风凛凛，手下有四十来个人十多条枪，可后来混不下去，不断有人脚底抹油悄悄溜了，到如今跟着他混的就这么十来个人五六条枪。

喽啰们看见山魁眉头紧锁唉声叹气，知道他又是为了山猫别动队的事情烦心，一个个端着大碗来给他敬酒解闷。

"大哥，今朝有酒今朝醉，干！"

"老大，我们不怕狗日的小日本，大不了跟狗日的拼了……"

"大哥，我们跟着你，上刀山下油锅……"

从晌午喝到半夜，山贼们整整喝了五坛包谷酒，最后全都喝醉了，横七竖八躺在马店的地铺上，鼾声如雷。

山魁醉醺醺地爬起来，指着地铺上的喽啰对马店的孙老板说："他们……就睡了，我也要去睡……睡觉……"

孙老板点头哈腰连声答应："是，是。小店会照顾好各位大爷。魁爷放心，放心。"

他知道山魁要去街尾打野食，便叫伙计提来一盏马灯，为山魁照路。

山魁打野食的地方是老街子的一家杂货店，老板娘是一个名叫野牡丹的风骚女人。

据说，野牡丹原来是腾冲城里的一个烟花女子，后来从良跟了比她大二十多岁的杂货店杨老板。野牡丹年纪虽然将近四十，人却长得细皮嫩肉，再加上成天搽脂抹粉打扮得花枝招展，看上去只像三十来岁的样子。野牡丹尽管赎身嫁人做了老板娘，可她的旧习却是无法根除，来到老街子后，她每天抬个凳子坐在杂货店的柜台内，表面上是帮助丈夫照顾生意，实际上是在与过往的商人和赶马人眉来眼去，卖弄风情，结果招惹得一些常年离家在外寂寞难耐的赶马人为了她相互之间提刀拔弩大动干戈，好几次杀伤了人，幸好没有弄出人命。杨老板对野牡丹的行为又气又恨，可又拿她毫无办法。一年之后，杨老板突然莫名其妙一命呜呼。对于杨老板的死在老街子始终是个谜，流传着各种各样的说法。野牡丹对外说丈夫是半夜得了绞肠痧，吃药不见效死的。而有的人说杨老板是被野牡丹用酒灌醉之后拿被子活活捂死的，也有人说杨老板是被野牡丹的某个情人用毒药害死的。总之，丈夫死后，野牡丹自己做了老板，更加无所顾忌地往家里招揽各种各样的男人，只要有钱就行。山魁只是她无数情人中的一个。

山魁跟跟跄跄提着马灯来到街尾，野牡丹的杂货店关门闭户，里面黑灯瞎火静悄悄的没有人声。

山魁熟门熟路，他拔掉大门上的杠子进了堂屋，轻手轻脚摸到野牡丹住的房间外面。想起野牡丹像发情的母狗在床上疯狂的骚劲，山魁顿时觉得全身筋酥肉麻火烧火燎，一分钟都挨不下去。

"牡丹……亲妹子……我……我来了……"山魁边敲门边喊。

房间里人惊醒了，传来一阵慌乱的响动。

"心肝……宝……宝贝，你的亲……哥哥……来……来了，快开门哟……"山魁打着酒嗝，不耐烦地使劲敲门。

"来了……来了……"

隔了好一会儿，野牡丹披头散发赤身裸体打开了房门，手里拿着一件衣服还来不及穿上去。

"你在里面磨……磨哪样毬事嘛……让我在外面干……干站着。"山魁不高兴地跨进门去，伸手在野牡丹身上抓了一把。

野牡丹疼得咧了咧嘴。她有些心虚地瞄了山魁一眼，嗲声嗲气地说:"哎哟魁爷呀,我是听见你来了,快点用水擦擦身子好接你嘛……"说着就将手里的衣服穿起来。

山魁一把拉开野牡丹的手,淫笑着说:"不要穿……穿啦,穿个毬,老子来……来了你还穿……穿衣裳。"

野牡丹趁势扑在山魁的怀里。两个人搂抱着倒在床上。

听着外面床铺山摇地动的声响,山魁破风箱样的喘息和野牡丹骚声烂气的尖叫声,躲藏在隔壁房间麻袋后面的赖皮阿狗真是妒火中烧,气得七孔冒烟。

赖皮阿狗姓郭,小名阿狗,腾冲县城的人,他的父亲原是帮人做玉石加工的名匠,家境很不错,遗憾的是四代单传人丁不旺,阿狗生下地后,一家人把他捧在手里怕化了,放在头上又怕风吹了,宠得像皇帝一样,在家里说一不二。阿狗长大后,不学无术,成天就与街头巷尾的无赖二流子混在一起,吃喝嫖赌无所不通。父母多次规劝他一概不听,说多了居然还对父母动拳头。父母拿他实在没有办法,只好从经济上控制他,不给他一分零用钱,没想到他就悄悄把客户送来让父亲加工的玉石偷出去卖,害得父亲三番五次赔偿,卖光了田地房产,最后落得身无分文,连个安身之处都没有。父母又气又恨,不久便相继离世。

父母死后,阿狗无了依靠,到处偷鸡摸狗抓吃骗赖,当地人把他恨得要死,就在他的小名前面加了个"赖皮"。日本侵略军占领滇西后,强迫各村各乡成立伪政府。赖皮阿狗跑到高黎贡山脚下木龙乡伪政府当了一名乡丁,成天扛着杆破枪干些催粮逼税的事情。

赖皮阿狗是在腾冲逛妓院时认识的野牡丹，从此两人就一直勾勾搭搭，野牡丹嫁人到了老街子，他也不时摸上山来与她幽会。说来也是奇怪，别看赖皮阿狗在乡人眼里是臭狗屎一堆，无人理睬，但他却长得白白净净，野牡丹喜欢的就是这副小白脸。野牡丹的丈夫死后，赖皮阿狗来的次数虽然多了些，但他每次来都要避开与野牡丹相好的马锅头和山贼，他知道自己无钱无力，害怕这些人会揍他，甚至会像砍野兔脑袋那样，提着两只耳朵长刀一挥很随便地杀了他。

赖皮阿狗走了大半天山路，天黑才到老街子，又在野牡丹的家门外面守了好长时间，确认野牡丹的房里没有别的男人才摸进去的。当两个人在床上狂蜂浪蝶折腾得精疲力竭昏昏欲睡的时候，没想到山魁来了。

听见山魁叫门的声音，赖皮阿狗和野牡丹吓得半死，野牡丹尽管是烟花场中长大的人，善于察言观色见风使舵，可她也惧怕山魁这类杀人不眨眼的山贼，她既贪图山魁的钱财，同时也担心山魁一怒之下要了她的命。

野牡丹一边答应着山魁，一边打开后面的窗户叫赖皮阿狗顺着房柱爬下去。平时遇上冤家对头不方便从大门出去的马锅头或马脚子就是从这里溜下去的。赖皮阿狗伸头往窗外一看黑压压的，吓得浑身冒汗双腿打抖。

杂货店是建在斜坡上的吊脚楼，用几棵粗粗的树干做房柱支撑着，空荡荡的又高又悬，山坡下面是幽深的山箐，从这里爬下去弄不好会掉下山箐摔个骨折身残。他抓住窗户全身抖得连腿都抬不起来。

野牡丹看到赖皮阿狗不敢从窗户下去急得不知如何是好，急中生智，她突然想起木板墙后面有一间专门堆放杂物、脏衣物和夜间摆放尿盆的小阁楼，连忙抓住赖皮阿狗，开门将他推了进去，藏在大麻袋的后面，又用一些乱七八糟的东西将他盖起来。

山魁和野牡丹在床上折腾了好一阵终于歇了下来。

野牡丹把头枕在山魁的胳膊上，娇滴滴地问："魁爷，你前天不是说最近都不会来老街子，要想绕到北坡那边去瞧瞧，咋个今天又来了？"

山魁今天喝多了酒，加上刚才在野牡丹身上一阵开荒挖田的使劲猛干，累得皮塌嘴歪，浑身软绵绵的，头脑更加晕乎。他迷迷糊糊搂着野牡丹躺在床上，一只手还在野牡丹的两个乳头上左边揪一把右边揪一把。野牡丹疼得全身颤抖，但她却不敢叫唤，心里如同十五只吊桶七上八下，生怕山魁发现她的房间里还藏着另外一个男人。

"咋个？不想老子来……来呀？老子可是有点好处就……想着你。"山魁大着舌头说。

"哎哟魁爷呀，我咋个不想你嘛。你才走了两天，我想你想得吃不下饭睡不好觉，这两天我连生意都懒得做，一天到晚就坐在家里想你哟……"野牡丹一副委屈的样子，呜呜咽咽哭起来。

"好……好了，老子是……是跟你开玩笑嘛，你何必动不动就嚎丧（哭泣）……"山魁用手掌抹去野牡丹脸上的泪水，"瞧瞧，老子今天……今天给你带……带好东西来了。"

山魁说着爬起身，从地上捡起他的羊皮裤，掏出五十块半开递给野牡丹。

"哎呀——这么多钱！哪点拿来的？你抢到大货啦？"野牡丹坐起身来，捧着半开又惊又喜地说。

"抢？抢个屁！老子不费一枪一弹，连手……手指头都没有动……动一下，人家就乖乖地给我送……送上两百块……还有……"山魁继续在他的羊皮褂里摸来摸去。

"两百块？你喝多了吧？这年头哪个憨包会舍得给你这么多的钱？你是不是还在说酒话？到底是哪个大财主给你的？"野牡丹追问道。

"哪样大财主……是神枪张……张二。"

"神枪张二？"野牡丹奇怪地说，"那个神枪张二厉害得很哪，走南闯北是个见过世面荤素不吃的人，很难有人占到他的便宜。即使是我……都不给面子……他咋个会给你这么多的钱？"

"今天让我捏……捏着了他的短处。"山魁哈哈大笑，很得意地从羊皮褂里摸出一个小布包，"喏，这里……还有……有个镯子，送……送给你……"

野牡丹打开布包，从里面取出一只玉镯。她赤裸裸地跳下床，将玉镯凑近灯光看了看，更加惊讶："这种水色的玉镯可是上等货呀，他咋个……你说捏住他的短处？神枪张二可是个办事滴水不漏的老狐狸，还会有短处被你捏着？"

"我说你们这些女……女人就是烦，哪样事情都……都要打破砂锅问到底……实话告诉你……今天他们带……带的那个人，根本不是来保山……谈生意的吴……吴老板，分明是个美……国人……开飞机的美……美国人，跟前几次在保山坝子……从天上飘……飘

145

下来的美国人一模一样，我……我一眼就认……认出来……还有他驮子里的那些货……"

山魁把羊皮褂朝后一抛，沉重地倒在床上。

野牡丹拉起被子帮山魁盖上，伏在他的身上问："驮子里的货咋个啦？莫非全是大洋？"

"我用手摸过了……硬邦邦……冰凉凉的……根本不是……西藏的药材……还想骗……老子。张二为了……封住我的嘴，很爽快就给……我两百块，要不是我捏着他的短处，就凭他那个老狐狸……铁核桃，根本不会多……多给我一分钱……话又说……说回来，要是在平时，我也不敢接……接他那么多的钱……"

"走点私货算哪样？在这条道上，走私货的人还少？"野牡丹不以为然地说。

"你懂个屁！走哪样私货……都不值钱，最值钱的是……是他带着那个美国人。"

"不过就是个人嘛，会值哪样钱。"

"你不晓得……日本人在腾冲满街贴告示……告示上说，只要抓住一个……从天上飘下来的……美国飞行员……交给他们……报告飞行员躲藏的地方……就奖赏……奖赏五十万……老子……老子才不会……狗日的……倭寇……"山魁说着便昏沉沉地睡着了。

"我的妈妈哎，五十万……"野牡丹惊叫起来。

赖皮阿狗蜷缩在乌七八糟的小阁楼里腰酸背痛苦不堪言，眼泪水都流出来了。杂货堆里各种浓重的霉臭味，还有尿盆里他和野牡丹上半夜撒的尿臭味，熏得他胃里翻江倒海直想呕吐，可他还是拼命咬紧牙齿强忍着，一动也不敢动。他完全清楚，如果被山魁知道他躲在隔壁，而且还是刚刚才从野牡丹的床上溜下去的，那他这条小命就算是玩完了，杀人不眨眼的山魁不把他碎尸万段至少也要砍成几截去喂狼。

他清楚地听见了山魁和野牡丹的每一句对话，当他听到张进才的马帮里藏匿着一个日本人重金悬赏的美国飞行员时，真是惊喜交加，流淌着泪水的眼睛里顿时放射出了贪婪的光芒。

"五十万……五十万……这么多的钱，一生一世也花不完哪！"野牡丹如傻如痴地反复念叨着，"美国人……硬邦邦……冰凉凉的驮子……"

野牡丹猛然扑到山魁身上，捧起他的脑袋，使劲摇晃着："魁爷，你快醒醒——莫睡啦……莫睡啦。"

"咋……咋个……老子要睡觉……"山魁含糊不清地应道，推了野牡丹一掌。

野牡丹急了，凑在山魁耳边大叫："你说神枪张二驮子里驮的是硬邦邦冷冰冰的货，略是真的？"

山魁被惊醒了，睁开眼睛没好气地说："老子瞌睡你鬼喊辣叫。驮子咋个？又不是男人的鸡巴，你咋个这么有兴趣？"

野牡丹吓得马上压低了嗓门："哎呀魁爷呀——你可真是一个大憨包。你不晓得呀，那些美国人的飞机上装的全是黄金哪，有金砖、金条、金元宝。我还听人说，这两年经常有人来山上寻找从天上掉下来的飞机。街头那几家马店里前段时间还住着几个找飞机的人哩，住了好些日子，天天上山去找。可惜掉下来的飞机全都摔碎了，烧毁了，除了一些破铜烂铁、飞机的轮胎和汽油桶，别的东西一样也没有找着。"

"真的？"山魁愕然地从床上猛坐起来。猝不及防的野牡丹一下子被掀翻在地上。"你听哪个说的？真的还是假的？你会不会听错了？"

山魁的瞌睡醒了，酒也完全醒了。

"我听到的事情还会有假？"野牡丹从地上爬起来，抓了件衣服披在身上，很认真地说，"我就住在老街子，每天南来北往都有人从这里经过。我听到的可不是一次两次了，好多人都这么说，恐怕只有你一个人不晓得。"

其实，美国人的飞机里装的全是黄金这一消息，就是今天晚上赖皮阿狗和野牡丹躺在床上闲聊的时候聊起来的，而赖皮阿狗又是听他那些狐朋狗友喝醉酒说的，究竟是真是假，他也闹不清楚。

"他妈的神枪张二，"山魁气得鼻孔生烟，"他悄悄驮走二十驮黄金，居然用这么一点儿小钱就把我打发掉，真他妈的不是东西，心也太狠了。老子现在就找他去，二一添作五，他不给老子就把他们全部杀光，老子不管他是天王老子还是地王菩萨，老子现在是要钱不要命。"山魁说着就要起床穿衣服。

"哎呀魁爷，你不要急嘛，现在你不能去。"野牡丹连忙拦住山魁。

"为哪样？"山魁不解地问。

"现在深更半夜，你去哪里找？你总不能把每一家马店的门都敲开吧。明天天亮后再去找他，你魁爷难道还会怕他不成。"野牡丹附在山魁的耳朵上小声说，"你不能明着跟他干，万一住在老街子的马帮和他联起手来，你会吃亏的，悄悄跟上他，到了隐蔽的地方再下手，干他个神不知鬼不觉，把黄金全部夺回来，我们这辈子，下辈子都花不完了。"

"好！还是你的主意多。"山魁高兴地在野牡丹脸上捏了一把。

两个人又抱在一起，滚到了床上。

等到山魁精疲力竭像猪一样睡熟后，野牡丹悄悄打开小阁楼的门，把赖皮阿狗从杂货堆里拖起来，连背带拽拖出门去。

日头正顶，赖皮阿狗从树丛中爬了出来。

昨天晚上，野牡丹把他拖到山坡下，塞进一片密不透风的灌木丛，丢件衣服盖在他的身上就走了，再也没有回来。

赖皮阿狗又冷又饿，全身的肌肉关节麻木僵硬动也不能动，像条抛在荒郊野外的死狗，好不容易熬到太阳出来，身子慢慢暖和，四肢关节逐渐能够伸张活动，他才感到自己尚在人间。

躺在树丛中的这段时间内，赖皮阿狗的身子虽然不能动弹，脑子里却是波涴浪涌千转百回。想起杂货堆里的恶臭，想起山魁和野牡丹在床上的山摇地动和骚声烂语，赖皮阿狗恨不得亲手将他们杀了丢到山箐里去喂狼，但想到山魁所说的驮子里的黄金和告发美国飞行员的奖赏，他又觉得这一夜的痛苦、委屈非常划算。

这可是一个天上掉下来让他发大财的好机会。五十万大洋，想想就令人心花怒放，还有二十个驮子里的……按山魁的说法，他虽然没有亲眼瞧见驮子里的黄金，但他用手摸过那些驮子。像山魁这样一个在江湖上闯荡多年的山贼，他摸过的东西可以说八九不离十，错不了的。

五十万的奖赏，再加二十驮子黄金——赖皮阿狗激动得快要发疯了。

　　他决定马上下山去找日本人告密。这样可以一举两得，一箭双雕，既可以得到告发美国飞行员的奖赏，又可以得到飞机里的黄金。他才不会像山魁那样愚蠢，由于仇恨日本人坚决不告发美国飞行员，傻乎乎地丢掉了五十万的奖赏，傻乎乎地只会想着驮子里的黄金。

　　赖皮阿狗甚至周密细致地想好了如何跟日本人谈条件的步骤——无论如何，五十万的奖赏肯定是全部要兑现的。至于黄金嘛，根据生意场上的规矩，首先坚持要三七成，不行就四六成，如果还谈不成，就对半分。不管怎么说，最背时也要给一半的一半。一半的一半就是五驮。五驮黄金再加上五十万大洋的奖赏，天哪！他赖皮阿狗一夜之间就成了腾冲保山大理一带最富有的人了。

　　从昨晚山魁和野牡丹的谈话中，他估计今天山魁肯定会去找神枪张二抢黄金。他把山魁和神枪张二两人的情况反复衡量作了比较——山魁现在势单力薄，手下仅有十来个人四五条枪，如果真枪实弹的硬拼，不一定会是神枪张二那帮人的对手。赖皮阿狗早就听人说过，神枪张二本人是玩双枪的，弹无虚发，百发百中，他手下的马脚子虽然人数不多，但一个个不是神枪手就是神弩手，并非等闲之辈。所以，山魁抢到黄金的可能性不大，搞不好只是跟在马帮后面闻闻马屁而已。

　　爬出树丛，赖皮阿狗穿上野牡丹丢给他的那件土布对襟衣，兴冲冲地朝着通往大鱼塘村的山路走去。

　　他知道，日军第五十六师团一四八联队山猫别动队的指挥部就设在山脚下的大渔塘村。

3

"爹，我们不走老街子?"

杨世保发现马帮重新走进密林大惑不解，他急匆匆跑到前面，追上拉着头骡往前走的张进才。

张进才没有吭声，脸色严峻地点点头。

按张记马帮一年多来所走的线路，出了迷人谷就走上去老街子的古道，一天时间到老街子，人和骡马补充食物给养，休息一个晚上之后，第二天沿东北坡的一条小路下山，晚上歇在三台坡，第三天天黑以前就能赶到双虹桥附近的凤鸣村，"云昆"商号的周转货栈暂时隐蔽在那里，到了凤鸣村再由另外的马帮将货物驮运到昆明。

遇见山魁之后，张进才改变了原来的线路，马帮走出黑风口不久就离开青石古道，拐进密林中的一条羊肠小道。

"不到老街子不行哪，我们吃的米没有了，马料也没有了。"杨世保着急地说。

"我晓得。"张进才冷静地回答。过一会儿，他问："今天够不够吃?"

"人吃的米还有一点，掺上些野菜和山芋，还能对付一两天。但骡马吃的蚕豆包谷就只够今天和明天早上吃的。明天中午不加精料，这些骡马根本走不动路，驮的又都是重货。"

张进才的脸色更严峻了，他停下脚步，心情沉重地说："世保，山魁的话你都听见了。如果是在平时你爹不会害怕哪样，但是我们这次驮的药确实是倭寇严查的抗战物资，还有那个美国飞客，我不敢有半点疏忽大意，只能绕路走……万一有个闪失，你爹今后咋个有脸见人？特别是要保护好美国飞客，人家是来帮我们中国打倭寇的……"

"这些我都明白，爹您就放心吧。我们一定会把迈克尔和那些药品安全送到昆明去。"杨世保斩钉截铁地说，"爹安排吧，我们现在该怎么办？"

"你从藏在驮子中的钱袋里拿十个半开，叫勒默抄近路去老街子，他山路熟悉，走得快，天黑以后再进老街子。叫他买上两天的米和马料，雇一匹快马驮着，明天一早从黑石箐那边插到舍身崖来找我们，我们中午在那里会合，晚上歇在倒马坎，然后从黄连沟下去，争取两天时间赶到双虹桥。到了双虹桥再想办法把美国飞客和药品送到昆明。这两天我们尽量早点歇脚，把骡马放出去多吃草，你们也抢在天黑前割一些草备料。"

"可是……"杨世保看了看义父，欲言又止。

"哪样事？说嘛。"

"爹，黄连沟那条路相当难走，山高坡陡，深谷激流较多，我们这次驮的又是重货，万一……"

"再险再难也得走。"张进才抬头望着天空飘浮的云彩，长长地叹了口气，"我想了又想，只有走这条路了。因为路险难走，没有人敢走，路上不会遇到人，也不会有人想到我们会走黄连沟。"

"谁……您说的是山魁？"杨世保惊愕地问。

张进才点点头，又叹了一口气："我了解山魁这种人，小肚鸡肠，反复无常，特别是他们现在的处境，为了钱哪样事情都做得出来。还有，他提到的那个山猫别动队，成天就在大山里转来转去。我们虽然从来没有遇到过这帮倭寇，但我也听人说过，这个山猫别动队比那些霸占南、北斋公房的倭寇凶狠多了，全是一些吃人不吐骨头的魔鬼。"

"好，就照您的想法办。爹您先走吧，我马上去拿钱给勒默。"杨世保说着就往后面走。

"等等。"张进才叫住了杨世保，"你告诉勒默，路上千万小心，不要被人察觉，到了老街子就去街头那家麻记马店，不要对老板和伙计透露我们的行踪。还有，你也给他们几个人说一下，这几天的路难走，每个人都要格外小心照顾好驮子。勒默的那三匹骡马你和聂鲁都两个人分管。告诉杜鹃，叫她小心断后，照顾好尾骡和那个美国飞客，危险的地方就让他下骡扶过去。"

"好。"

迈克尔骑在骡马背上，一只手捏着缰绳，另一只手里捧着杜鹃刚从树干上摘下的丹丹果。

丹丹果是一种茎蔓生植物，寄生在挺拔粗壮的树干上，在高黎贡山的大森林里随处可见。此时正是丹丹果成熟的季节，黄澄澄的丹丹果顺着藤蔓一串串挂在树干上，好似点燃了一个个金黄色的小灯笼，非常壮观。

丹丹果熟透了，散发出浓郁的诱人的香味。迈克尔将覆盖着一层细细绒毛的丹丹果拿到嘴边，毫不犹豫就咬了下去。即刻，他就捂着嘴巴夸张地啊啊叫起来，同时还慌乱地用手背使劲揩擦嘴唇和下巴。

原来，丹丹果虽然甜如蜂蜜，却是肉少核大，分为外质和内质两层。果皮破开后，外质内流出一些黏性的汁液，一旦粘在人的手上和嘴边很难擦掉，要用清水才能洗干净。丹丹果食用的部分是内质里的果肉，果肉很少，果核又大又硬，不知内情的人一嘴咬下去往往咬在果核上，硌得牙齿生疼，还会弄得满嘴黏液。

杜鹃正在用树叶揩擦摘丹丹果时黏在手指上的汁液，听到叫声，抬起头来看见迈克尔又是摸牙揉腮又是揩脸擦嘴手忙脚乱的样子，笑得前仰后合。

杜鹃笑够了，告诉迈克尔："丹丹果是灰叶猴、懒猴最爱吃的一种野果。灰叶猴爱干净，上树去摘丹丹果，手上沾了黏黏的果汁就在树干上擦，或者用自己的舌头舔。它们舔手掌的样子很奇特，一边舔一边还伸着巴掌仔细瞧。老人们说，这是'猴子照镜子'。"

她说迈克尔刚才的样子就像猴子照镜子。

经过几天在骡背上的颠簸和马脚子们的指点，迈克尔逐渐掌握了一些骑骡的技巧。他不再像刚开始的时候，整个身子紧张地趴在骡背上，两只手死死抓住鞍架和缰绳，两只脚机械地使劲踩着蹬子，全身绷得像一把拉紧弦的弯弓。他现在已经能够轻松自如地坐在骡背上，一只手抓住缰绳，一只手抓住鞍架，身体随着骡马步伐的节奏轻微起伏，骡马上坡时他学会将身子仰后，骡马下坡也很自然地身子前倾，可他下腹和腰部的伤痛还没有痊愈，骡马上坡下坎动作稍微大一点他就痛得皱着眉头直咧嘴。

迈克尔被杜鹃笑得不好意思，他吐出嘴里的果核，直起腰杆自我解嘲地说："这果子，顶好吃，所以，我就统统吃掉。"

杜鹃笑着模仿迈克尔的语调说："统统吃掉，不行。你的肚子里，会长出大树，结出好多果子……"

"真的?"迈克尔故意作出一副惊慌失措的样子，"长成大树，顶好，顶好，结了果子，顶好，顶好，我天天给你，摘果子吃……"话未说完，他自己就抑制不住哈哈笑起来。

"得了得了，你好好骑马不要乱动，我剥给你吃。"杜鹃止住笑，将挎在臂弯里的弩箭反背到肩上，走过来从迈克尔的手掌中拿过丹丹果，把中间扳开，剥掉黏手的外层，掏去果核，把乳白色的果肉喂进他的嘴里。

迈克尔从骒马背上弯下身子，张开嘴巴接住丹丹果。他嚼着甜美的果肉，一双湛蓝的眼睛里闪现出火一般的光芒望着杜鹃。

他非常喜欢看杜鹃的眼睛。杜鹃的眼睛清澈而明亮，就像是阳光下闪闪发光的池水，里面盛满了纯朴善良、自信热情。

迈克尔从那双美丽的眼睛里，感到了生命的价值和意义。

杜鹃察觉到迈克尔异样的目光，抬起头来。

两人四目相对的那一瞬间，杜鹃突然产生了一种在山崖边抓住藤蔓荡越深渊时的心迷神乱，她心里犹如被石子击破平静的池塘，荡起了阵阵涟漪。这种感觉不像在迷人谷的夜里偷听鼾声时所产生的激动不安和心慌意乱，而是夏日里沉浸在清风细雨中的舒坦与惬意。

"杜鹃顶好，杜鹃顶可爱，我……我……"迈克尔看着杜鹃，喃喃地说。

杜鹃浑身一颤，她看见迈克尔两只蓝得像秋日碧空的大眼睛正火辣辣地盯着她。一种少女本能的羞涩，使杜鹃不由自主低下头来，满面通红，朝前跑出了几步。

"杜鹃……杜鹃，我……"迈克尔顿时回过神来，他抬起头，稍微缓了缓心神，有些不好意思地说，"杜鹃，你唱的歌，顶好，顶好，我想听。"

杜鹃没吭声也没回头，但她的脚步明显放慢了。

等到驮着迈克尔的骒马走近时，杜鹃轻声唱了起来：

熟地草来就地生，

一道节子一道根，

哥是草根长得深，

妹是叶子两不分。

哎……哎，

妹是叶子哟，

两不分……

杜鹃边走边唱，依然低着头剥手里的丹丹果。

迈克尔听不懂杜鹃唱的歌词是什么意思，但他完全从杜鹃柔美深情的音调里听出了一种少女对爱情的追求与渴望。

他竭力弯下身子，甚至屏住呼吸，静静地伏在马鞍上，生怕漏掉了从杜鹃嗓子里发出的任何一个音符。

此时此刻，迈克尔耳朵里听见的只有杜鹃的歌声，就连山林里的鸟叫声，山道上的马蹄声，以及骡马此起彼落的喷鼻声都消失得干干净净。

杜鹃唱完一曲，抬起头来，将剥好的一个丹丹果又塞进迈克尔的嘴里。

像蜜一样的果汁从迈克尔的口中渗入他的心底。

迈克尔情不自禁地拉住了杜鹃还停留在他唇边的那只手。

杜鹃一惊，但她没有从迈克尔的手掌中挣出自己的手，而是满面通红深情地凝望着迈克尔。

骡马的队伍有条不紊地朝前走着。

停下脚步的公骡突然打了一个长长的响鼻，似乎在问：别的骡马都已经走了，我走不走呀？

杜鹃和迈克尔同时一震。杜鹃飞快地抽回自己的手，羞涩地低着头，后退了几步，跟随在公骡的后面。

迈克尔也有几分不好意思，他一只手抓牢马鞍，一只手紧紧捂住自己的嘴巴，细细地品味着丹丹果还保留在口腔中的甜蜜。

勒默走后，杨世保顺着骡队走过来，逐一把义父的话转达给倪树生、聂鲁都和艾撒，同时让每个人都检查扣紧骡马的笼头，以及每一匹骡马驮子上夹带着的蓑衣，因为前面就要经过高黎贡山上最大的一个"惊魂潭"了。

当杨世保来到骡队后面，刚好就看到迈克尔和杜鹃两个人手拉着手深情凝视的情景，顿时吃了一惊，连忙闪身躲在一棵大树后面。

世保和杜鹃青梅竹马从小一起长大。十几年来，除了义父义母之外，妹妹杜鹃就是他生命中唯一不可缺少的人。杨世保了解自己，今生今世，除了杜鹃，他的心里不可能容纳下别的女人。

小时候，寨子里的小伙伴在一起玩娶媳妇的游戏，每次都是他和杜鹃扮新姑爷和新媳妇，在伙伴们用树叶和口弦吹奏的迎亲调中，他和杜鹃不知拜了多少次天地，小伙伴们也为他们的"婚礼"跳过无数次梆梆舞。后来他们逐渐长大，虽然不再玩儿时的游戏，有时候逢农历十五的对歌会，伙伴们依然还是把他和杜鹃推为情侣的引唱和对答。寨子里的一些老人也常常跟张进才开玩笑，说张进才有福气，儿子媳妇是自己养的，姑娘女婿也是自己养的。在所有人的眼中，他和杜鹃就是天造地设的一对夫妻。

这次出门之前，杨世保无意之中听到外公外婆和义父义母的一番谈话。外公外婆问张进才什么时候给世保和杜鹃办喜事，还说男大当婚女大当嫁，世保和杜鹃的岁数不小了，该把他们的婚事办了。外公外婆盼望世保和杜鹃早点给他们生下重孙，让他们在有生之年好好享受四世同堂的天伦之乐。

张进才说已经和杜鹃的母亲商量过这件事，打算今年春节就给世保和杜鹃办喜事，走了这趟马帮回来就不让杜鹃再出门，让她留在家里帮着母亲和外婆做嫁妆。

一路上，杨世保说不出有多高兴，他几次想把这个好消息悄悄告诉杜鹃，可每当他单独和杜鹃在一起的时候，又会莫名地紧张慌乱局促不安，不知如何开口。

杨世保走过来的时候，远远就听见了杜鹃的歌声，虽然杜鹃唱歌的声音很轻很轻，但他却听得清清楚楚。从小到大，他完全了解这个性格"野"得就像岩羊的妹妹。杜鹃喜欢唱山歌，她在寨子里也是数一数二的山歌手，但她从来不喜欢唱情意绵绵的情歌。

这样的情歌，杨世保还是第一次听见杜鹃在唱。

而现在，杜鹃与迈克尔手拉着手的表情中，分明有一种……

杨世保神情凄然地看看杜鹃，又看看迈克尔，心头涌上了一种酸辣辣的滋味。

走过来的骡马驮子撞在杨世保身上，他猛然惊醒，转过身悄悄走了。

马帮长长的队伍转过了一道山梁。

骑在骡马背上的迈克尔突然看见前面稍微平坦的山谷里渐渐出

现了一个水潭，似一面锃亮的镜子，镶嵌在长满绿草的山坡上。

高黎贡山的山顶终年积雪，一年四季都不缺水。马帮所走的一路上，经常遇见在峡谷里涓涓流淌的小溪，或者是从岩石的缝隙间珍珠般滴滴答答坠落的水珠，可是今天走了大半天，却连一条溪流都没有遇到，人和骡马都又渴又累。

"水潭，前面有水……水潭。可以喝水……"迈克尔开心地对杜鹃说。

看见水，迈克尔感觉自己更渴了，嗓子里干得快冒烟。

"喝水？到哪里喝水？"杜鹃抬起头，向前张望了一下，"没有水潭呀……"

"你，看不见，"迈克尔笑了，"我骑在马上，看得远。很快，就喝水。"

"喝水？"杜鹃疲惫地摇了摇头，说，"高黎贡山上的水可不是随便喝的，万一前面的是迷魂泉、扯雀潭？跑都来不及，还敢喝水。"

"什么？迷魂？扯什么？"迈克尔不明白杜鹃说的话，从骡马的背上伏下身子问道，"告诉我，什么意思。"

杜鹃看看迈克尔，晃了晃脑袋，边走边放慢语气说："在高黎贡山上，喝水要特别小心，因为山上有一些流出来的水，还有一些水潭里的水，是不能随便喝的。如果人不小心喝了哑泉的水就变成哑巴，动物喝了叫不出声音。喝了迷魂泉的水，人就像中了邪一样，迷迷糊糊的，连自己叫哪样名字都不晓得。更可怕的是扯雀潭，鸟如果从扯雀潭的上空飞过，就会被水潭里射出来的一种魔力揪进潭里淹死，就连黑熊、山猫那样大的动物走到这里，也会奇怪地倒在地上死去了。"

迈克尔认真听完杜鹃的话，笑了起来："这个，不可能的，别人，吓唬你……"

这时，马帮已经走近了水潭，前面的头骡并没有停下来，而是放慢了速度继续向前走。

迈克尔看到，这是一个由峡谷凹陷自然形成的水潭，面积不大，水面非常平静，水色在蓝天的衬映下蓝得有些发黑，显得深不可测。奇怪的是，水潭的周围只有形状怪异的岩石和一些矮小的茅草，连一棵小树都没有。

杜鹃也看清了水潭周围的环境，她有些奇怪地自语道："这是个怪潭嘛……爹和哥咋个没有……"

突然，从水潭那边飘来一股刺鼻的味道，好像腐烂的植物燃烧过程中散发出来的腐臭辛辣的气味。

迈克尔感到自己的鼻腔痒痒的，要打喷嚏。

杜鹃也闻到了怪异的气味，她顿时浑身一震，压低声音急促地说："快点，捏住鼻子——"

迈克尔吓了一跳，急忙捏住自己的鼻子。

"快下马，快——"

杜鹃一只手捏着自己的鼻子，一只手抓住迈克尔的一条胳膊。

迈克尔用双肘撑住身子，从骡马背上溜下来。

杜鹃放开迈克尔，动作飞快地将他骑的那匹骡马扣紧笼头，同时将夹带在驮子侧面的一床蓑衣抽出来，套在骡马的头上。随后又跑向前面她照顾的那几匹骡马。

此刻，迈克尔发现走在前面的那些骡马头上不知什么时候已经全都套上了蓑衣，依旧是井然有序地沿着水潭旁边狭窄的山路朝前走着，而几个马脚子的头顶上，都戴着一顶用竹条编织的大篾帽。

就在这时，马帮后面，属于杜鹃照料的几匹骡马突然仰起头，一连打了几个响亮的喷嚏。

"背时哟——"杜鹃有些惊慌地回过头来对迈克尔说，"快将蓑衣套在马头上……"

"好的。"迈克尔捏住鼻子小跑过去。

杜鹃快速扣紧骡马的笼头，迈克尔跟在她后面，从驮子侧面抽出蓑衣，仿照杜鹃的样子，套在骡马的头上。

还没等他们将几匹骡马处理完，突然天空乌云翻滚，电闪雷鸣，刚刚还是阳光明媚的山林，刹那间就像罩上了一层黑纱，一阵阵吼叫着凄厉怪声的旋风，卷起山坡上的落叶、树枝，还有小石块，在空中肆意地飞舞，打在人的身上头上。

"Oh my God——这，这怎么啦？"

迈克尔不可思议地仰望着天空。他无法相信眼前突然出现的这一切——他甚至怀疑自己是在做梦。

"快走——要下冰……"杜鹃喊道。

她的话还没说完，大大小小的冰雹就像暴雨般地从天空劈头盖脸地砸了下来，冰雹大的如核桃，小的如玻璃弹珠，砸得头和脸火辣辣地疼，迈克尔只得双手捂住脑袋往前走。

杜鹃照顾的一匹骡马还没有来得及扣紧笼头，套上蓑衣，冰雹就砸在骡马的头上。受到惊吓的骡马发出一声长长的嘶叫，迈开蹄子就往前奔，撞在了前面的骡马身上。

随着骡马的嘶叫声，天空砸下来的冰雹更加猛烈。

受到冰雹袭击和后面骡马的挤撞，本来有条不紊的马帮队伍顿时便乱了阵脚，走在后面的骡马朝前面跑，走中间的骡马在狭窄的山路上无路可走，只得向前面挤或者往后面退。

聂鲁都回过头来，看见马队后面的情况，压低嗓音朝前面喊："撞驮——撞驮啰！"

他急忙稳住自己照顾的那几匹骡马。

杜鹃这时已经拉住了最先受到惊吓的那匹骡马，将它的笼头扣紧，套上了蓑衣，接着她跑到马帮后面，紧紧拉住尾骡。

张进才闻声从前面跑了过来，抓住缰绳，将几匹相互挤撞的骡马分开，拉回它们在马队里原来的位置。

他回过头来，声音很严厉地问杜鹃："你不晓得这是惊魂潭？为哪样不做准备？你的篾帽……"

杜鹃的头发散乱着，湿漉漉地贴在脸颊上。

张进才的口气缓和下来，他将自己头上的竹条篾帽取下来，稍微迟疑了一下，走过来，要给迈克尔戴上。

"不用……我，没事的。"迈克尔说。他双手抱着脑袋，挡住砸得头顶生疼的冰雹。

"快戴上，还有。"

张进才把迈克尔的手拉开，将篾帽戴在他头上，然后走向尾骡，从驮子侧面解下两顶竹条篾帽，戴在杜鹃和自己的头上。

这时，杨世保跑过来了，他头上戴着同样的竹条篾帽。

"爹，我让头骡停下来，等一会儿天晴了再走。"杨世保说。

张进才点了点头。

"爹，是我不好，没有注意走到惊魂潭了……"杜鹃哭丧着脸，懊恼地说。

"不，爹，是我的错，是我……"杨世保瞄了瞄迈克尔，又瞄了瞄杜鹃，"是我……忘记告诉妹子。"

"好了，一个都不要说了。"张进才挥了挥手，"好在没有撞坏驮子，叫每个人都稳住自己的骡马，天晴了再走。"

"好，我去说。"杨世保朝前走了。

张进才将后面几匹骡马背上的驮子检查一遍，然后走向马帮的前面。

杜鹃撇了撇嘴，朝着张进才的后背做了个鬼脸，用手袖捂着脸，偷偷地笑。

迈克尔还是一脸惊愕。他望着乌云密布冰雹如雨的天空，嘴里不停地小声念叨："Oh my God！ Oh my God！"

更加令迈克尔不可思议的是，当马帮停止不前以后，猛烈的旋风便逐渐减弱，天空的乌云也慢慢散开。

仅仅在原地静悄悄地待了十多分钟，天空又是阳光明媚，万里无云。

马帮悄无声息地绕过惊魂潭，继续向前走去。

4

第二天一大早，山魁带着喽啰们沿着古道去追赶神枪张二的马帮。可是他们一直追到日上树梢也没见马帮的踪影，后来遇见一队迎面走来的马帮，询问了几个马脚子，都说没有看见神枪张二和他的马帮。

山魁明白自己是被神枪张二甩开——他们走了另外的山路。

"这姓张的狗东西，真他妈的是只老狐狸，居然把老子给骗了。

老子下次饶不了他。"山魁气得夺过一个喽啰手中的长刀，拼命砍路边的一棵树干，以此发泄满腔怒火。

"大哥，过了此山无此店。张进才运气再好，也不可能有机会第二次半路捡黄金。下次？下次我们把他的货全抢了也没有黄金值钱哪。"外号"穿山甲"的喽啰走过来对山魁说。

穿山甲是山魁的拜把兄弟之一，此人出身一个破落商家，小时候读过几年私塾，头脑灵活诡计多端，专门为山魁拦路抢劫出谋划策，喽啰们称他为"军师"。

"你说现在还能咋办？这只老狐狸钻得连个影子都不见，我到哪里去找他，去找那些黄金？"山魁停下手来，冲着穿山甲没好气地说。

"大哥，这座山我们吃了二三十年，哪里有条箐，哪里有座坡，我们是一清二楚。大哥你莫着急，先静下心来，我们认真仔细地想一想，分析分析，神枪张二带着那么多贵重的货，另外还带着一个倭寇到处搜捕的美国人，他会走哪条路？"

山魁听穿山甲说得有道理，把刀递给喽啰，坐在一块大石头上，其他的喽啰也围拢过来。

"我左思右想得出一个结论。"穿山甲从地上捡起一根树枝在地上划了两条线，"如果避开马道，从昨天我们遇见他的黑风口下山只有两条小路，一条是过舍身崖再走黄连沟，那条路非常难走，还要多绕一天时间，一般人不敢朝那边走；另外一条就是从蜈蚣岭到三台坡，只要两天的时间就能到他家火龙寨。如果走这条路，今天他们就得在蜈蚣岭歇脚。你们猜猜看，他会走哪条路？"

穿山甲故弄玄虚望着山魁和其他喽啰。

围在旁边的喽啰有的说走蜈蚣岭，有的说走舍身崖，七嘴八舌乱成一团。

山魁火了，对穿山甲吼道："好了，你狗杂种有话就说有屁就放，不要猪鼻子里插葱，你装象。"

穿山甲嘿嘿诡笑着，一副运筹帷幄的架势："我想，神枪张二突然之间发了天大的横财，必然会偷偷摸摸避人耳目尽快把黄金驮回家去，找地方藏起来。所以，他只能走蜈蚣岭。"

"你敢肯定？"山魁疑惑地问。

"肯定。"穿山甲毫不犹豫地回答。

"弟兄们——走！"山魁站起身，拔出腰间的二十响朝空中一挥，哈哈大笑，"翻过前面的山坡，抄近路赶到蜈蚣岭，只要截住神枪张二那条老狐狸，抢到二十驮黄金，我们以后的日子就好过了，再也不用来这山头上风吹日晒，就能享福啰！"

"大哥，咋个才是享福？"一个喽啰问道。

"笨蛋——"山魁瞪了喽啰一眼，"白天有肉吃，晚上有奶摸……"

"哦呵——摸大奶摸小奶，还要摸摸他妈的老瘪奶。"

"享福啰——"

喽啰们兴奋地怪叫着，跟在山魁身后往前冲。

正在这时，山坡上传来一阵阵喊叫声。

"大哥——大哥……等一下，走错路……你们走错路啦……"

喽啰"大茶壶"屁颠屁颠从后面跑来了。

昨天，山魁手上有了钱，让喽啰们在老街子放开肚皮大吃大喝，大茶壶吃坏了肚子，一个晚上就往树丛里跑了三四次，刚才走到半路，他腹痛又钻进草丛去解手。

听到喊声，山魁和喽啰们停了下来。

大茶壶跑得满头大汗，气喘吁吁半天说不出话来。

"大茶壶，你他妈的拉屎拉昏了头，在后面鬼喊辣叫的喊哪样？屎拉在裤裆里了？"穿山甲回过头来奚落道。

"不是……大哥……"大茶壶终于缓过气来，指着他们走来的古道，"我瞧见张锅头……不，神枪张二……"

"他们在后边？"山魁又惊又喜。

"不……是，我在解手，瞧见神枪张二马帮里……那个披长头发，打赤脚的马脚子，还有一匹马……驮着几只麻袋，从黑石箐的那条小路走了。"

"你咯瞧清楚？"穿山甲走过来不相信地问道，"咯会瞧错人了？"

"咋个会瞧错人嘛？"大茶壶用手袖擦额头的汗水，十分委屈地说，"我见过他好多次，我还晓得他叫勒默，是个怒族，跟着神枪张二走马帮好多年。噢，对了。大哥你咯还记得几年前打麂子的那件事吗？就是那个追麂子的马脚子。"

大茶壶这么一说，山魁想起了那次与张进才暗地里较劲比枪法的事情。

六年前的秋天，张进才的马帮经过当时山魁占据的丫口时，刚好有两只麂子从前面的山坡跑过，山魁和张进才同时拔出枪来，张进才一枪打在公麂子的额头上，山魁只是击中了母麂子的前腿。受伤的母麂跳下山箐跑了。山魁当时很没面子，大骂喽啰，叫他们去追。喽啰们追不上，眼看麂子已经跑得无影无踪，张进才就叫手下一个披长头发打赤脚的马脚子去追，大约过了三锅烟的时辰，马脚子勒默就扛着麂子回来了。按规矩两只麂子都应该归属张进才，可他一只也不要，硬是把两只麂子留给山魁，说是给弟兄们添道下酒菜。

"那家伙可能是个猴子变的，走路爬坡快得像风一样。"

"那天我和老四去追麂子，我们下到山箐，勒默才带着猎狗下来，可是等我们爬到对面的山坡，他已经扛着麂子回来了……"

喽啰们纷纷议论开了。

"大哥，既然大茶壶瞧见的人真是勒默，瞧见他牵着一匹骡马还驮着几只麻袋，那就是说，神枪张二昨天就下了黑风口拐走了，同时让勒默到老街子买米备料。那么，我猜想他们走的是舍身崖那条路，过了倒马坎再从黄连沟那边下去。"穿山甲走过来对山魁说。

"你不是说他肯定走蜈蚣岭吗？"山魁气冲冲地瞪了穿山甲一眼。

穿山甲尴尬地涨红了脸，他抬手朝自己脸上抽了一巴掌，点头哈腰嬉笑着说："失算失算。还好没有一失足成千古恨。不过，我实在想不通，他为哪样要舍近求远？从黄连沟下去是到双虹桥比较近，到他家火龙寨远哪。"

"算啦算啦，莫给老子在这里远啦近啦说空话。你说，我们现在咋个办？再过一阵子连马屁都闻不着了。"山魁不耐烦地说。

"追！当然要去追啰。勒默跟着驮子走，他就是有天大的本事也不可能走得像追麂子，我们只要跟上勒默，就一定能够找到神枪张二和他的驮子。"

穿山甲转过身对一个身材瘦小的喽啰说："四猴子，今天又是显示你爬树翻山真本事的时候了。你悄悄跟上勒默，千万不要被他察觉，路上记住留下路标，我们会远远跟在后面。"

四猴子答应着飞快地走了。

5

用"风餐露宿、居无定所"来形容马帮艰苦枯燥的生活是最恰当不过的。

在与赶马人相处的几天时间内,迈克尔真正从心灵深处理解了这些被住在昆明的美国兵称之为"高原牛仔"的人们。他没有想到,这些看上去相貌极为平常,体格并不高大健壮的云南矮马,在它们并不宽阔的脊背上竟然能够驮起如此沉重的驮子,终日行走在深山峡谷之中。更令他敬佩和感叹的是这些被山风烈日把皮肤熏染得黄里透黑的赶马人,他们凭着自己坚韧不拔的毅力和一种极大的冒险精神,长年累月风餐露宿,寂寞枯燥地奔波在这条险山恶水的古道上。

从黑风口走向倒马坎的山路越走越艰险,越走越坎坷。沿途树木渐渐稀疏,不像迷人谷那样林深草密,藤蔓横生,而是一路上出现了更多的巉岩和陡坡,到处都有倒塌在山沟里的崖壁、磐石和碎砾堆。人走在这些地方不得而已跳上跳下,跳得双腿酸痛发抖,那些背上驮着重负的骡马更是走得跌跌撞撞四肢哆嗦。

骡马在乱石间一步三滑摇摇晃晃艰难地穿行,钉着铁掌的马蹄不时在石头上划出一声声尖利刺耳的声音,溅出点点飞萤样的亮光。好在骡马背上的驮子用长长的皮条拴得结结实实,不然的话,根本就经受不住如此的颠簸,早就散了架滑了驮。

逢到陡坡、深沟和险峻狭窄之处,杨世保就招呼几个马脚子解开皮条卸下马背上的驮子,让骡马先过去,他们自己把驮子扛过去,然后再重新上驮。三番五次的折腾，不仅耽误时间，马脚子们一个个累得气喘如牛汗流浃背，走路时两只脚都在打飘飘。

马帮是太阳偏西时到达"倒马坎"的。

倒马坎实际上是一条穿行于山崖之间的山路。这一带山崖高峻突兀，峭壁连片，周围峰峦起伏，争雄似的一座胜过一座，犹如一幅幅顶天立地的屏风挡住了前行的道路。屏风下的山崖仿佛是被一把巨大的神斧拦腰劈开，留下了一条宽一米多、长三四里的狭长的大裂缝。这条裂缝经过千百年来绕道马帮的人踩马踏，逐渐形成了一条山路。山路的一侧是陡峭险峻的石壁，另一侧是几丈深的峡谷，峡谷内乱石丛立，一股从高黎贡山顶汇聚而下的汹涌激流在乱石间奔腾。

马帮在倒马坎前面一处避风临水的山岩下停住了。张进才对周围的环境观察了一会儿，把手一挥说："歇梢。"

按照惯例，杨世保、勒默负责给骒马卸驮、挖沟搭帐篷，张进才和聂鲁都逐一检查每匹骒马的铁掌，给走变形的马掌更换新的铁掌，然后解开套在骒马嘴上的笼头，放它们到山坡上去吃草。

倪树生和艾撒专门负责埋锅煮饭，杜鹃则带着大黄在附近的山沟、山泉边找野菜。

迈克尔想帮着马脚子们卸卸驮子，或者是挖排水沟搭帐篷，张进才不让迈克尔做这些事情，他说迈克尔的腰还不能完全直立，不可以干任何重活，只让他收拾铺在骒马背上的马绨和贡布，等待帐篷搭起来后，把每个人睡觉用的马绨和贡布铺好。

马帮从迷人谷出来每天晚上宿营都要搭帐篷，即使是在可以挡雨避风的山崖下面。张进才说搭起帐篷能防备半夜突然下雨驮子里的药品受湿，此外还能挡风避寒，特别是迈克尔的伤还没有好，受了风寒就会落下病根，将来医治很麻烦的。

马脚子们搭帐篷的速度可谓是麻利神速，简单实用。他们在附近砍几棵碗口粗的树干搭成一个屋顶样的大架子，把一张涂胶的黄色防雨布铺盖上去，形成一个长方形的大帐篷。帐篷的四角用麻绳拴上木桩钉在地下，再用几块大石头压住木桩固定，最后在帐篷的四周撒上避蛇和毒蜘蛛的雄黄粉。帐篷的一侧是敞开的，面对着篝火，另一侧用块防雨布门帘似的遮盖下来。药品驮子全部堆放在帐篷的中间，马脚子们就睡在驮子的两边。睡觉时他们先将垫驮子的牛皮贡布铺在地上，再加上马绨，盖的是羊毛毡和马脚子自己穿的羊皮褂。

杜鹃的小帐篷紧挨在大帐篷敞开的一侧，形状像一只倒挂的喇叭形大口袋，搭起来非常简单，只要将口袋一端的两根麻绳往大帐篷屋架突出来的树枝上一拴，防雨布就似一笼蚊帐罩下来，再在地下钉上木桩，拴住帐篷的三个角就可以了。

迈克尔非常喜欢马绨，这种产自西藏用羊毛编织的马绨呈长方形，上面镶着红黄蓝绿各种色彩的花纹和图案。马绨的形状和色彩常常会使迈克尔想起家乡的地毯和壁毯。迈克尔很乐意为马脚子们铺马绨和贡布，不过，每次他都是先进小帐篷铺好杜鹃的，才到大帐篷铺自己和其他赶马人的。

勒默在马帮到达之前就已经赶到舍身崖，他不仅买回足够两天吃的大米和马料，还买来两大块烟熏腊肉，一坛包谷酒，几块施甸豆豉，更让马脚子们喜出望外的是，他居然还带回了一副新鲜的猪下水，还有一包花椒、干辣子、干姜等混合在一起的作料。

猪下水用碧绿色的芭蕉叶包扎得很好，张进才打开叶子，将猪下水放到鼻子下闻了闻，脸上也露出了一点笑容。

"不错，新鲜，没有味道。"他将猪下水递给杜鹃，说道，"你去水边洗干净，晌午就煮火锅吃。这些日子众人都很苦，给他们打打牙祭。"

"好。"杜鹃答应着，捧着猪下水，又叫倪树生从驮子的竹筒里抓了一把盐巴放在芭蕉叶上，然后就往溪水边走去。

"还有，你将烟熏腊肉还有施甸豆豉收起来，放着明后天打亮的时候吃，方便。"张进才又说道。

"晓得啰。"杜鹃一边走，一边回答。

这一顿晌午饭非常丰盛。没有掺和山芋的铜锅饭焖得香喷喷的，一碗从迷人谷带出来的蒸腌鸡肉，一碗爆炒麻辣兔丁，一碗炒野菜，还有一铜锅红浪翻滚、飘溢着刺鼻香辣味的火锅。

等到众人将各自手里头的活干完，每个人都拿着"莲花"、"小手"坐在火锅的两侧时，杜鹃才将洗干净切成小段、小片的猪大肠、小肠、猪肝、猪肚等食物，逐一放进滚沸的红汤中。

马脚子们眼馋地望着在红汤里翻滚的食物，一副急不可待的样子。

终于，张进才从铜锅里捞出了第一碗猪肠、猪肚，其他人便挤过去，拿着"顺子"朝自己的碗里舀。

刚从滚锅里舀出来的猪肠、猪肚很烫，根本放不进嘴里，他们便将碗放在石头上先凉着。

马脚子们最感兴趣的还是那坛包谷酒。他们喝酒不是倒进碗里喝的，除了杜鹃不喝酒之外，其余的人围坐在篝火边，抱着酒坛直接对着坛口，你喝一口我喝一口，轮流喝了两圈一坛酒就见了底，喝完之后几个人还意犹未尽地埋怨勒默，说他应该少买一块腊肉多买一坛酒，这趟路走得疲惫不堪浑身的骨头快散了架，多喝两口酒解解乏比多吃几片肉更为痛快。

迈克尔没有吃那些用猪的内脏煮出来的火锅，他闻不惯那种稀奇古怪的味道，更不敢亲口品尝。他只是吃了一大碗铜锅饭，然后吃了一点腌鸡肉和麻辣兔肉，最后喝了一小口酒，这种由当地人用土法酿造的包谷酒度数太高，喝进嘴里火辣辣的，就像是含着一口滚烫的油，口腔和喉咙都要燃烧了。

张进才只吃了一碗猪肠猪肚，喝了两口酒就坐到旁边低着头吃饭。他吃饭的速度非常快，稀里哗啦一会儿工夫就吃了两大碗，把碗朝草地上一放，用巴掌擦了擦沾在连鬓胡子上的几颗饭粒，便拿起竹烟筒咕咚咕咚低着头抽烟。

自从走出迷人谷之后，张进才一直心事重重很少讲话，即使是每天晚上为迈克尔做按摩的时候他的话也不多，不像住在迷人谷温泉那几天，一边按摩还一边与迈克尔比画着手势很有兴致地闲聊。

张进才的情绪直接影响了马帮里所有的人，马脚子一个个显得小心翼翼，杜鹃没有再唱过山歌，就连平时爱开玩笑爱说粗话的倪树生和聂鲁都也不敢高声谈笑，说话时尽量压低声音或者打手势。

张进才似乎也感觉到自己的情绪影响到所有的人。过了一会儿，他放下烟筒，从草地上将自己的碗又重新翻了过来，然后端着碗走过来和马脚子们坐在一起。

杜鹃见状，急忙将他的碗接了过去。

"爹，您还吃点哪样？我给您舀。"

"再捞点下水吧，好长时间没有吃了，怪馋人的。"张进才嘿嘿笑着说。

几个马脚子顿时精神一振，相互挤了挤眼睛，倪树生还做了个鬼脸。

杨世保捡了一块平整的石头抱过来，让张进才坐下去。

"张锅头，我记得您以前最爱吃猪下水的，每次赶马回到家，您都要叫张婶煮一锅，然后叫我们去您家里吃。"勒默趁势拉开话题，"今天，我是刚好看见那家马店杀猪，给他们讲了很多好话才卖给我。"

"其实，我小时候根本不吃猪肠，只吃猪肝。"张进才从杜鹃手里接过碗，边吃边说，"后来跟着我爹走远处赶马，经常与那些从四川贵州过来的赶马人凑在一起打伙吃，那些人都爱吃又麻又辣的东西，走到哪个地方，只要找到猪下水，他们就要煮火锅，时间一长，我也就爱上这一口了。不过，话说回来，赶马人走在路上吃上麻辣火锅倒真是过瘾，尤其是雨季和冬天，又能解馋，还能抵抗风寒。"

"爹，我记得您以前跟我讲过，麻辣火锅是贵州的马帮创立的，后来四川的马帮说是他们祖传的手艺。有一次，两家马帮为此起了口角之争，当场打了起来，把正在煮着的铜锅都掀翻了，还烫伤了人。"杨世保端着碗凑到张进才身边。

"是啊，那时候我还没有杜鹃现在的年纪，遇事不知道如何调解，只是吓得站在一旁看着他们互不相让地对骂，最后动起手来。

唉，那个被烫伤的马脚子可怜呐，一只脚杆的皮都烫烂了，后来再也没有出来赶马了。"

"那他们最后哪个赢啰？麻辣火锅究竟是哪家创立的？"倪树生也凑了过来，瞪大了眼睛。

"其实啊，天底下的很多事没有输赢，也没有结果，很多事情也说不清道不明，没有必要说得明明白白。"张进才非常深奥地笑了笑，低下头喝了几口汤，又麻又辣的味道让他仰起头来伸出舌头吸了几口气。"不过，听老一辈的赶马人说，当年一队贵州的马帮在路上遇上大雨，人和马都湿透了，为了让大家驱寒，歇脚的时候，马锅头叫一个年轻的马脚子去熬一锅姜汤。这个马脚子当时手忙脚乱，一不小心就将装着花椒、辣子、八角的布袋子掉进了烧开的姜水中，由于水温太高，他不敢伸手去捞布袋，只能眼睁睁地看着那些作料在锅里面翻滚。没想到，过了一会，锅里的姜汤变成红色，并且飘出了一阵阵非常诱人的香气。在附近的马脚子都被这股香气吸引过来，有的人提议，不如将准备炒吃的猪下水放进红汤去试试。没想到，用各种作料煮出来的猪大肠麻辣鲜香，非常好吃，马脚子们一个个吃得满头大汗，不仅一个人都没有感冒，而且那天晚上都睡得很香。从那以后，这种麻辣火锅的吃法就在各地的马帮里流传开了。"

"张锅头，您以前还把一些菜放进火锅里煮着吃，后来咋个不放菜了？单单吃肠肚？"艾撒从碗里夹起一片猪肚问道。

"在火锅里放菜是四川马帮的吃法，他们什么蔬菜都往汤里面放。马帮上路带蔬菜不方便。比如我们，在路上吃的都是山林间的野菜，又嫩又鲜，用麻辣汤煮了反而不好吃，你们说是不是？"张进才笑眯眯地扫了大家一眼。

"对，对。我们做菜，不放辣的、麻的，这个，太吓人。"迈克尔用手指着铜锅里的猪肠猪肚说。他一直都在静静地听着马脚子们的谈话，而且，他基本上听懂了他们聊天的内容。

"哎——对了，美国飞客，你们不吃辣的麻的，好多东西你连闻都不闻，你们外国人吃些哪样？"倪树生喊道。

"是啊，你什么都不吃还长那么高，咋个长的？"聂鲁都也敲着碗边喊。

"说说，你们是吃哪样长的，给我们说说。"艾撒说。

"吃什么？面包、奶酪、鸡蛋，都……都一样。我们……我们不吃这个，太可怕。"迈克尔又指了指铜锅，为难地地望着杨世保。

"不要说吃的啦。不如，让迈克尔给我们说说他的事情。哎——你不是美国飞客吗，干脆就给我们讲讲你在天上开飞机的事情。"杨世保说。

"要得，要得。说说咋个开飞机。"

杨世保的提议立即获得了其他马脚子的同声呼应，就连张进才也连连点头。

能将一架好大好重的飞机开着飞到天上去，这对于祖祖辈辈只能依靠人背马驮，在大山里行走的马脚子来说，简直就是连做梦都不可能梦见的事情。在他们眼中，只有鸟才能飞上天，人飞上天就是神仙。

迈克尔笑了——讲别的事也许还会有困难，讲在天上开飞机，对他来说，简直轻松得像打个哈欠，伸个懒腰那么容易。

"教你们，开飞机？"迈克尔将放在草地上的一个空碗拿起来，又拿了一双筷子。

"这是，驾驶舱。这是，操纵杆。"他左拿着木碗，右手捏着筷子，右脚往地下一踩，表示加油，然后弯着腰，围着放铜锅的石头转了一圈，嘴里还呜呜地模仿着飞机起飞时的轰鸣声。

迈克尔的动作先是让马脚子们一愣，紧接着就爆发出一阵大笑，倪树生和勒默笑得将碗里的汤也泼洒在了裤子上，特别是杜鹃，笑得背过身去用手背直抹泪水。

迈克尔莫名其妙地看着马脚子们，他不明白他们笑什么，难道他的动作错误了吗？

"算了，迈克尔，你这个样子……谁也看不懂你是在整哪样。"杨世保边笑边摆摆手说。

"他是在学……老黑熊吃错了多依果，酸得咽不下去……只好围着大树转圈圈。"倪树生大笑着说。

马脚子的笑声更响了。

终于，杨世保忍住了笑："你还是讲一讲，开着飞机在天上遇到的，最惊险的事情。"

"飞机……在天上，惊险的事？"迈克尔不解地晃了晃自己的脑袋。他用手指了指天空。

"要得，最惊险的才有意思。"倪树生高兴地喊。

"惊险？可怕的？"迈克尔依然不解地望着杨世保。

"你开着飞机在天上，下雨啦，打雷啦，还有遇到日本倭寇的飞机啦……"杨世保缓慢地、一字一句地说。

"OK，OK，没问题。"迈克尔终于明白了马脚子们的要求。

他将手里的碗和筷子放在地上，找了个背风的方向。因为他不喜欢闻到从铜锅里飘来的味道。

迈克尔的思绪飞向了六月间那次终生难忘的飞行。

六月，是云南的雨季。在长达五个月左右的雨季期间，驼峰航线大部分时间是雷雨频繁，风云变幻莫测，飞行高度上随时会有不间断的小雨雾，全部航程飞行员只能靠仪表的指示。

这天下午，已经快到吃晚餐的时间了，迈克尔突然接到马上执行飞行任务的命令。这是他在驼峰航线飞行以来的第五十二次任务。

迈克尔迅速换上飞行服，又到餐厅匆匆忙忙吃了晚饭，然后赶到任务指挥部与副驾驶和报务员会合，再到任务指挥中心领取指令以及货物单据。根据指令，迈克尔机组今天飞行的目的地是云南昆明，运送的货物是二十四只55加仑装的汽油桶和一些杂物。

在任务指挥中心，一位刚从昆明飞过来的飞行员告诉迈克尔，今天"驼峰"上空的天气不好，整个飞行全靠地面中继电台的引导，而且空中的风暴没有停止的迹象，越刮越强烈。

迈克尔和副驾驶、报务员连忙到隔壁的气象室去询问。一进门，他就看见画着"驼峰"天气示意图的黑板上，整个驼峰航线的区域内全是用白色的粉笔画出来的粗线条。刚才那位飞行员的话确实不假，气象分析员说空中还有时速120公里的强风。

尽管天气如此恶劣，又是这个季节里极少出现的异常现象，但迈克尔机组和其他执行任务的运输机依旧像往常一样，做好起飞前的各种准备，然后遵照塔台的指挥起飞。

"飞越驼峰航线，没有天气限制。"这是严格的军令，任何一个驼峰航线上的飞行员都非常清楚。

傍晚七点，迈克尔驾驶的C-46型运输机呼啸着飞上了天空。由于这次飞行全靠地面无线电导航，他们必须在萨地亚上空盘旋爬升到达三千米以上的高度，然后才能飞越印缅边界的第一座山脉。

进入云层以后，机组的几个人都从耳机里听到了静电造成的杂音，同时还看见飞机身上开始聚集静电。这是一种不妙的征兆，它意味着运输机随时随地会失去地面导航的信号。不一会儿，耳机里杂乱的声音逐渐增强，导航仪上的指针摆动得越来越大，很快耳机里就再也听不见萨地亚导航站的无线电信号。

运输机已经遇到了强烈的乱气流，由于静电的干扰，下一个无线电中继站的信号一点儿也听不见。

此时，天已经完全黑了。漆黑的天空里，黑云弥漫，电闪雷鸣，强烈的暴风好像要把厚厚的云层驱逐出天空或者是将它们挤压粉碎了，发出了震撼天宇的狂吼。一道道闪电犹如雪亮的利剑划破了浓厚的云层，刺眼的电光在驾驶舱的挡风玻璃上闪烁不停。

在如此恶劣的气候中飞行，飞行员本身就像是被蒙上了眼罩的小孩在车水马龙的公路上行走，周围是危机重重，再加上失去地面无线电信号的指挥，运输机就像是大海里没有舵的帆船，完全不知道会被狂风恶浪卷向何处。

幸运的是，飞机起飞之前他们对运载的汽油桶和货物全都做过认真的检查和加固，机舱里的二十四只汽油桶和其他货物固定得很好。此刻，那些汽油桶虽然随着乱气流的颠簸在不停地跳动着，但没有一只出现四处翻滚的现象。否则，后果不堪设想。

迈克尔加大马力将运输机升至五千米的高度，改为平飞姿态，引擎动力改为巡航设置。

他没有想到，就在这个紧急时刻，飞机却出现了机械故障。正常情况下，运输机的螺旋桨转速在爬升时设为每分钟2300转，改为巡航时的转速是每分钟2000转。可当迈克尔作出降低转速的操作后，左引擎的转速顺利降到2000转，但右引擎却依然是2300转的转速。

迈克尔立即采用紧急调速开关进行调整。但是，这个应急措施居然在这个紧急关头完全失去了作用。右引擎依旧维持着每分钟2300转的转速。这可是飞行中的最大危机——超速运转将会对引擎造成严重的损坏。

在驼峰航线的飞行中，发生机械故障是造成飞机坠毁的两大危险之一，另一个是恶劣的天气。

迈克尔心头一凉，浑身上下冒出了冷汗。

突然，他的心里闪过返回萨地亚基地的念头。

但是，这个念头仅仅是一闪即逝。此时此刻，他面对的是从未遇见过的强烈暴风。他必须要集中精力对付眼前这个强大的敌人，而且一定要战胜它。因为，飞机上还有机组的其他人员，还有运输的货物。

迈克尔和副驾驶密切配合着，强行将左右两侧的引擎调整为每分钟2300转。这时，他发现了无线电导航仪的指针向右偏离了很多。这就是说，飞机已经被乱气流冲离了航线。

迈克尔迅速调整航向，继续顶风向着昆明方向飞行。运输机终于穿过了乱气流，回到航线上。

没想到，在中缅边境的上空，他们又遭遇了一股强烈的上升气流。

这股上升气流比刚才的暴风来得更加猛烈。C-46型运输机的机头被气流托得高高地翘起来，右引擎也出现了超速运转，转速仪表上右引擎的转速读数随着气流的变化一直在不停地上下波动。这些不正常的情况造成了两侧引擎转速失衡，而且还发出了刺耳的令人毛骨悚然的噪音。

迈克尔立即降低机头以稳定飞机的高度，加大马力提速，直到左引擎也达到每分钟2300转的转速，然后再降低右引擎的转速，同时控制着运输机下降三四百米，进入预定的高度，避免在气流中与同一航线上的其他运输机相撞。

穿越气旋的过程中，C-46型运输机就像是一只在惊涛骇浪中航行的小船，遭受到来自不同方向的巨大力量的挤压撞击，上下颠簸得非常厉害，幸好他们起飞前就紧紧地系好安全带，否则真会被抛到舱顶上去。

耳机中的静电干扰更严重了。这时，运输机螺旋桨叶片的边缘突然闪烁着一团团紫色的火花。这是飞越驼峰航线的飞机经常会遇到的一种电磁效应的奇异亮光。飞行员们都恐惧地将它称为"圣艾摩之火"。在夜空里，"圣艾摩之火"的形态和颜色非常美丽，可飞行员每次看见它就像是看见了墓地里闪烁跳跃的磷火一样，心里阵阵发毛。"圣艾摩之火"对飞机本身不会有多大的影响，但它与无线电台有效应关系，会阻隔无线电信号的接收。

报务员费了很大的周折，才把测算出来的迈克尔机组的大致方位发送给长程无线电指挥台。因为飞机的方位可以通过在中国昆明和印度阿萨姆山谷的大功率无线电台用三角侧位法进行测定，一旦测定了飞机的方位，就能指示他们如何飞往最近的无线电导航站。

在正常的情况下，这套操作系统能够提供精确有效的定位和导航。

可是，报务员焦灼地向迈克尔报告说，长程无线电台的所有通话频道上挤满了空中飞行员的紧急呼救声，要求地面长程电台指示航向和提供最近的地面导航站方位。

迈克尔接通了头盔里的大功率无线电台接收器，透过静电刺耳嘈杂的噼啪声，他果然听到了许多个紧张的呼救声：

"紧急呼救！紧急呼救……"

"我们的高度已经跌到四千米……还在往下跌……"

"机长让我们系上降落伞……"

其中有一个声音几乎是在用最后的气力断断续续地喊道："我们在三千米跳伞……我压下信号发射键……绑住它……希望测出我们的……方位……"

这个声音很快变成连续的单调信号，接着这个信号也中断了。

迈克尔的心一下子就像掉进冰凉的深潭。他痛苦地闭了闭眼。

所有正在驼峰航线上飞行的运输机，与迈克尔机组一样，全都在暴风中迷航了。

暴风和静电掩盖了航线上所有导航站的信号。面对生与死的危机，一切只能靠他们自己！

迈克尔镇定了一下情绪，拿开氧气面罩，与副驾驶、报务员简单地商量，决定向右调整航向25度，以抵消风力的影响。这是他们完全凭经验和感觉作出的决定。此时，机舱内的温度已经是零下二十多度，但他们三个人全身的衣服都被汗水湿透。为了避免挡风玻璃结冰，他们早就打开了通风装置，可谁也不感觉冷。

根据调整航向角度的推算，迈克尔估计当时空中西南风的风向是200度，风速已经达到每小时200公里，远远超过了基地气象分析员告诉他们120公里的风速。

迈克尔捏紧操纵杆，努力控制着C-46型运输机在疾风中朝着中国境内的保山方向飞去。

漆黑寒冷的夜空里，迈克尔、副驾驶以及报务员三个人坐在同样漆黑寒冷的驾驶舱内，凭经验驾驶着运输机飞行。驾驶舱内，微弱的绿色荧光映照着仪表板，也映照着他们严峻的脸。长途电台里不断传来空中其他运输机紧张甚至绝望的呼救声……

进入中国境内时，运输机终于穿过了强风的中心地带，螺旋桨转速失衡的情况也有所好转，但是，他们依然接收不到任何导航站的信号，无线电导航仪的指针依然在胡乱地转圈。距离最近的保山导航站就像在暴风里消失了一样，连一丝信号也没有。

迈克尔再次下了决心，他转向东南航向飞了十分钟——没有导航站信号。他咬了咬嘴唇，毅然向左转向100度，朝着东面的昆明方向飞去。又飞了十多分钟，迈克尔推测，改变航向后的航线应该在云南驿无线电导航站的南侧。他们即刻试着接通云南驿导航站的波段。

耳机里终于传来了清晰强烈的信号。

此时，无线电导航仪的指针也开始正常跳动，随后就笔直地指向了后方。这就是说，迈克尔机组是驾驶着运输机从云南驿导航站的上空飞过去的。更绝妙的是，他们在毅然转向东面飞行的十分钟里刚好错开了大理苍山。

C-46型运输机已基本脱离了强气流区，无线电通讯也恢复了正常。听着在紧急通话频道中仍然不停传出的呼救声，迈克尔非常难过，他在心里不断地为那些还在与暴风搏斗的飞行员祈祷，祈求上帝保佑他们能闯过暴风，平安归来。

迈克尔驾驶着C-46型运输机继续向前飞行。二十分钟后，透过逐渐淡薄的云层，他们看到了昆明城内闪烁的灯光。在这一瞬间，迈克尔和副驾驶、报务员感到，那闪烁的灯光就是他们一生中所看到的最辉煌最灿烂的画面。

他们成功地降落在昆明巫家坝机场。

迈克尔挥舞着双手，尽力用自己能够说清楚的中国话，通过身体语言将这次惊险的飞行经历表述出来。

从马脚子不时变幻的面部表情上，迈克尔明白，虽然他所知道的中国话和手势根本不能正确表达他所经历的那些惊险场景，很多表述甚至是"词不达意"，但是，马脚子们全都被他讲述的经历吸引了。

杜鹃在从迷人谷出来的路途中，已经听迈克尔简单地说过一些他的经历，但没有想到，原来是那么惊心动魄、生死一线。她的心里更加升腾起对迈克尔的崇拜和感激。

除了话特别多的倪树生手里还端着碗，边听边吃外，其他的几个马脚子全都放下碗筷，一副惊叹的表情。他们目不转睛地看着迈克尔，生怕听漏了一句话，就连马锅头张进才，也将他手里的竹烟筒靠在石头边，全神贯注地看着迈克尔。

迈克尔将张开的双臂收拢放下，最后作出一个飞机降落，停下来的动作。

四周一片寂静。

"哎——讲呀，美国飞客，你咋个不讲了。怪好听的哟。"倪树生站起身，大声催促道。

迈克尔笑着耸了耸肩膀，两只手一摊，表示他的"惊险"讲完了。

"哎，哎——他哪样意思嘛。"倪树生环顾着马脚子们，"刚刚听出兴趣，他又不讲了，哪样意思……"

"是啰，美国飞客，再说点别的给我们听听。"

艾撒、聂鲁都和勒默也七嘴八舌地说。

迈克尔又耸了耸肩，望着杨世保，用目光征求他的意见。

杨世保看了看张进才，见他没有反对的意思，就说："迈克尔，你讲的惊险我们都爱听，你再接着讲吧。"

"OK，OK。"迈克尔挠了挠脑袋，稍微思索了一会儿，"我讲，在云朵里，跟日机，捉迷藏。"

"云朵……迷藏……"

马脚子们不解地相视着。

"他说的是云彩，天上的云彩。捉迷藏就是我们小时候玩的躲猫猫。"杨世保笑着解释说，"意思就是在天上的云彩里跟日本的飞机躲猫猫。"

"好啰好啰，这个更好听，更惊险。"倪树生高兴地将空碗扔到草地上，双手用力拍起巴掌。

迈克尔也不懂"云彩"和"躲猫猫"的意思。他依然按照自己的方式，双手比画着，用尽可能说清楚的中国话讲述着自己的经历。

有一次，迈克尔在黎明前驾驶着运输机从印度的基地起飞，执行前往昆明运送汽油的任务。因为那段时间，日机几乎每天早上都要飞到密支那地区，寻找机会截击在驼峰航线的运输机，所以很多飞行员执行任务时尽量早早起飞，以避开在中缅边境到处乱窜的日机。

这天的天气很好，前往昆明的航程中也很顺利。到达昆明后，卸下机舱里五十加仑的桶装汽油，迈克尔就准备载着空的汽油桶返航。这时，机场的物资主管来找迈克尔，请求他把飞机油箱里返航用不完的汽油抽出来——因为汽油非常短缺，基地再三要求飞行员在飞行中尽量节约汽油，将节省下来的汽油提供给别的飞机。

迈克尔很理解物资主管提出的请求。于是，他计算好返航需要的汽油，只留下航行三四十分钟的备用油，多余的汽油就让机场的地勤人员抽掉。

返航时也很顺利，他们仅仅遇上一阵小雨和很弱的上升气流以及一些积雨云。

下午两点半左右，迈克尔的运输机飞过保山的上空，转向伊洛瓦底江对岸位于密支那以南的一道峡谷。此时，在峡谷的上空一千多米的高度飘动着一些很大的云朵。

迈克尔从小就是看着云朵长大的，对天空里的云朵非常熟悉。他家乡的山谷间，一年四季都飘浮着美丽壮观，在微风中变幻着各种各样形状的云朵。

可是，驼峰航线的云朵与他家乡的云朵完全不一样。在雷雨季节，从印度到昆明的天空里到处飘浮着一堆堆姿态万千的云朵，但这些美丽的云朵并不像他家乡的那样，而是由雪和冰雹凝结而成的冷气团，飞机穿越云朵时就会像碰在墙壁上那样受到强烈的撞击，机身上下左右剧烈颠簸，稍有疏忽，便是机毁人亡。更可骇的是，在这个地区，日军的零式战斗机常常利用飘浮的云朵和厚实的云层作掩护，围追堵截在驼峰航线的运输机。而有的时候，驼峰航线上的运输机也是利用空中的云朵掩护自己，躲避了日机的攻击。

几天前，一架中国飞行员驾驶的运输机就遭遇到躲藏在云层里的日机的偷袭。当时，他们在四千米的高度上飞行着，突然从前面两片云层的中间冲出一架日军的零式战斗机，朝着运输机猛烈射击。

运输机被击中多处，幸好没有击中飞行员和油箱。中国机长急中生智，驾驶着运输机冒险冲出最低云层，超低空沿着山谷飞行。偷袭的日机无法再俯冲下来，这架运输机上的全体机组人员才得以死里逃生。

在驼峰航线飞行中，每一次执行任务都是一次不同的体验和全新的挑战，每一次的飞行都可能出现新的情况，全凭着每一个飞行员的飞行本领、坚强意志，以及随机应变的能力去解决。

迈克尔警惕地将飞机转向北面。

就在这时，站在座位上通过顶部舷窗观察情况的报务员大声喊道："机长，发现零式战斗机，九点钟方位。"

迈克尔急忙朝左边看去。在运输机左翼的上方，两架日军的零式战斗机正在向运输机快速飞来。

怎么办？迈克尔心里一阵紧张。从目前的情况看，跑，笨重的运输机绝对跑不赢零式战斗机，再者，没有战斗能力的运输机根本无法与战斗机决战，何况，此刻是敌强我弱，二比一。

迈克尔迅速观察了一下周围的情况。他看到飞机右侧大约两公里的天空里有一个大大的云团，云团的上端很高，像一朵巨大的蘑菇，云团的下端比运输机目前飞行的高度还低一千米左右。

迈克尔即刻有了主意。他降低机头，加大马力，以时速接近极限的400公里朝那个巨大的云团冲过去。飞机一进入云团，他马上降低了速度，同时向左急转，以避免猛然冲出云团暴露自己。

迈克尔机智地利用云团的掩护与偷袭的日机展开周旋，其间还不小心冲出云团之外，幸好没有被日机发现。

日军的两架零式战斗机飞到云团的另一端，如同两只瞎眼的野狼在云团外面转来转去，寻找美军的运输机。

就这样，迈克尔运用自己精湛的操作技术，恰到好处地控制住运输机的速度，藏身在云团里继续朝着印度汀江的基地飞去。

那个洁白的大云团也仿佛明白了迈克尔此时的心情以及危险的处境，一直不弃不离地遮掩着他的运输机，从容不迫地向前飘着。

迈克尔在云团里飞行了二十多分钟，当他估计已经离基地不远的时候，便加大马力从云团里冲了出来。因为飞机上剩余的备用燃油已经不多了。此外，一般情况下，日机是不敢追逐到汀江基地的。第一，他们害怕在印度保护基地的第十航空队的P-40型战斗机；第二，他们还害怕基地周围布置严密的高射炮。

报务员又站到了原来的观察位置。迈克尔驾驶着运输机围绕云团飞了一圈。

"机长，兔子跑了！"报务员高兴地报告说。

两架零式战斗机的确不见了。看来，两架日机在云团里搜索了半天，没有找到迈克尔的运输机，最后只好无可奈何地飞走了。

此时，运输机上油表的指针已接近零。

迈克尔接通了机场电台，报告油料不足请求立即下降。机场的控制塔迅速清空了跑道，并准许运输机降落。

当运输机一落到地面上，迈克尔马上刹车并朝着最近一个由夯土和沙包构筑的"机窝"滑过去。在距离"机窝"不到一百米的地方，运输机上的两台发动机喘息了两声后就停止不动了——因为飞机已经彻底没有燃油了。

"天啊，美国飞客，你小子的运气真的是太好了！"

"美国飞客，你真是不得了呀，居然能在天上的云彩里跟倭寇躲猫猫玩。"

"迈克尔，太危险了！如果你在云彩里多待一分钟，那么后果就不堪设想呀。"杨世保感叹地说。

马脚子们围在迈克尔身边，七嘴八舌地称赞着他。

张进才走过来，在迈克尔的肩膀上轻轻地拍了一下："年轻人，了不起，真的很了不起！"

这时，迈克尔发现，杜鹃坐在旁边的一块石头上，脸上布满了担心，眼睛却是火辣辣的。

马脚子们在轻松愉快的气氛中把一大铜锅饭和野兔肉、野鸡肉，以及猪肠、猪肚吃得干干净净。

这时，天色也渐渐灰暗下来，那些到山坡和溪水边寻食青草的骡马也陆续回到歇脚的帐篷附近。

杜鹃收拾着碗筷，杨世保和勒默、聂鲁都去将还待在山坡上的几匹骡马吆喝回来，迈克尔无所事事，站起身帮着艾撒和倪树生到山坡上砍干树枝来点燃篝火。

马帮夜间歇脚的篝火是无论如何也不能熄灭的。高黎贡山一山分四季，十里不同天。一天之间，山下骄阳似火，晒得人脱皮；山顶却是风雪弥漫，天寒地冻；即使是在山腰，白天热得满头大汗，可到了夜晚，天气变得十分寒冷，有的时候一会儿是暴雨一会儿又是冰雹，能把人活活冻僵冷死。夜间的篝火不仅可以给人取暖，还可以防御野兽的袭击。山林里大部分的野兽都怕火，看见火光它们就会远远躲开。高黎贡山的猛兽很多，豹子、老虎、黑熊、狼，走马帮的人虽然都带着枪和弩，但一般情况下不敢随便开枪，如果一枪打不死，那些猛兽就扑上来拼命。

歇脚地的篝火天黑之前就必须点燃，一直要燃烧到第二天的天明。所以，每天砍大堆的柴火是马帮最重要也是最辛苦的一项活计。

这天晚上，疲惫不堪又喝了烈酒的马脚子们睡得很香很沉，平时粗壮与尖利的鼾声也似乎减弱了许多。

迈克尔却睡不着。

几天来与这些马脚子相处的场景像电影的胶片一样在他的脑海里慢慢闪现……他坠机后一次次的遇险，这些好心的赶马人一次次的救助，马帮一路上所遇到的艰难险阻……

他在心中由衷地感谢并敬佩这些善良勇敢的赶马人。

平时，迈克尔和其他的美国飞行员们都喜欢将昆明街头行走的马帮或者是在巫家坝机场运货的赶马人戏称为"高原牛仔"，形容他们就像是美国西部牛仔那样，潇洒而自由。他没有想到，真正的"高原牛仔"的生活原来是如此艰苦危险，但同时又充满了神秘和乐趣。

在巫家坝机场，每天都有成百上千的中国老百姓赶着马车，或是吆喝着长长的马队集聚在机场的外围，等候抢运经驼峰航线运输来的各种战略物资。当从驼峰航线上飞回来的运输机刚在用碎石和泥土夯实的停机坪上降落，机场内的马车就顺序上来装货，拉出机场，再用卡车和马帮将这些物资转运到中国东部的各个基地。每次，迈克尔从汀江驾驶运输机飞回昆明，他都会看到一个规模庞大、非常熟悉的场面：巫家坝机场内外车马如潮，人来人往。这时，他便联想到疾风骤雨中的大海——风雨中，海浪如矗立的高山滚滚而来，汹涌澎湃气势雄伟，轰然的响声震撼着大地和天空。那种排山倒海、摧枯拉朽的力量，是任何强大的敌人也无法阻挡的。

中国人民，在抗击日本侵略者的战争中，就是疾风骤雨的大海上排山倒海、摧枯拉朽的力量。

迈克尔终于明白：为什么在童年的时候，父亲一直像讲述童话故事那样，一遍又一遍地跟他讲述中国，讲述中国云南的高黎贡山，讲述他未能到达高黎贡山的遗憾。原来，吸引父亲的，不仅仅是高黎贡山丰富的植物，还有高黎贡山的神奇和美丽，以及成年累月行走在高黎贡山上这些慈善而英勇的赶马人……

"等到这场该死的战争结束，我一定要陪着父亲再到中国，到高黎贡山来，让他亲眼来看梦寐以求的美丽植物。我一定要陪着他与这些赶马人再次翻越高黎贡山，让他看看这些真正的高原牛仔……"

"以后，我一定每隔几年就来中国，来高黎贡山，来看望张先生、世保、杜鹃，还有艾撒、倪树生……不，我要带着杜鹃来……"

"将来，我还要叫我们的子女，不，还有我们的孙子孙女也来中国，来高黎贡山……"

迈克尔又想到了自己的好朋友弗里尔曼·约翰。他觉得，自己虽然没有机会像弗里尔曼那样，与日军的战机在天空面对面地战斗，但自从他参加驼峰航线战略物资的运输后，所经历的很多事情，特别是这一次运输机在高黎贡山坠落后所经历的事情，一点儿也不比弗里尔曼的故事逊色。

"回到昆明后，一定马上给弗里尔曼写信，把所有的事情都详详细细地告诉他……"

"更重要的是，在回昆明之前，一定要向杜鹃表明自己爱慕她的情感，还要向张先生、杨世保，以及她的家里人说明自己求娶杜鹃的心意，中国人很重视……"

这一夜，迈克尔躺在马绨上翻来覆去，兴奋地想了很久很久才睡着。

半夜里，迈克尔突然被一阵轻微的响动惊醒。借着从帐篷外面透进来的火光，他看见张进才提着两支短枪闪出帐篷，紧接着杨世保也从垫套上坐起来，握着枪蹑手蹑脚跟出去。

出事了？

迈克尔警觉地坐起身，抓起放在身边的拉八式手枪，侧耳听着外面的动静。

帐篷外静悄悄的，只有山风吹拂着石缝间野草树叶的瑟瑟声和落叶滚过地面轻微的触擦声，此外还能听到骡马不时的刨蹄声和响鼻声。

他轻轻掀起帐篷的一角，只见张进才和杨世保隐蔽在一块岩石后面，警惕地注视着对面山坡黑漆漆的树林。

篝火前面，大黄同样警惕地面对着山坡上黑漆漆的树林，双眼瞪得滚圆，两只耳朵挺得笔直，鼻孔一翕一翕不停地嗅着什么。

大黄是一条非常优秀的猎狗，除了遇到紧急情况或发现猎物外，从来不会大吠小叫。马帮上路的时候，它就像一朵无声无息的云彩，跟随在张进才的身边，飘来飘去。到了夜晚，它就温顺地蜷缩在杜鹃的身边睡觉，但只要外面有一点异样的响动，它即刻箭一般冲出去，直到确信平安无事后，才返回来继续睡觉。这段日子，大黄与迈克尔也相处熟了，高兴的时候，它会跳得比迈克尔还高，两只前爪搭在迈克尔的肩膀上，喷喷鼻子，用舌头舔舔他的脸颊。

过了好一会，迈克尔听见张进才和杨世保压得很低的说话声。

"爹，您发现哪样了？"

"还没有。不过，我总感觉今天晚上有些不对劲。对面的树林里好像隐藏着一双双野狼样的眼睛。"

"今天下午我们就是从那片树林经过的，好像没有什么问题。您是不是这几天考虑药品和迈克尔的事情有点紧张？"

"你以为你爹会像你们这些愣头青，心里搁不住蚕豆大的事？不过，今天从舍身崖走出来后我就一直感觉后面有动静，老是觉得有一双眼睛在我们的身后死死地盯着，可是让大黄回去找了两圈也没有发现哪样……"

"我也看出今天晚上大黄的情绪确实不同平常，它从天黑以后就没有闭过眼睛，一直站在那里盯着对面的山坡，但它又静悄悄的不声不响……爹，您说对面树林里的究竟是人还是野兽？"

"唉……"张进才喟然长叹道，"我现在也说不清。算了，不管是人是兽，出来了再想办法对付。你先回去睡吧。"

"不。还是您回去睡，我在这里守着。"

"你去睡。我年纪大了，睡不着。过一会儿我还要给骡马加料，在篝火里添柴，今天晚上这堆火是无论如何不能熄灭的……"

迈克尔看见杨世保悄悄钻进帐篷，他也躺下睡了。

6

山魁和他的一伙喽啰就躲藏在对面山坡的树林里。他们在夜色朦胧的时候才赶到倒马坎前面的山坡。

四猴子藏身在一棵大树上，早已等得不耐烦。看见山魁和众喽啰的身影，他飞快溜下树来，小声抱怨说："大哥，你们咋个现在才跟上来？人家已经吃了饭睡觉啰，现在黑漆麻古洞的，一样东西都瞧不见，咋个冲过去抢嘛。"

"抢——抢你的脑壳。"山魁压低声音冲着四猴子骂道，"那个神枪张二是有名的老狐狸，我们敢跟得太近吗？这一段路他妈的不是深沟就是险箐，惊了骡子滚了坡咋个办？老子还抢个狗屁。"

穿山甲走过来递给四猴子一包冷饭："四猴子，这次你的功劳最大，赶快吃饭吧。等到明天我们抢到那些黄金，大哥一定会多分给你两根金条，足够你小子盖房子讨婆娘。"

四猴子高兴地嘿嘿傻笑，捧着冷饭到一边去吃。

穿山甲躲在灌木丛后面，仔细观察着对面山崖下的篝火和帐篷。过一会儿，他对山魁说："大哥，瞧这个样子，神枪张二是准备明天一早从倒马坎过去。你瞧，这个老狐狸连晚上睡觉的地方都是选在前能守、后能退的山崖下，他们现在已经吃饱喝足，养好精神。我想，今天晚上我们不宜动手，不如明天早上等他们备好驮子上路的时候我们再动手，他们一边要忙着护驮，一边还要忙着还击，我们得手的机会就更大。不要说全部抢下来，哪怕就是抢到一半，也足够弟兄们这辈子花了。"

"我也是这样想的。"山魁点点头，"过了倒马坎以后有两条路，一条可以绕过蚂蝗箐到火龙寨他的家，另一条是走黄连沟到双虹桥过怒江。他会不会选择走黄连沟？"

"管他走哪条，反正明天我们都要抢。"穿山甲有些兴高采烈地说。

"说实话，若不是为了那些黄金，我也不想与他结仇。他毕竟在这条道上也是有名有姓的一个马锅头，万一杀不了他反而还遭他的手。何况他结拜的义兄义弟不少，即使把他干掉了，将来传出去，他的义兄义弟来找我们报仇，我这辈子的日子也不会太平。"山魁有些气闷地说。

穿山甲愣了：" 那咋办，难道就放他们过去？"

"事到如今，也顾不得那么多了。这世道兵荒马乱的，狗日的倭寇又断了我们的财路。要是不抢，我们这一伙弟兄又咋个活？"山魁想了想，回过头对后面的喽啰说，"马上退回刚才我们路过的那个山洞，今天晚上就在那个洞里待一夜，不准点火，也不准随便出来走动。还有，明天动手的时候所有人都要蒙上脸。记住，驮子能抢一个就抢一个，尽量全部抢到手。"

大茶壶一听就急了：" 大哥，别的事情都好说，不能点篝火，这一夜咋个熬过去？不要说是冷风刺骨长夜难熬，万一豹子野狼钻出来咋个办？"

"冷！有多冷？熬一夜你就怕冷？等有了钱，给你狗杂种讨两三个婆娘天天夜里搂着你抱着你就不嫌冷了……"山魁瞪大眼睛说，

"今天晚上再冷也要咬着牙齿熬过去。洞口你们几个人轮流把守，真的钻出豹子或者别的野兽就用刀砍，不准开枪。神枪张二养的那条猎狗鬼精得很，被它发现就不好办了。"

喽啰们小声答应着，一个跟着一个朝后面的山坡走去。

7

天蒙蒙亮，张进才把马脚子们叫醒了。

打着呵欠的马脚子懒洋洋地钻出帐篷，有的到山箐边洗脸，有的到岩石后面撒尿拉屎。

迈克尔第一个从帐篷里出来，站在山沟边活动了一会儿腰腿才去洗脸。他现在腰部灵活多了，只是还不能笔直地挺起腰杆来，走路时腹部好像有几根僵硬的韧带牵着，步子稍微迈大一点就拉扯着疼。

他从地上捡起一片圆圆的树叶，再拿起放在帐篷旁边的一个竹筒，倒上一点盐巴，然后小心地走到一处地势稍微平缓的山箐边，坐在平整的石头上，捧起一捧溪水先洗脸。清晨的溪水凉嗖嗖的，还带有一丝刺骨的寒意，然而迈克尔就喜欢这种清凉的能够从皮肤传导到全身的刺激感。

高黎贡山上到处有箐，有箐的地方大部分都流淌清澈的溪水。水给高黎贡山带来了不尽的生命之源，也使充满阳刚之气的大山平添了几分秀色。

迈克尔痛快地一连捧了几捧水，干干净净地洗了脸，然后用手指蘸上一点盐巴放进嘴里，开始漱口。他现在已经同马脚子的生活一模一样——每天早上蘸上一点盐巴用手指擦一擦牙齿漱了口，捧几捧山泉洗洗脸，用半截毛巾揩一下水就行了。

他在温泉疗伤那几天，第一次学着马脚子的样子，蘸上盐巴擦牙齿，顿时就像是口腔内被划开了几道口子似的，满脸通红，捧着腮帮子哇哇直叫，惹得马脚子们开心地笑了好半天。

马帮里只有杨世保和杜鹃用毛巾洗脸，杜鹃把她的毛巾撕了一半给迈克尔。擦牙齿的盐巴是从迷人谷温泉那眼盐泉的岩石上刮下来的，形若碾碎的水晶，一路上人吃的和喂骡马的盐巴都用它。这盐巴擦在牙齿上清凉如冰，爽爽的，感觉并不亚于迈克尔以前使用的"菲利浦"牙膏。

杨世保匆匆洗完脸就和勒默提着铜锅打来溪水拌料喂骡马。从迷人谷出来后每天都要给骡马喂四次料，早上喂的精料不多，只在干草里加上一些包谷和蚕豆，中午又喂一次，数量和早上的差不多，到了晌午歇脚时就让它们吃饱喝足，半夜还要再加一次料，第二天骡马才有力气走路。

张进才坐在石头上吸着竹烟筒对杨世保说："今天喂的水里多加点盐。"

杨世保拌着料回答："我比平时喂的多加了三把。"

迈克尔洗完脸站在旁边看杨世保拌料喂马，听到这话十分好奇："为什么，要给马吃盐？多吃盐，它们口渴的。"

杨世保笑着说："赶马人有句老话，淡盐水喝三瓢，人添力气马长膘。今天我们走的路远，多加一点盐，马走路才会有精神。"

杜鹃最后一个从小帐篷里出来。她从树枝上解开麻绳，把小帐篷折叠好捆在驮子上，又把铺在地上的马绦和贡布抱到大帐篷前，然后拿着洗脸毛巾，带上大黄往山沟下面去了。

等到杜鹃回来，马帮已经上好驮子，准备上路。

天色逐渐亮开了，天边几朵破碎的云彩迅速由浅蓝透紫变换成粉红色，接着便闪烁出耀眼的紫红色。尚且还躲藏在山巅后面的朝阳把它最初的几道光芒与即将消逝的黑夜交融在一起，将倒马坎周围峭壁的顶峰染上了一片黄澄澄的颜色。

那匹公骡看见杜鹃就哒哒哒走过来。几天来，它完全熟悉了自己的职责——跟随着杜鹃，不是驮货是驮人。

杜鹃拉着公骡走到迈克尔身边，扶他上了马。

"下来，下来。"张进才朝迈克尔做了个下马的手势，他对杜鹃说，"这一段路不能骑马，你扶着他走过去，我来断后，过了倒马坎再骑。"

"走过去……为哪样?"杜鹃不解地问。

"倒马坎，倒马坎，人过要低头，马过要下鞍。"张进才指着前面山崖的裂缝，开玩笑地说，"路面那么矮，他骑在马背上，还不把他的高鼻子给撞掉了。"

马脚子们轰地大笑起来。这是几天来他们第一次开心放纵地大笑。这笑声仿佛一阵凉爽的晨风，把压抑在他们心里的不安和忧虑扫荡得一干二净。

张进才像平日一样，从布包里恭恭敬敬拿出三张黄纸，用打火石乒乒碰击了好几下才点燃，他先将燃烧的黄纸放在路口，又将头骡驮上的铜锣锅扶正系紧，然后朝着东方跪下。他的嘴里念念叨叨：祈祷山神、祈祷路神、祈祷祖师爷保佑马帮一路顺风清吉平安。

每天清晨上路之前，张进才都要拜祭神灵。这在所有的马帮中，已经形成了一个千古不变的规矩。

传说，走马帮的骡马是被一位名叫罗哥的青年猎人驯服后，才能用来驮货乘骑的，后人就把罗哥奉为马帮行业的祖师爷。罗哥的化身就是马帮煮饭用的"锣锅"，所以锣锅都必须由马帮的头骡专门驮载的，使用时不能随意转动，更不允许用脚踩踢或随意丢放。

因长年在高山河谷间行走，马帮首先拜祭山神，山神的化身是草果，因此在野外露营时，要用饭菜祭祀山神，同时丢几颗草果在火塘中。此外就是拜祭路神，路神的标志物是草鞋，赶马人在路途中穿烂的草鞋一律不能随便丢弃，一定要带到歇脚的宿营地火化。

迈克尔发现，每天上路拜祭，马脚子们一个个表情肃穆规规矩矩站在旁边，谁都不敢发出一点声响。

今天也不例外，当张进才跪下磕头时，马脚子们也跟随着跪下，恭恭敬敬地朝着东方磕头。

迈克尔恭恭敬敬地站着，但他是按照飞机起飞前的祈祷方式，在额头胸口画十字，祈求上帝保佑马帮一路平安，顺利到达昆明。

就在这时，大黄猛地抬起头来，耸起双耳凝神谛听，接着一跃而起冲着后面的山坡狂吠起来，情绪显得非常焦躁激动。

张进才迅速爬起身来，敏捷地从腰间拔出双枪，扑到一块岩石的后面，观察着大黄注视的方向。

杨世保拉着头骡，与几个马脚子迅速把上了驮子的骡马聚拢，牵上倒马坎的裂缝山路，一长溜隐蔽在山崖下面。

杜鹃取下挂在马鞍上的弩箭，把手中的缰绳递给迈克尔，挥挥手示意他拉着公骡跟上马队，回过身快速跑到父亲的身边。

对面山坡的树丛中闪现出一些人影，快速地向山坡下移动。

"爹，是人。好像是来追我们的。"杜鹃惊呼道。

"我瞧见了。"张进才回答。

"他们咋会跟上我们的，这条路不是没有人走吗？"

"现在也说不清。这一两年来我从来没有遇见过别的马帮走这条道。难道遇上山贼……"

"咋个办？"杜鹃问。

"不忙，等他们靠近。"张进才冷静地说。

对面山坡下来的人影冲过山谷之间一条干涸的水沟，飞快地朝通往倒马坎的山坡扑过来，大约有十二三个人。这些人衣衫褴褛，羊皮褂又脏又破，每个人的脸上都蒙着一块黑布。他们手中挥舞着刀枪和弩箭，一边跑还一边喊："放下驮子，缴枪不杀——"

"妈的，当真是一伙蟊贼，想截老子的货？！"张进才狠狠地骂道。

"爹，我们挡在这里，叫哥他们赶快走吧。"杜鹃着急地说。

"不行，走不了。倒马坎是条独路，又窄又险，那么多的马匹，一时半刻走不过去。要不是怕天黑路窄会出事，昨天晚上我们就得过了倒马坎。现在，山贼只要两三条枪就可以封住路口，我们就是插翅也难飞过去。"

山贼冲到距离马帮一百多米的地方，跳下一道长长的沟壑作为掩护，分散成扇形围住进入倒马坎的山路口，为首的一个山贼朝着张进才和杜鹃隐蔽的岩石"砰砰"开了两枪。

碎石、土块和杂草哗哗落了下来，撒在张进才和杜鹃的头上身上。张进才从枪声中听出来山贼使用的是英国狮牌"辛格伦巴"长枪。这种枪能装五颗子弹，古道上一般的山贼没有这样好的武器。

"放下驮子——"

"缴枪不杀——"

山贼们大声吼叫着，气焰非常嚣张。

大黄的狂吠声更加尖利，它扑到沟壑前面，对着山贼汪汪吼叫，愤怒地蹿来蹿去寻找冲刺的机会。

杜鹃担心大黄受害，连忙将它吆喝回来。

杨世保和勒默弓着腰跑过来。杨世保手中提着一支枪和一把长刀，勒默捏着弩和两个圆鼓鼓的箭包。

"张锅头，都是我不好，太大意了，没有注意后面跟着人。"勒默悔恨地说。

张进才很坦然地说："不关你的事。穿山越岭的人，还有不被蚂蟥叮上的时候？何况，我们遇上这样的事情又不是一次两次，无所谓。后面的驮子和那个美国飞客咋个样了？"

"顺到崖子下面了。就怕……"勒默担心地说，"这条路窄，他们人多枪多，惊了骡子……"

"爹，我们是不是先出手？"杨世保问道。

"先放几枪压一压他们的气势，不要伤了人。从刚才打出的这两枪，我看他们暂时还不想杀人，只是想抢货。"张进才说。

"好！"

父子两个举起三支德国造的二十响，朝着沟壑前的地面连打几枪。

子弹打在坚硬的石头上，溅起一片亮光和碎石。

山贼吼叫的声音刀砍似的一下子全断了。

借着这个机会，张进才探出头去喊道："山魁兄弟，你是越活越像个爱闹爱玩的娃娃了，咋个跑这么远的路来装神弄鬼地跟老哥开玩笑？"

对面半天没有回音。

过了半晌，山魁慢吞吞地从沟壑下面站起身来。他扯下脸上的黑布说："张二哥，既然被你认出来了，兄弟我也就打开窗户说亮话。我不跟你为难，你的那些驮子给我留下一半，另一半你赶着走。"

"凭哪样要给你一半驮子？"张进才从岩石后面走出来，惊讶地问，"该给你的钱我已经多多有余地给了你，难道你还不知足？"

"那一小点儿钱算个毬。"山魁一下子脸红筋胀，大声喊了起来，"比起驮子里的那些东西，你给那点钱还能叫钱吗？你不要忘记了大山里几千年来的规矩，不管是从天上掉下来的或者是从地上长出来的，都是老天爷的赏赐，见者就有份，你不能被窝里放屁一个人独吞。"

"我驮子里的东西？"张进才更加不解了，他耐心地解释道，"山魁兄弟，我驮子里的东西不是财物，这些东西就是拿给你也没有用处。"

穿山甲站起身怪笑起来："哈哈——张锅头此言差矣，亮闪闪的黄金不是财物，哪样东西才是财物？有了财不就有了物？"

"哪样——你们说我的驮子里驮的是黄金？"张进才此刻真是丈二金刚摸不着头脑。

"就是嘛，你捡到二十驮黄金，好歹也该分兄弟一半嘛。这么多年，兄弟我可是对张二哥恭恭敬敬，从来也没有得罪过二哥你哪。张二哥，你我兄弟一场，有难同当有福也要同享嘛。"山魁说着举手朝张进才深深作了个揖。

杜鹃火了,她倏地跳了出去,大声说:"你们是不是酒喝多了跑到这里来撒酒疯说醉话?我们咋会捡到黄金啦?这大山上哪里有黄金?你们捡出来让我们也瞧一瞧。"

张进才看见杜鹃跑到岩石外面吓了一跳,他佯作恼怒大声喝道:"住口!你这个不懂规矩的东西,怎么能这样跟你叔叔说话?"

杨世保和勒默两人连忙冲过去把杜鹃拖回来。

山魁毫不在意,嘿嘿干笑着说:"没有关系,没有关系,大侄女的个性不错,叔叔我喜欢,喜欢。"

张进才呵呵笑起来,说:"兄弟,你我不是外人,老哥今天坦坦白白跟你说,我驮子里既不是黄金也不是白银,确确切切驮的是一些药品。兄弟你要是不信,就自己过来打开驮子瞧一下。"

"好!"山魁一听就要跳上沟去。

穿山甲一把抓住山魁:"大哥,不能过去,小心中了他们的计。"

"张锅头,"穿山甲转过身来狡狯地笑着说,"江湖上都说你是一个见多识广、胸襟开阔的好汉,从来不会口是心非见利忘义,做一些对不起天地良心和江湖兄弟的事情。你说你的驮子里没有黄金,那么我问你,你那些伙计里面是不是有一个美国人?"

"是啊。"张进才点点头。

"那个人是不是开着飞机从天上掉下来的?"

"不错。"

"那你老老实实说,他的飞机里面装的是哪样东西?你为何把商号驮的货丢了,去驮飞机里的货?"

"前天在黑风口的时候我不是已经告诉过你们,驮子里的是一些药材，我并没有说假话。药材是用来救人命的，比商号那些吃的用的货重要，我们自然是先将药材驮回去啰。"张进才说。

"骗人！你驮子里驮的全是黄金，这些黄金就是那架飞机运的货。我早就听人说了，这两年从高黎贡山飞来飞去的美国飞机就是专门运黄金的。"山魁插话说。

张进才哈哈大笑起来："山魁兄弟，你真是做梦当皇帝，异想天开啊。黄金是圆的还是扁的，老哥我这辈子可是从来没有瞧见过，更不要说是一架飞机的黄金啰。你也是这把岁数的人了，咋个别人给你根竹竿你就拿着当枪使？反过来，我说高黎贡山上的石头全都是金砖、金条、金元宝，你要多少就尽管搬，你又咋个办？哈哈——"

山魁被张进才不冷不热嘲笑得说不出话来，脸上红一阵白一阵。趴在沟壑下的几个喽啰喊了起来：

"大哥，不要跟他多啰唆。我们冲过去抢。"

"对啰，抢！"

"抢！"

"等等——"杨世保从岩石后面走出来，朝山魁他们作了一个揖："各位叔伯大哥，你们既然知道我爹这个人一生光明磊落，特别注重江湖情义，你们就应该相信我爹所说的话。我们驮子里的货确实是从飞机上卸下来的，但不是你们所说的黄金，而是外国支援我们国家抗日战场上急需的药品，用来治疗抢救那些打倭寇受伤的人。我们都是中国人，难道……"

杨世保的话还没有说完，喽啰们又喊起来。

"骗人——他们是想独吞……"

"不要听他的鬼话……"

"抢——哪个抢到是哪个的……"

嗖!

一支弩箭朝杨世保射了过来。

张进才眼疾手快，扑过去一把将杨世保推倒在地。

弩箭擦着杨世保的头发飞了过去。

张进才揪住杨世保的衣服，将他拖回岩石后面。

紧接着，山贼朝张进才他们藏身的岩石砰砰开了火。

山贼火力很猛，压得张进才几个人抬不起头。山贼使用的大部分是火药枪，还有两支辛格伦巴长枪和一支小卡宾枪。火药枪打在岩石上，子弹里的铁砂像蝗虫到处乱飞，浓浓的火药味呛得杜鹃连声咳嗽，气都喘不过来。

激烈的枪声在山谷里引起了巨大的共鸣声，轰轰隆隆，犹如掣电劈雷。振荡的空气中传来隐蔽在山崖下面的骡马发出的一声声惊恐的嘶叫，还有倪树生等几个马脚子声嘶力竭的吆喝声。

"爹，怎么办？"杨世保一个鹞子翻身从地上爬起，急促地问。

"爹，跟他们拼了……"杜鹃捂着鼻子说。

勒默脸色憋得青紫，他把手中的弩箭朝背上一甩，握着长刀就要往上跳。

"不忙——"张进才一把抓住勒默。他微微思索一会儿，对勒默和杜鹃说，"等他们几支火药枪装弹的时候，我和世保压住那两支长枪和卡宾枪，你和勒默用弩箭射。"

杜鹃和勒默点点头。

"不要用毒箭，用麻箭。"张进才又交代道。

毒箭和麻箭都是弩箭手随身携带的武器，他们只有在遇上敌人和猛兽的时候才会使用毒箭。麻箭一般是用来射猎物的，在竹箭的箭头上蘸上用岩藤、狗核桃等几种植物浸泡的汁液，中箭的猎物走不出三步就被麻醉倒下，一动也不能动，两三个小时后麻醉效果才会消失。

持火药枪的山贼打出一排子弹，忙着往枪筒里塞火药弹。辛格伦巴长枪和小卡宾枪不紧不慢地交替射击着。

砰！砰！

叭！叭！

张进才和杨世保从岩石后面闪出来，三支手枪同时还击。

砰！砰！砰！

子弹像是长了眼睛似的，擦着趴在沟壑上的山贼耳根扑扑地飞，吓得他们连忙将身子缩下沟去。

山谷里出现了片刻的寂静。

杜鹃和勒默迅速冲出去举起弩箭。

嗖！嗖！嗖！

几支利箭闪电般飞了过去。两三个装火药弹的山贼哇哇叫了起来。

"啊……我中箭了——

"妈呀，我的手脚麻了——"

山贼群中一下子像炸了窝的野蜂，乱成一团。

乘着这个机会，杜鹃和勒默弯下腰朝前跑了一截，嗖嗖又射出几箭。又有几个山贼嚎叫着倒下去。

山魁握着小卡宾枪，被张进才父子两人的枪弹压在沟壑下面抬不起头来，听见喽啰们哇哇的怪叫声，气得他脸色铁青，嘴巴都扭歪了。他看见大茶壶把猎枪丢在地上，抱着脑袋像只癞蛤蟆样地趴在沟壑里，便狠狠踢了他两脚，骂道："还不给老子滚起来，打呀——"

大茶壶胆战心惊地爬起身，还没有抬起枪就扯开嗓门惊恐地大叫："他们……冲过来……来了……"

山魁顺着石坎边抬起头，看见杜鹃和勒默一边搭箭一边朝他们冲来。山魁顿时红了眼，不顾一切举起枪，连连开了两枪。

砰！砰！

勒默惨叫一声倒在地上，殷红的鲜血从他的大腿上流下来，一阵火辣辣的灼痛袭遍全身。

看见勒默受伤，杜鹃吃了一惊，她弓着腰跑过来，着急地问："勒默哥，怎么样？"

勒默疼得满头大汗，他一只手紧紧捂住受伤的腿，摇了摇头："不……怕……"

张进才和杨世保飞快地冲了过来。

"快！将勒默背下去。"张进才急切地对杨世保和杜鹃说。他伏在地上，朝着山魁躲藏的石坎砰砰放了两枪。

山魁和其他山贼迅速将身子缩下沟壑。

杨世保和杜鹃乘机架起勒默，跑回岩石后面。

不一会儿，张进才也退了回来。

子弹穿过勒默的大腿，血流得很多，杨世保脱下自己的对襟衣，张进才撕下两条下摆，把勒默的伤口包扎起来。

双方停止射击。山谷又恢复了平静。

沟壑里中了麻箭的七八个山贼躺在地上，痛苦地呻吟着。山魁气得捏着一把长刀在地上乱砍，嘴里祖宗八代地乱骂。

张进才站起身观察了一会儿对面的动静，回过身来对杨世保和杜鹃说："山魁他们的锐气暂时被压下去了，估计剩下的几个人不敢硬冲过来。你们把勒默背过去，腾出一匹骡子让他趴在马背上，带着马队赶快过倒马坎。我在这里守着，随后再来追赶马帮。等那几个人麻醉过后爬起来，我们已经下到黄连沟了。"

杨世保说："爹，还是你带马帮走，我在这里挡着。"

"我留在这里。"杜鹃说。

"不行。"张进才斩钉截铁地说，"山魁手里有好几条枪，他真要红了眼会拼命的。你们赶快走，我很快就来追你们。杜鹃照顾好那个美国飞客。"

杜鹃和杨世保相互看了一眼，无可奈何地点点头："爹，您可要小心呐。"

"爹晓得。你们快走！"

张进才说着扶起勒默，让杨世保背上。

兄妹俩迅速向山崖下面的马帮跑去，大黄紧跟着他们，边跑边回头忧虑地张望。

张进才提着两支手枪隐身在岩石后面，警视着沟壑里的山贼。

"大哥，现在咋办？"穿山甲用手扑打着黏在羊皮褂上的杂草、土粒，"我们还追不追？"

"追？追个毯——"山魁的脸色涨得像猪肝，他使劲把脚下的一块石头踢得老远，指着地上的人愤恨地骂道，"等他们爬起来，狗鸡巴都疲软了，还追哪个？"

被麻箭射中的七八个喽啰全身瘫软地躺在地上，一动也不能动，话也说不出来，只有两只眼睛咕噜咕噜在转动，剩下的几个也都是灰头土脸，一副畏首畏尾的样子。

"就这样让他们过去，岂不是便宜了他们？那么多的黄金……黄金哪……"穿山甲挖心割肉地惋惜道。

山魁狠狠瞪了穿山甲一眼，将手中的小卡宾枪往地上一丢，一屁股坐了下去。

这时，一个喽啰大叫："你们快瞧，骡马上路了……"

山魁猛跳起来，气急败坏地大声吼道："他娘的，老子今天豁出去了，要钱不要命。你们几个会动的跟着老子追上去，杀人抢货——"

"大哥，神枪张二堵在路口，他那两支枪可是长眼睛的哪，我们根本冲不过去。"穿山甲拦住了山魁。

山魁一怔。他今天也算是真正领教了神枪张二的枪法。刚才那一番交战，张家父子的三支二十响简直就是阎王爷手中勾命的朱笔，每一发子弹都是擦着头皮飞过去的，子弹尖利阴森的呼啸声直到现在仍旧让他毛骨悚然心惊肉跳。

"快呀，他们就要走了……"喽啰又喊道。

"想走——没那么便宜的事。"山魁血红的眼睛里闪出了一道凶光。他指着身边的大茶壶和四猴子说，"你们两个从峡谷这边跟上去，打冷枪拖住马帮。等他们几个人麻醉过后我们再追上来，过了倒马坎就是黄连沟，那边路难走，马帮走不快，到时候再想办法抢。"

两个喽啰答应着，提着长枪走了。

8

二十多匹骡马一溜长队，上了倒马坎的山路。

张进才他们同山贼激烈交火的时候，迈克尔和倪树生几个人在山崖下面也经历了一番紧张的"战斗"。

被枪声惊吓到的骡马拥挤在狭窄的山路上，嘶叫着团团乱转，背上的驮子撞撞跌跌，有几匹骡马撞歪了驮子，差点散了驮，有的骡马挤向山路边，险些滑下几丈深的峡谷。

倪树生和另外两个马脚子一边死命抓住几匹惊慌失措的骡马笼头，又要阻拦吆喝其他惶惶不安的骡马，防止它们跑开或者滑下峡谷，忙得焦头烂额，顾此失彼，好不容易才将受惊的骡马稳住。

迈克尔牵着公骡来到山崖下，听到枪声，他拔出枪想去帮助张进才他们，倪树生急忙拦住他，说他过去了反而会添乱，并说那几个小蟊贼对张锅头来说不过是小菜一碟。迈克尔只好去帮助马脚子照顾受惊的骡马。

杨世保和杜鹃把勒默背到马帮隐蔽的山崖下，几个马脚子已经腾出一匹驮食物草料的骡马。他们把随身携带的包袱打开，拿出一颗治疗外伤止血镇痛的药丸让勒默吞了下去，把他抱上马背，整理好马队赶快上路。

倒马坎的山路长时间没有人马走动，路面上坑凹不平，覆盖着厚厚一层随山风飘进来的枯枝落叶和一些飞禽走兽的粪便。裂缝顶部的岩壁上，一滴滴从岩缝间渗出的水珠，悄无声息地滴落在赶马人和骡马的身上脸上，冰凉而湿润，如酷热的盛夏降落的雨珠，为赶马人和骡马紧张不安的情绪恰到好处地洒下了点点缓解液。

杨世保牵着头骡和二骡走在前面，后面的骡马顺序跟上来，依旧还是倪树生和几个马脚子分散招呼其他骡马和驮子，迈克尔主动承担了照顾勒默的任务，牵着驮勒默的骡马，杜鹃持弩箭断后。

大黄欢快地跑在马队前面，它的眼神和摆动的尾巴告诉大家：我们已经脱离危险，前面平安无事。

砰！砰！

突然，峡谷对面的草丛中发出了两声清脆的辛格伦巴长枪的射击声。

子弹打在裂缝的石壁上。那响声犹如两声震耳欲聋的炸雷，在山崖的裂缝间轰响，激起了一阵令人毛骨悚然的回音。

走在马帮中间的一匹骡马刚巧走到石壁下，被枪声一惊，嘶叫着在原地跳了两圈，挣脱艾撒手中的缰绳，撞撞跌跌冲出马队，撒开腿顺着山路往前跑。

"惊驮了——"马脚子们惊呼。

"吁——吁——"

"站着！站着——吁——吁——"艾撒跟在后面边喊边追。

堵截在山路口的张进才听见峡谷对面传来的枪声便知不妙。他转过身，看见受惊的骡马在马队里横冲直撞往前跑。

"世保——护驮——"张进才急得大叫。

杨世保回过头看见那匹惊骡沿着山路边缘朝他冲过来，被马蹄踩踏的石头土块哗哗落下深邃的峡谷。他连忙把身子一闪，让过惊骡，接着又敏捷地扑过去，一把抓住拖在地上的缰绳。

就在这时，惊骡的一只前脚踩进山路边的土坑，马失前蹄，背上的驮子向侧面一歪，骡马失去了平衡，连骡带驮掉下了深谷。

刚刚从地上抓起缰绳的杨世保猝不及防，也被骡马拽下谷去。

张进才远远看见杨世保和骡马掉下几丈深的峡谷，犹如一个炸雷轰在了头顶。

"世保——世保——我的儿呀……"

9

张进才从峡谷下的乱石中抱起杨世保。

杨世保的头部摔在岩石上，浑身是血，已经气绝身亡。

那匹受惊的骡马躺在不远处，血流满地，四肢一伸一缩痛苦地抽搐着，血红的眼睛里透出垂死前的哀怨，还剩下最后一口气。

驮子摔散了。破碎的玻璃瓶、药片、纱布、绷带散落在乱石间。

杜鹃跟在父亲的身后，也下到了峡谷底，当她看见血泊中的杨世保，完全惊呆了。她的牙齿咬得咯咯作响，身子似疾风中的树枝抖个不停。过一会儿，她将手中的弩箭一扔，扑了过来，失声痛哭起来："哥——哥呀……"

大黄呜呜咽咽低下脑袋，用舌头舔了舔杨世保耷拉在地上鲜血淋淋的手臂，又舔舔他的脸颊。它垂下的双耳竖了起来，仰望着天空，发出一阵悲痛愤怒的吠叫。随后，它蹲在张进才身边一动不动望着杨世保。大黄浑身的毛在颤抖，大滴大滴的泪水从它的眼眶里缓缓流出，落在地上。

张进才坐在岩石上紧紧搂抱着杨世保，双眼呆滞地望着苍茫的天空。他的脸色灰暗而铁青，目光寒冷如冰，只有嘴唇在微微地颤栗。那顶随时都戴在头上的藏青色毡帽在刚才滚下峡谷的时候被树枝挂掉了，呼呼的山风吹得他满头黑里透白的头发和胡须凌乱飘动。

义子惨死，张进才就像被雷电击塌的山崖，身心一下子崩溃了。世保虽然不是他的亲生儿子，但是十多年来血浓于水的情缘，世保已经与他们一家人融为一体。世保从小聪明机灵非常懂事，跟随张进才走马帮的这些年，大事小事几乎都是世保操心料理，世保办事谨慎认真，考虑问题细致周到，更重要的是世保非常孝顺。在他们一家人的心中，世保不仅是他们的儿子，是张家和杨家世世代代马帮事业的继承人，还将成为他们的女婿，是杜鹃终身的依靠。可如今……他如何对得起世保的亲生父母——他的义弟和弟媳……

山魁带着几个喽啰追到峡谷下。当他们看见血泊中的杨世保和散落在乱石中的药片纱布时，全都愣住了。

喽啰们不甘心，在摔毁驮子的乱石中到处搜寻，最后在石缝里找到一个完好无损的铁皮筒，用长刀撬开，里面却是一些黏糊糊的黑药膏。

驮子里根本没有半点黄金。

这时，一个喽啰从峡谷上面的倒马坎连滚带爬跑下来，神色慌张地俯在山魁耳边说："大哥，我们抢下三个驮子，里面是一些盒子、瓶子，还有剪子和刀，就是没有黄金。咋办？"

山魁与喽啰们面面相觑，不知如何是好。

过了好一会儿，山魁干咳几声，故作镇定走到张进才跟前，抱歉地说："张二哥，对不起……我不是有意的。我……没有料到……大侄子会……"

杜鹃伏在世保身上哭得失声断气，听见山魁的声音，她满脸泪水爬起身来，朝山魁扑过去："你还我哥……还我哥的命来……"

山魁和几个喽啰吓得连连后退。

张进才急忙放下世保，跑过来拉住杜鹃："杜鹃……不要……"

"莫拉我……我跟他们拼了……"杜鹃又哭又跳，使劲扳开父亲的手。

张进才一把抱住杜鹃，泣不成声地说："他们不是……存心……杀害你哥……算……了……不要……"

一言未完，张进才心痛如刀绞，再也说不出话来。豆大的泪珠从他呆滞的眼睛里断线似的滚落下来，落在飘动的胡须上，摔碎成一颗颗晶莹闪亮的小水珠。

杜鹃返身扑进张进才的怀里大哭："爹呀——"

此时，山魁像掉进了石洞的乌龟，四方八面滑溜溜的，不知所措进退两难。他没有料到，由于自己听信了野牡丹那个骚货的鬼话，才致使张进才的马帮受创，马脚子受伤，义子身亡。按江湖上的惯例，这可是不共戴天的深仇大恨，从此张进才就会与他势不两立，永远决斗到底。

他现在真是后悔莫及。说实话，自始至终，山魁并不想与张进才结仇，更不想杀张进才的人，他只想劫货。多年闯荡江湖，玩的就是一条贱命，这种在刀尖枪口上抢饭吃的日子他早就厌倦了，可恨那些狗日的倭寇来了之后，他连在刀尖枪口上抢饭的日子都失去了。他也曾想过金盆洗手回归乡里，开个店铺整点小买卖，做个安安分分的老百姓。可是，他身上不过就是有一点从马帮和商人那里讹来的小钱，根本不可能去做生意。何况他的身边还有这么一帮弟兄。这些人跟了他好多年，也算是出生入死，总不能让他们甩着两只空手回家吧。

当时凭空猜测张进才的马帮驮子里藏有大量黄金时，他确实兴奋不已。两天来，他反复思考过，决定劫了这批货后，从此收手再不当山贼，哪怕只有抢到张进才一半的黄金，也就心满意足了。谁知，驮子里却是一些毫无用处的药品。

偷鸡不成蚀把米，还跟神枪张二结下了血海深仇……

山魁越想越气："都是那个骚货——烂货——她骗老子。老子回去之后饶不了那个烂货……"山魁一边骂，一边用脚踢得周围的碎石树枝乱飞。

站在山魁身边的大茶壶战战兢兢问道："大哥，既然这样，是不是我们就撤回去？"

"是啊，我们还是赶快走吧。找那个烂婆娘算账去……"穿山甲走过来小声劝说。

其实，山贼们害怕的并不是山魁在发火，他们害怕的是张进才那两把长了眼睛的神枪和杜鹃百发百中的弩箭。这父女俩正在悲愤之中，仇人就在眼前，报仇雪恨再方便不过了，只要父女两个一起出手，他们这几个人的小命顷刻之间就会在峡谷里消失。

山魁满腔怨气找不到发泄之处，听了喽啰们的劝告非但没有理解他们的弦外之音，反而是火上浇油。

"都是你这个狗杂种，出哪样馊主意。追——追！追你妈的——"山魁咬牙切齿，一脚踢在穿山甲的屁股上。

穿山甲被踢得一个趔趄，差点扑在地上。他委屈地说："大哥，这……不关我的事嘛。"

"不关你的事？还说不关你的事？还有你，你这个狗杂种谎报军情……"山魁说着又朝站在旁边的大茶壶踢了两脚。

喽啰们吓得一个个往后退，谁也不敢靠近山魁。

张进才冷眼看着山魁在乱石丛中跳来跳去，对喽啰又打又骂。他心里非常明白，山魁这是在做戏给自己看，目的是推卸责任，把所有的过失推到喽啰身上，找一个退身的台阶。

既然如此，这也是自己退身的机会。保护好药品和美国飞行员毕竟是一件至关重要的事情。根据目前的状况，勒默受伤，世保遇难，马帮已经难以坚持走黄连沟直接到双虹桥了。再说，勒默的伤要赶快治疗，世保也不能一直把他驮在马背上。唯一的办法只有先回到火龙寨再说。现在，最重要的是把山魁这伙蟊贼甩开。

张进才竭力控制住悲痛的心情，冷静思考了一会儿，将杜鹃扶了坐在岩石上，拉起自己的衣袖帮她擦去脸上的泪水，声音颤抖地说："乖囡，不要哭了……生死由命，这……都是你哥的命啊。听爹的话，不要哭了……我们带着你哥回家去……"

山魁清晰地听见了张进才说的这番话。他先是一愣，随后涎着脸走过来，小声小气地说："是啊大侄女，这的确不关我的事，我真……真的不想……这都是你哥……你哥他的命薄……"

"哪样？你说哪样——"杜鹃气得一把推开父亲跳了起来，怒目攒眉地瞪着山魁，"你害死了我哥，居然说是他的命薄？我现在就杀了你为我哥报仇，也是你的命薄——"

杜鹃说着从自己腰间拔出一把匕首，朝山魁刺去。

"杜鹃，不要乱来——"张进才连忙抓住杜鹃，费了好大劲才夺去她手中的匕首。

山魁吓得拼命后退，没提防脚绊在一块石头上，一屁股跌在乱石上，痛得他龇牙咧嘴。

"我……不是……这个意思，大侄……女，不要……不要误会。张二哥，你我弟兄……认识好多年，你晓得……我这个人嘴笨，不会说话，你们就……就当我放狗屁……放狗屁……"山魁说着朝自己的脸上用力抽了两嘴巴。

杜鹃气得甩开父亲的手，坐在一块岩石上放声大哭。

张进才把匕首别在自己腰间，沉重地叹了一口气说："山魁兄弟，正如你说的，你我兄弟相交多年了，你也晓得我这个人，走得正，行得稳，从来不做违背江湖道义，坑害兄弟朋友的事情。我先前就给你说的很清楚，我的驮子里是外国支援我们中国打倭寇的重要物资，是救人的药品，可你就是不信，现在你相信了吧？"

山魁从地上爬起来，羞愧地说："张二哥，你不要说了，千错万错都是我的错，是我对不起你，今天愿打愿骂，随你……"

"兄弟，倭寇占领了滇西，占领了高黎贡山的古道，烧杀抢掠，简直不把我们中国人当人看，这些事情你略晓得？"张进才说。

"晓得晓得，我好几次瞧见他们杀赶马人。还有，我的五个弟兄就是被倭寇杀死的，我还要找那些狗日的倭寇报仇呢。"山魁说。

"兄弟你是个明理之人，你想想，那些美国人离开自己的家，从大老远跑来帮我们打倭寇，给战场上流血受伤的士兵送药品，你我都是中国人，我们是不是应该感谢他们，帮助他们……"

"二哥你不要说啦，今天是我的错，我不是人，是我对不起张二哥，对不起大侄子……我……我给你赔罪了。"

山魁满面通红，走到张进才面前，噗咚一声双手抱拳单腿跪下。

这是江湖上行的大礼，只有在心甘情愿负荆请罪的场合下才会见到。像山魁这类性格鲁蛮暴躁，宁肯丢命不认输的匪首，一般情况下决不会行此大礼。

张进才微微一惊。他弯下腰去扶山魁："山魁兄弟，不要这样……不要这样。快起来……"

山魁跪着不动："张二哥如果不饶恕我，我就跪在这里不起来。"

"既然你有这番诚意，我也不再……"张进才咬咬牙，强忍着心头痛彻肺腑的悲愤说，"你我恩怨就……从此一笔勾销……你带着人走吧。"

他的嘴唇哆嗦，眼眶里溢满泪水，说完这句话，眼泪即刻夺眶而出，哗哗地沿着面颊流下来。

山魁呆住了。他没有想到张进才居然如此轻易放过自己，遭受了如此撕心裂肺的丧子之痛，还能有如此的宽宏大量。他感到无地自容，不知用什么办法才能抵消自己的罪过。凭良心说，若是真刀实弹的对干，他山魁一伙绝对不是张进才的对手，不说别的，就说刚才射中喽啰的几支弩箭，如果他们使用的是毒箭，那几个喽啰现在早已命归黄泉，可他还恩将仇报，开枪打伤勒默，又派人去峡谷对面放冷枪，导致了杨世保的死亡。

"不，张二哥……"

"江湖险恶，人都有做错事情的时候……你……快走吧！"张进才背转过身子，再也说不出话来。

山魁从地上站起身来，朝张进才深深作了一个揖："张二哥，你这份恩德兄弟我记下了，日后一定报答。"

说完，山魁率领喽啰沿峡谷走了。

张进才背起杨世保，杜鹃在旁边扶持着世保的身子，父女俩艰难地向峡谷上面攀爬。

山魁走了一段路回过头来，看见张进才吃力地背着杨世保的遗体，在陡坡的乱石丛中走得趔趔趄趄，跟跟跄跄，几次险些摔倒滚下坡去。

刹那间，山魁仿佛被鞭子抽在心上，愧疚的眼泪唰地流了下来。十二岁落草为寇，三十多年来他干的都是杀人越货的勾当，他从来没有为自己的行为有过一丝半点的后悔和愧疚。可现在，他第一次感到胆战心惊痛苦不堪。

"张二哥——我送你们……"

山魁呜咽着跑回来，不由分说，把杨世保强行从张进才背上放下，背到自己身上，泪流满面往前走。

"放下！放下我哥！"杜鹃哭喊着追上去。

张进才拉住她，摇了摇头："由他吧。他现在是真心的。"

几个喽啰也跑回来，跟在山魁的周围，小心翼翼地扶着杨世保的身子，向峡谷上面爬去。

穿山甲落在后面，他愣了一会儿，转过身抹了把眼泪，走过来与杜鹃一起搀扶着张进才。

"爹，我们去哪里？"杜鹃抽泣着问。

"回家！回火龙寨……"

第五章　倭寇血洗火龙寨

1

傍晚时分，马帮在沉重的气氛中走进了火龙寨。

火龙寨位于高黎贡山脚下的一个山坳里。这里地势平坦，形若一个长形的大葫芦，寨子四周群山环抱，林木葱茏，如果不走进山怀，外面是很难发现这些掩映在群山绿树间的人家。

据说，火龙寨过去并无人烟，清乾隆年间，一家姓张的汉族扶老携幼前往高黎贡山躲避战乱，途经这个山坳时，看到这里依山傍水，对外又很隐蔽，于是就决定在此定居。他们建盖房屋，开荒种地，走马帮做贸易。后面又有麻姓的傈僳族和茶姓的哈尼族避难来到这里，在张姓人家的热情挽留下也住了下来。从此，几个不同民族的人们在这里和睦相处，繁衍发展，如今已有四十多户人家。

俗话说，靠山吃山，靠海吃海，火龙寨里所有的房屋全是坚实的草顶木结构房屋，就连关骡马养猪养羊养牛的厩房，也是用木材建盖。

寨子后面，有一座彤红色陡峭的山崖，远远看去犹如一团在山林间熊熊燃烧的火焰，光亮耀眼。山崖上坠下一道银帘般巨大的瀑布，轰雷喷雪，云飞雾走。瀑布跌入崖下的水潭，分成几条清澈明亮的溪流，沿着人工用岩石和鹅卵石铺筑的水渠，蜿蜿蜒蜒流入寨内。寨内泉水潺潺溪流萦绕，家家户户的房前屋后绿树成荫，花香袭人。

火龙寨就是因为这座彤红色的山崖和这道犹如飞龙吐水的瀑布而得名。

此时，夕阳西下，只见群山暮云缠绕，寨内炊烟袅袅。走近寨子，便听见晚风送来叮当的牛铃声和此起彼伏的鸡鸣犬吠驴嘶马叫。

迈克尔没有想到，这片正在燃烧着炮火硝烟的土地上，居然会隐藏着这样一个与战争和死亡隔绝的美丽幽静的世界。火龙寨在怒江西边，是日本侵略军的占领区。他甚至怀疑自己走进了梦境。

马帮的归来，给这个掩映在山坳里幽静的寨子笼罩上了一片沉痛悲愤的愁云惨雾。

杜鹃的母亲和外婆看见趴在马背上血肉模糊的杨世保，当场就瘫倒在地上。

张进才家在寨子的中央，一个用竹篱笆围起来的大院子，前后两栋圆木结构一楼一底长方形的木楼房，前面一栋是他们一家人的居室，后面的一栋楼上住着勒默、聂鲁都等几个家在外寨的马脚子，楼下是存放马帮货物的临时仓库，木楼后面紧挨着竹篱笆墙有一长排马厩，厨房和养鸡养猪的圈房在院子的侧面。院内种植着很多蔬菜，还有几棵梨树、山楂树和核桃树。

山魁把马帮送到火龙寨后就准备带着众喽啰返回山寨。张进才拦住了他，留他们住下来休息一天再走。山魁看到天色已晚，离开了火龙寨，路上连个歇脚吃饭的地方也没有，也就不再推辞。

张进才将山魁和众喽啰安置在后面的楼房里，并找人来给他们做饭烧水，准备酒菜。

乡亲们听到杨世保遇难的消息纷纷赶来张家探望，得知杨世保是因山贼袭击坠岩而死，勒默也是被山贼射伤时，一些血气方刚的年轻人挽起袖子就要去找那伙山贼算账，张进才费了好大劲才拦住了大家，倪树生等几个马脚子也说，离开倒马坎后的路途坎坷艰难，骡马几次滑坡，幸亏是山魁他们拼命护驮，人和骡马才能安全回来。

大伙的怒气这才渐渐平息。

艾满老爹把集聚在院子里的乡亲们叫到一边，悲酸地说："老二家里发生了这么大的事，他现在心都碎了……世保那里……还有好多事情要准备，我们大家把该做的事情先做了。"

艾满老爹七十多岁，精神很好，说话嗓门大得像铜钟一样，在火龙寨里德高望重，又是杜鹃的师傅，他的话在寨子里具有很高的权威性。

乡亲们分散忙开了。男人们有的去给骡马卸驮、喂料，有的出去砍竹子来搭灵棚，有的找木料连夜赶做棺材，几个老年妇女准备热水为世保洗澡换衣，准备入殓，年轻一些的妇女有的找布为世保赶缝殓装入棺的长衫马褂，有的到厨房里帮忙煮饭洗菜。

勒默的伤口发炎，又红又肿。张进才用盐水帮他清洗了伤口，敷上祖传的金创药膏，又到寨子后面挖了一些草药回来，煮水让他喝下。

迈克尔的到来给笼罩了愁云惨雾的火龙寨爆出了一点点耀眼的火花。在这之前，寨子里除了几个像张进才这样曾经到过缅甸、印度的赶马人见过高鼻子蓝眼睛的外国人外，大部分人的生活只是局限在高黎贡山的范围内，好多人从小到老甚至离开人世前也没有去过保山和腾冲。当乡亲们得知迈克尔就是开着比雄鹰大几百倍几千倍的"铁鸟"在天空飞来飞去的美国飞客时，整个火龙寨都轰动了。

按火龙寨多年形成的习惯，寨子里不论哪户人家逢到喜庆或是丧事，家家户户都要送上一道菜或者一坛自酿的醋酒。各种不同口味的菜肴凑成一桌，称为"百家宴"，以表示火龙寨的人们情同一家，喜庆就家家欢乐，丧事也是户户悲哀。

没过多长时间，乡亲们陆续端着菜捧着酒来了。

今天，乡亲们送来的酒菜都是一式两份，一份送到杨世保的灵棚内作为祭奠，一份送到张家的堂屋里以表示对迈克尔的欢迎。二三十个菜碗摆满了堂屋里的两张大方桌，桌边散发着清香的松毛上还放着几个装醋酒的土坛子。

杜鹃的外公和艾满老爹陪迈克尔在堂屋里吃饭。迈克尔已经脱下绸缎长衫，换上了佩戴着飞鹰胸徽的飞行服。

艾满老爹给迈克尔和杜鹃外公的碗里倒上醋酒，很抱歉地对迈克尔说："小伙子，倭寇占了腾冲城，我们不能进城买东西，这穷乡小寨里拿不出什么好的东西来招待你。让你吃这些洋芋包谷、老瓜白菜，怠慢你了，老倌我的心里真是过意不去。"

"顶好，谢谢！"迈克尔竖起大拇指，连连道谢，"顶好，谢谢！"

迈克尔端起醋酒喝了一口，感觉就像果汁，微酸带有点甜味。乡亲们送来的菜虽然是一些在昆明街头常见的瓜豆菜蔬，但每个碗里的菜都做得很用心。他用勺子舀了些没放辣椒的土豆白菜，匆匆吃了两碗饭就放下碗。

"火龙寨的乡亲们待人可热情了。要是在过去呀，寨子里来了像你这样的贵客，他们肯定要架起篝火跳三天三夜的舞，还要杀牛宰羊烤乳猪，可这个战乱的时候，日子过不下去，又加上世保……"杜鹃外公神情凄然，拉起衣袖直抹眼泪。

"老哥，不要难过，世保是个懂事明理的好孙子，他这也是为的打倭寇，我们应该为他骄傲。"艾满老爹声音颤抖地劝慰道。

"大兄弟你晓得，世保虽然不是我的亲孙子，但跟亲孙子一样啊。这个娃娃乖，听话，孝顺，我女儿女婿只有杜鹃这么一个姑娘，我们还想今年底就把他和杜鹃的事情办了，以后又是女婿又是儿，两全其美。他……他这就走了……杜鹃今后可咋个整嘛。"杜鹃外公抽泣着说。

"是啊，杜鹃是我的徒弟，世保也像我的亲孙子，今天瞧见世保……我这心里……疼哪……"艾满老爹也抹起眼泪。

看着两个老人痛苦流泪的样子，迈克尔心里非常难受。

"老先生，对不起！这是因为我……"迈克尔抱歉地说。

"不关你的事，小伙子。都是那些倭寇给害的……"艾满老爹将手里的酒碗重重搁在桌上，愤怒地说，"那些倭寇是哪样东西？是野兽！比野兽还可怕，比野兽更凶残的野兽……"

两个月前，艾满老爹下山去腾冲城外的绮罗村看望重病的亲戚，归来时路过一个只有七八户人家的小村子，就想进去讨口水喝。他还没有走近村子，就听见从村里传来一阵令人凄惨无比的叫声和一阵阵狂笑声，他不知发生了什么事，急忙跑了过去。没想到，他伸头朝发出惨叫声的院子一看，吓得差一点儿就昏死过去——只见一个年轻的中国汉子被捆在树上，几个倭寇划开他的胸膛，掏出血淋淋的还在跳动的心脏，用步枪的通条戳着在火堆上烤了吃。旁边的地上躺着一个血肉模糊的小孩。小孩身上的肉被一块块割掉了，露出白森森的骨头。房子里还有一个女人微弱的呻吟声和几个男人的淫笑声。

艾满老爹瘫在地上爬不起来。这个一辈子在深山老林里与老虎、豹子、野猪、黑熊打交道的老猎人，从来没有畏惧过任何毒蛇猛兽，可就在那一刻被吓得魂飞魄散，回来后在床上躺了半个多月才爬起来。

"上帝……噢……我的上帝——"迈克尔惊骇地叫出声来。

他实在难以接受艾满老爹描述日军烤吃人心人肉的场景。他的震惊和愤慨甚至大于两年前听到日本机群偷袭珍珠港，他在航空学校的三个同学就是死于那次轰炸中。两年来，不论是在美国还是在中国，提起日军的残暴，所有的人都是义愤膺怒不可遏，但他怎么也没有想到日军居然作出如此没有人性惨绝人寰的事情。

"他们不是人，是魔鬼，是畜生。"提起倭寇，杜鹃外公就想起了腾冲城里的丝绸店和大宅院。听说，他家丝绸店里的丝绸早已被日军抢劫一空，居住了几辈人的大宅院也成了日军养马的马厩。"他们杀人放火，强奸妇女，无恶不作，害得我们有家不能回，有生意无法做，东奔西逃，日子也无法过。老天爷有眼，应该将这些倭寇天打雷劈……"

三个人正谈论着，张进才和一个大约四十岁左右，头上包着黑包头的男人进来了。

迈克尔看见此人长得结实精干，黝黑的皮肤，黑衣黑裤，腰间系一条黑色的长带，长带上别着一把月牙形的匕首。

"这是火龙寨的密多保长。"张进才向迈克尔介绍，"我给他讲了你的情况和那批药品，密多保长说他马上去找高黎贡抗日游击队，请他们来护送你过江。只要渡过怒江就安全了，江那边是中国军队在驻守。"

迈克尔知道"保长"就是管理一个地方的长官，他站起身啪地行了一个军礼："谢谢长官！"

密多保长局促地在腰带上擦了擦手，两只手紧紧握住迈克尔的手掌，热情地说："谢谢你们！应该是我们谢谢你。我代表火龙寨的全体乡民欢迎美国飞行员光临敝村……不，不，应该是欢迎美国盟军的到来。"

"瞧你这密多保长，又是美国飞行员，又是美国盟军，咋个像掉进网的岩羊，乱套了。"艾满老爹破涕为笑。

密多保长不好意思地笑了："都一样，都一样。我心里一激动，就把听说过的新词全说出来了。"

几个人客气了一番坐下来。

"我把目前的情况说一下。"密多保长说，"从我们火龙寨到怒江边还有半天多的路程，这段路是在日军的占领区内，特别是江边渡口控制很严，日军的藏重康美大佐老奸巨猾，经常派江防前哨部队出来搜索扫荡。我们知道，这批药品是抗日战场上非常重要的物资，还有，我们的政府也指令全体军民要尽力救助和保护你们美国飞行员的安全。张大爹由于要办理儿子的后事，再加上他目前人手不够，为防止路上发生意外，刚才我们商量了一下，决定去通知高黎贡抗日游击队，请他们来护送你和药品过江，这样会更安全更妥当一些，你看行不行？"

"高黎贡……抗日……游击队？在这里？"迈克尔有些惊奇地问道。

迈克尔曾经在资料室的一份昆明战报中看到过对"高黎贡抗日游击队"的专题报道。

报道讲述了在日寇侵占滇西以后，高黎贡山上就活跃着一支英勇顽强的抗日游击队，他们以弩箭、火枪、长刀、长矛为主要武器，在深山密林中几十次袭击日军，歼灭日寇三百多人，驻守在滇西的日本鬼子听到"高黎贡抗日游击队"的名字就胆战心惊。

高黎贡抗日游击队有两百多人，是由当地的各族群众自发成立的，队长名叫杨明，是一个武艺高强、机智勇敢的傈僳族小伙子。队员全是当地土生土长的傈僳族、彝族、哈尼族和汉族，善长于山林中蹿跃疾驰的生活，更出色的是他们个个都是使用弩箭和长刀的高手。

令日本鬼子胆战心惊的正是队员们随时佩带在身上的弩箭，这种箭用当地生长的金竹削制，箭头上涂有"见血封喉"的毒药，不论是人是兽，中箭后不一会儿工夫就口吐白沫中毒身亡。

战报上还详细地报道了高黎贡抗日游击队的一次战斗经历。

1943年的一个早晨，杨明和队员们正在吃饭，突然接到情报说，有一小队日军从山下的大渔塘村出来，看样子是要到附近的马鹿塘垭口寨子去抢粮食。杨明一声令下，队员们立即放下手里的饭碗，整队出发，半个小时后，他们便已隐伏在马鹿塘垭口的树丛中。

二十多个去抢粮的日本鬼子赶着马车远远走来，石头路上刺耳的铁掌皮鞋声音越来越大，为首的队长骑在马背上，紧张地四处张望，不停地催促加快行军的速度。

当日军队伍走进垭口弯道的埋伏圈时，杨明大喊一声："放箭！"

雨点般的弩箭飞向日军的队伍，十多个日本鬼子还没等抬起手中的枪就中了毒箭，痛苦地惨叫着，一个个倒在地上，包括骑在马背上的日军队长。

这时，杨明下令："停止射箭，抓活的！"

队员们从树上纷纷跳了下来，拿出追捕麂子野猪的本领，很快就将侥幸逃脱毒箭的五六个鬼子活捉。

第二天早晨，奉命出来寻找抢粮日军的另一队日本鬼子在马鹿塘垭口附近的树林中，只找到一只日军的皮鞋。

听到由大名远扬的高黎贡抗日游击队来护送药品过怒江，迈克尔顿时感到浑身一阵轻松，连连点头说："顶好！顶好！谢谢你们。"

"既然美国盟军没有意见，我马上就走。"密多保长站起身，对张进才说，"事不宜迟，我骑匹快马去，估计半夜以后能够到达江边的太平村，高黎贡抗日游击队这段时间驻守在那里。如果一切顺利，游击队马上随我赶过来，最迟明天吃早饭的时候就回到寨子。家里的事情张大爹你先操心，把骡马和驮子都备好。"

"这些事我会安排，你放心。"张进才说。

张进才送走密多保长返回来，拿起碗筷飞快地吃了一碗饭又出去了。

艾满老爹也告辞回家。

杜鹃外公送艾满老爹到大门口。迈克尔跟随在他们的后面来到院子里。

夜深了。天上没有月亮，空气昏沉而郁闷。几颗淡淡的疏星就像溅在夜幕上的泪珠，闪闪烁烁，凄楚缥缈。火龙寨周围的山崖树林黑魆魆的，似一群披着黑纱的鬼魅，在黑暗中悄无声息步步逼近，把火龙寨牢牢地禁锢起来。

大门口的空地上，用竹子搭起了一个宽大的棚子，杨世保安置在一张木板床上，一大块白布从头到脚严严实实遮盖了他的全身。木板床前点燃着两支白色的蜡烛，有一个燃烧着火焰的瓦盆，两个妇女蹲在瓦盆前，嘴里念念叨叨，不断往瓦盆里烧纸钱。纸钱的火苗跳跃着，映照着棚子里的人影闪闪烁烁，变幻莫测。

杜鹃的外婆和母亲坐在杨世保的身边，一把鼻涕一把眼泪哭得声嘶力竭，身边围着几个中老年妇女抹着眼泪劝慰着。

杜鹃的母亲一面啼哭一面诉说："呜——呜……世保呀，我的心肝我的儿呀，你走得早呀……你丢下我们咋个活呀……丢下杜鹃咋个活呀……老天爷，你咋个不开眼哪……呜——呜……阴曹地府，我咋向你的爹妈交代哪……呜——呜……阎王爷啊，你要索命来找我呀……世保我的儿啊……"哀痛到了极点时，她躺在地上，咚咚撞着自己的头，旁边的妇女好不容易才将她拉起来。

迈克尔是刚才吃饭的时候才知道杨世保的身世，也知道了杨世保就是张家未来的女婿。

想起张锅头他们在迷人谷救他的情景，想起杜鹃和世保一路上对他的照顾，迈克尔的心情愈加沉痛。

杨世保是因他而死的，至少跟他有很大的关系。如果不是为了救护他和运送药品，马帮就不必绕道经过倒马坎，山贼不会因为根本不存在的黄金来追杀赶马人，也就不会发生一系列的事故。他觉得自己对不起张锅头一家，特别是对不起杜鹃。

房子后面的马厩里，传来为杨世保赶做棺材锯木料敲铁钉的响声。迈克尔感到那叮叮当当的斧头不是敲在木料上，而是敲在他的心上。他的心胆俱裂，五脏六腑飞散落地。他的胸腔空了。

迈克尔不由得全身颤抖。他再也控制不住自己痛楚的情绪，伏在身边的一棵树干上，小声哭了起来。

不知过了多长时间，一阵轻轻的脚步声来到迈克尔身边。

他抬起头，原来是杜鹃和她的父亲。

杜鹃已经换上女装，上身穿一件白色的对襟姊妹装，下面是一条黑色的宽腿裤，长长的头发梳成一条粗辫子，头上扎一条白色的长长的孝布。杜鹃的一只手里提着盏明亮的马灯，另一只手里提着个蓝色的包袱。

"年轻人，不要哭了……"张进才伸出一只大手扶住迈克尔的肩膀，"早点睡，明天你还要赶路。"

仅仅两天时间，张进才苍老了许多，看上去整个人都变了模样。他的脸色灰黑，眼眶凹陷，额头上的皱纹更深更密，那始终闪烁着智慧和泰然自若光芒的眼睛里也蒙上了一层青灰色的雾气。

杜鹃的脸色憔悴苍白，没有一点血色，由于一直不停的哭泣，眼睛红肿得像两个熟透的桃子，里面包含着深重的忧伤和不知所措的神情。

"张先生，杜鹃，对不起……我很抱歉……"迈克尔呜咽着，向张进才和杜鹃深深鞠了一躬。

张进才拉住迈克尔，抚摸着他的肩膀说："不要这样说，年轻人……我还是那句话，你是来帮助我们中国赶走倭寇的，我们虽然是平民百姓，明白这个道理……去睡吧，你要走的路还远。"

迈克尔感觉到肩上的手掌温暖而有力。

杜鹃提着马灯送迈克尔到前楼的耳房里睡觉。

耳房里有一张小床，厚厚的棉絮上铺着一床深蓝色的土布床单，还有一床水红色的绣花被子和一个装了米糠的圆鼓鼓的枕头。

杜鹃把被子展开，摆放好枕头，又把马灯的光线调暗，放到桌子上。

"这是我爹给你准备的草药，你回去每天晚上拿一小包加白酒调稀后服用。他叫你一定要把这些药吃完，你的伤才会彻底好。"杜鹃将手里的蓝色包袱放在桌子上，低声说，"你睡吧，我走了。"

两天来，迈克尔第一次听见杜鹃开口说话。她的声音嘶哑，头始终低着，一双眼睛也是失神地看着地面。

迈克尔顿时心如刀割。他情不自禁一把拉住杜鹃的手，放在自己的胸前，发誓一样坚决地说："杜鹃，对不起……我一定要，回来看你们的。"

杜鹃再也忍不住了，扑在迈克尔的胸前放声痛哭起来。

迈克尔双手抱住杜鹃，眼泪噗噗落在她乌黑的头发上："杜鹃……我一定回来……我向你保证，向世保……保证……"

杜鹃哭得浑身颤抖，迈克尔怜爱地抚摸着她的肩膀、脊背、头发。

此时此刻，迈克尔的心里越发五味杂陈。一方面，他为着杨世保的去世而痛苦内疚；另一方面，又为杜鹃的哭泣而心痛。他双手捧起杜鹃挂满泪珠的脸蛋，轻轻擦去那如雨帘般不断泄出的泪水，低下头去，用自己冰凉的嘴唇，深深地吻了吻杜鹃的额头。

对于迈克尔而言，这个吻代表了他的愧疚、遗憾与不舍，以及对杜鹃的一种承诺、保护，还有深藏在心底的爱。他要用自己的吻，抚平杜鹃心灵的痛苦和悲伤。

杜鹃微微一怔，停止了流泪。她似乎感受到了迈克尔真心的誓言，随即也紧紧抱住了迈克尔。

"迈克尔……谢谢你。"

2

哒哒哒！

突突突！

咚——咚——

夜空里突然传来一阵密集的枪声。机关枪疯狂的扫射中夹杂着迫击炮惊天动地的爆炸声。

迈克尔惊醒了，他急忙爬起身拉开房门。天还没有亮，朦胧的夜色中几颗寒星闪烁着微弱的光芒。

只见寨子外面火光冲天，映红了寨子周围的山崖树林。迫击炮弹落在岩石上，炸塌的山石哗哗落在山沟里水渠中，有的碎石像流星一样飞溅到房顶上，打得草房顶噗噗直响。枪炮声中夹杂着大人的呼喊声和小孩的哭叫声，驴嘶马叫狗吠声。整个寨子乱成了一团。

杜鹃一家人也跑下楼来。张进才站在院子里仔细听了一会儿，脸色唰地一下就变了。

他神色严峻地朝杜鹃一挥手："快！叫后面的人，拿家伙——"

"好！"杜鹃答应着，返身跑上楼，从她的房内提着一支猎枪和弩箭跑出来，迅速向后楼跑去。

张进才转身对杜鹃的母亲说："你快带爹妈躲进后山，不管发生什么事情都不要出来。"说着，他快步上楼去拿枪。

杜鹃母亲吓得面色苍白。她听见枪声惊慌失措抓着外衣就跑出来，两只手扯着一只衣袖使劲往头上套。杜鹃外公急了，走过去帮着她把衣服拉好穿上去。

迈克尔也跑进房去，从枕头下把拉八式手枪拿出来。

张进才提着枪出来，杜鹃外公紧张地问："贤婿，发生哪样事了？"

"还不晓得。从枪炮声里听，可能来了很多人，装备很强，不像一般的山贼强盗。"张进才一边装弹夹一边回答。

"那……咋个整？"杜鹃外公有些慌了。

"莫怕。"张进才看了看岳父身上单薄的衣服说，"爹，您赶快回房去，再加点衣裳，把妈叫起来，让杜鹃她妈带你们进后山。我先出去瞧一下到底发生哪样事。如果没有事情再来找你们。"

杜鹃的外婆坐在杨世保的灵前哭了很长时间，差一点还昏过去，半夜时好不容易将她劝到床上躺下。听到外面的枪炮声和哭喊声，她又急又怕，更是脚瘫手软，爬都爬不起来。

杜鹃外公答应着匆忙上楼去。

"进才，你可要……小心呐。还有……照顾好杜鹃……"杜鹃的母亲嘴唇哆嗦地望着丈夫。

"你放心。"张进才看着妻子平静地说，"秀兰，你的衣裳穿少了，小心生病，山上冷。杜鹃来了叫她和你们一起走。"

迈克尔提着枪就要往外走："我去看情况！"

"你不要去。"张进才急忙拦住迈克尔，"你不熟悉地形。你跟着杜鹃她妈妈进后山先躲避一下。"

"不！不行的——"迈克尔急得大叫，"我是男子汉！"

杜鹃和几个马脚子从后面跑出来。紧接着，山魁也带着众喽啰提着刀枪弩箭跑来了。

正在这时，艾满老爹气喘吁吁跑进来："老二……快走……倭寇包围寨子，要抓……抓那个……美国飞……飞客……"

所有人都大吃一惊。

张进才急忙跑上去扶住艾满老爹问："来了多少人？"

"瞧……瞧不清楚……"艾满老爹把手中的猎枪挂在地上，弯着腰直喘气，"黑压压的，估计……有一两百人，恐怕……还要多……烧了寨子前茶老二的两间房子……进了寨子，正在挨门逐户搜人……有两个腾冲口音的人在喊，只要交出……美国人，还有飞机上的东西……他们就不杀寨子里的人……"

"您听清楚了？"张进才疑惑地问，"美国人在寨子里的事情没有外人晓得哪。"

"听清了。"艾满老爹缓过气来，直起腰杆说，"昨晚我喝了些闷酒睡在寨头的岩石后面，听见枪炮声才醒过来。我瞧见一个和倭寇穿同样衣裳的人用腾冲话问一个穿土布对襟衣的小白脸，是不是真的瞧见马帮和美国人进了寨子，那个小白脸说的也是腾冲话，他说他在寨子后面的山头上守了两天两夜了，亲眼瞧见马帮进寨，还瞧见那个美国人穿一件丝绸长衫。"

"穿对襟衣的小白脸？"张进才更奇怪了，"我们一路上从来没有遇见过穿对襟衣的小白脸呀。除了山魁兄弟他们，我们没有遇见过任何人……"

"张二哥，你放心，我的弟兄全在这里。"山魁连忙说。

"兄弟你莫多心。"张进才摇摇头，"我不是这个意思。"

"爹，咋个办？"杜鹃着急地问。

"张锅头，你拿主意，我们听你的。"

院子里的人全围上来，所有人的目光都望着张进才。

倭寇突然袭击，这的确让张进才有点始料不及。他想不明白，马帮是傍晚回来的，也就是说，迈克尔进入火龙寨还没有过一夜，仅仅是四五个小时，为何倭寇就会得知消息？那个穿土布对襟衣的小白脸是何人？他怎么会躲在后山监视……

张进才现在已经来不及考虑这些事情的来龙去脉。密多保长去找游击队还没有回来，当前最重要的是把药品和美国飞行员尽快转移出去。

"你们把马牵出来，上驮——马上走！"张进才果断地吩咐几个马脚子，又对山魁说，"还得辛苦你和弟兄们，帮忙上一上驮子。"

"张二哥，你不要客气。"山魁回头对他的喽啰们喊道，"还站着瞧哪样？快去上驮。"

院子里的人迅速跑向后楼，七手八脚把药品驮子抬出来，放到骡马背上。杜鹃的母亲和外公也赶过去，帮着拉皮条拴驮子。

艾满老爹对张进才说："你们赶快从寨子后面的那条山沟走吧。我去召集寨子里的猎手到前面挡着……"他提起手中的猎枪快步朝院子外面走，边走边吩咐身边的猎手阿牛吹响迎敌的牛角号，让所有的猎手都到寨子前面阻截倭寇。

阿牛答应着跑出去。

即刻，呜呜的牛角号声传遍了整个寨子。

"艾满老爹——"张进才冲上去拦住艾满，"您老人家年纪大了，不要去……"

艾满老爹一掌推开张进才："老二，都什么时候了，你还啰唆——"

"可是……倭寇人多，你们二三十个人挡不住，还是带乡亲们上山躲避吧。"张进才急了。

"倭寇把寨子围住了，根本跑不出去，唯一的出路就是寨子后面的那条山沟，只有我们在这里顶着你们才能逃出去，否则……"艾满老爹看了迈克尔一眼，欲言又止。

山魁把脚一跺，大声喊道："弟兄们，不怕死的跟着艾满老爹去打倭寇，为我们死去的弟兄报仇！"

"打狗日的倭寇——"喽啰们举起手中的武器往外冲。

"大家别走——"

迈克尔跑过去挡在人群前，激动地喊："张先生，艾满老爹，不能——你们不能为我，白白去送死。日军要找的人是我，我去——"

他说着就往外走。

"不行——"张进才追上去拉住迈克尔，神情凝重一字一句地说，"我还是当初救你时的那句话，你是来帮我们打倭寇的，是我们的朋友，我们中国人不会把危险推给朋友——还有，世保不能白死！"

"这里的事情都交给我，"艾满老爹急促地说，"你们快走——"

杜鹃的母亲和外公也在旁边催促："快走吧，不然就来不及了。"

聂鲁都、倪树生和艾撒三个马脚子吆喝着骒马迅速朝寨后的山沟走去，很快就消失在黑暗中。

"可是，我不能，让你们为我——流血牺牲！"迈克尔固执地挣扎着。

"在敌人面前，没有你我之分，只有生死与共的朋友。"张进才说着朝杜鹃招了招手。

杜鹃跑过来。父女两人拖着迈克尔就走。

山魁带着喽啰跟在艾满老爹的后面往寨子前面跑，跑出几步，他猛然停住脚步，焦急地对大茶壶说："张二哥那里只有四五个人，万一路上遇到堵截咋个办？"

"大哥，你带几个弟兄去帮张锅头，其余的人跟我留在这里掩护。"大茶壶毫不犹豫地说。

山魁带了六七个喽啰追马帮去了。

3

袭击火龙寨的日军是第56师团148联队赫赫有名的"山猫别动队"。

山猫别动队是日军一支经过特殊训练的部队，装备精良，作战骁勇，善于山地丛林战斗，在缅甸与英军的几次大战中屡战屡胜，很受驻守腾冲和高黎贡山一线的148联队长藏重康美大佐的赏识，为了执行日本大本营陆军部"进行'外廊作战'，切断印中运输线"的特别命令，藏重康美大佐请示了松山佐三中将和南方军司令河边正三，把山猫别动队从缅甸抽调过来驻守高黎贡山，专门用于捣毁南、北斋公房两条道路之外的秘密马帮运输线，对付滇西的抗日游击队和搜捕从空中降落的中美飞行员。

"山猫别动队"这个独特的名称是由松山佐三中将亲自命名的。

而这个命名的由来却是除了松山佐三中将之外，没有第二个人知道的绝对的秘密。

1942年，入侵滇西的日军被中国远征军阻隔在怒江西岸之后，松山佐三中将雄心勃勃地在密支那组织了一支三百多人的敢死队来到中国，准备翻越高黎贡山，从惠通桥下游水流稍微平缓的地方偷渡怒江，在怒江东岸打开一个缺口，以掩护大部队强渡怒江。这支敢死队武器装备精良，更重要的是队员一个个都是泅渡高手，身怀绝技，偷渡时即使失去了竹筏和橡皮舟，也能随波逐流游向怒江东岸。可是，这支敢死队却在进入高黎贡山之后便杳无音信失去了联系。

当时，松山佐三命令占领高黎贡山的日军像梳头一样把高黎贡山的几条主要山道翻来覆去梳理了好几遍，竟然连敢死队的一点蛛丝马迹都没有找到，三百多人连同他们携带的各式武器，就像烈日下的雨滴在山林里无声无息地蒸发了。

松山佐三曾怀疑敢死队是遭遇高黎贡抗日游击队的伏击而全军覆没。但他们通过多方调查，证实了敢死队进入高黎贡山的那一段时间内，中日双方根本没有发生过战事。

这支敢死队的名称就是由松山佐三中将命名的"山猫别动队"。

几年来，松山佐三中将始终没有忘记那支在高黎贡山神秘消失的"山猫别动队"。所以，当再次组织别动队进入中国滇西高黎贡山时，松山佐三毫不犹豫地又将其命名为"山猫别动队"。

山猫别动队队长松田一郎少佐中等个子，粗壮的身躯结实得像一头黑熊，胸脯上长着巴掌大的一片黑毛，滚圆的脑袋，小嘴巴，一双金鱼眼鼓得都要暴出来，阴森森地射出凶残的幽光。红红的蒜头鼻子下，浓黑的仁丹胡不时抽动着，像只贪婪的野狗。

松田一郎以凶悍和杀人如麻而出名。他像是一条残暴的鳄鱼，闻到了血腥味就会神经亢奋激动不已穷追不舍。他不喜欢一些大和武士杀害缅甸人和中国人的手法——把被俘的人按倒在地上，用刺刀从耳根下直插进去或者用三八枪上的通条从喉管直通入心脏。他认为这样的杀人手法太简单化，达不到娱乐的效果。他最喜欢听的就是被杀的人临死前撕心裂肺的惨叫声和痛苦不堪的呻吟声，那尖利的惨叫声与悠长的呻吟声混合在一起，简直比听《江户日本桥》《越后狮子》《樱花》等日本民歌还要美妙悦耳，令人心情舒畅。

在密支那对当地老百姓的一次围剿中，松田一郎与其他几个军官打赌，看谁的战刀砍死的人最多而刀刃不卷不弯。最后，他居然一口气砍死了十四个缅甸人获得了第一名。

到达高黎贡山后，松田一郎更成了一只嗜血的豺狼。他采用不同的方法杀害山猫别动队抓到的每一个中国人——在老年人的身上粘上几十团蘸汽油的棉花烧死，把小孩子丢进大铁锅里慢慢添加柴火煮死，年轻人则是把土填到他们的脖子，只留下头部露在外面，不一会这些人就呼吸困难全身青紫，最后眼球暴出七孔流血而死。

松田一郎除了喜欢杀人，还有另外一个嗜好，就是强奸女人。他不喜欢慰安所里那些来自日本、朝鲜的慰安妇。他认为关在院墙里面的女人已经形成了唯唯诺诺、诚惶诚恐的顺从，没有刺激感。他喜欢强奸中国的大姑娘小媳妇。那些突然落入魔爪的女人有的全身颤抖，眼睛里充满了惊惶恐惧，就像是一只被叼在老虎口中的兔子，唯有绝望和临死前的悲鸣；有的则是不顾一切拼命反抗，无济于事地用自己的头去撞墙，或者抓起刀来抹自己的脖子。他比较喜欢这些场面，就像吃饱肚子的老虎在游戏眼前的猎物，待到它们精疲力竭时再一巴掌打倒在地。只有这样才能激发他的性欲，使他充满了淋漓尽致的征服感。

没有一个女人能够逃出他的淫威，也没有一个女人能从他的手里活着逃出去。

松田一郎杀害女人的手段更是别出心裁。他从来不喜欢利用刀和枪去杀女人。他喜欢用健壮的骡马拴住女人的双手和双脚，分成东西南北方向，然后几支枪突然在四匹马的脚下猛烈开火，受惊的骡马拼命奔跑，那个女人就被四分五裂血淋淋地撕开了。

这种时候，松田一郎还要集合部下来打赌，看被四马分尸的女人头颅是黏在撕开的哪边身子，赢的人有赏，输的人就要被罚通宵站岗。

赖皮阿狗跑来告密时，已是夜里十点多钟，松田一郎还没有睡觉。

他正在看一份藏重康美大佐特意派人给他送来的松山佐三中将的讲话记录：

　　　　我们日本帝国皇军是中国牧场上的牧人，我们放牧的是猪和羊——那就是中国人。既然是在中国，我们就应遵守中国杀猪宰羊的民风。中国人杀猪是从喉管里捅进去，杀绵羊则从耳根下将刀插进去。知道吗？中国的绵羊被宰杀时，毫无反抗，而且至死不吭一声，而山羊却在咩咩地叫。所以，我们每一个帝国武士都应学会屠户的本领，以欢快的心情来处置中国人……

　　松田一郎由衷地佩服松山佐三中将，这段话讲得实在精辟形象，非常符合松田一郎此刻的心情，他甚至觉得松山佐三中将仅仅用"屠户"一词来形容帝国武士还不过瘾，应该再加上"猛虎"二字——在动物界称王称霸的猛虎，所有动物都是它的盘中之餐，包括人类。

　　松田一郎激奋过后又陷入深深的忧虑。

　　山猫别动队来到高黎贡山已经半年多时间，他把部队分成几个小分队，不断进山搜剿，可除了在古道上截获了几批私运战略物资的马帮，有两次与当地的土匪交过火之外，就是杀了一些到山上砍柴挖药、在田间地头干活的老百姓，连高黎贡抗日游击队的半个影子都没有见过，更不要说抓获飞机失事降落的中美飞行员了。事实上，日军侵占滇西后，不断遭到各地抗日游击队的袭击，滇西的上空也不断发现从失事运输机上跳伞的中美飞行员，可他们想尽各种办法，就是找不到抗日游击队和跳伞的飞行员。

　　几天前，他到腾冲参加一个军事会议，会后，藏重康美大佐特意把他留下，口气温和地问了一些部队生活和高黎贡山环境的问题。松田一郎心里明白，藏重康美大佐要问的并不是这些鸡毛蒜皮的小事，他真正要问的是山猫别动队在高黎贡山搜剿高黎贡抗日游击队和驼峰航线飞行员的战绩。

松田一郎当时也感到颜面无光。据有关方面的情报，中国内地战场上目前军火和药品紧缺，特别是治疗外伤方面的药品，所以经过驼峰航线运输的物资大部分是枪支弹药和药品、医疗器械。为此，驻守缅北的日军加强了地面阻截中美运输机的炮火，同时也增加了空中拦截的战斗机。南方军司令河边正三再次下达了切断驼峰运输线，抓捕中美飞行员的紧急命令。

从腾冲回来之后，松田一郎听说曾经有一个中国人来报告，说他知道有美国飞行员降落的消息，还有一大批黄金，卫兵认为那个人是疯子，将他打跑了。松田一郎当时还给了值班卫兵几个耳光，后来一直在为此事恼火。

正在这时，卫兵进来报告，说前两天来的那个中国人又来了，要见日本太君，声称他准确知道美国飞行员的下落。

松田一郎大喜，马上让卫兵把告密的中国人带到他的办公室，同时把翻译官杨开顺叫起来。

翻译官杨开顺见到赖皮阿狗就愣住了。他没有想到来告密的人竟然会是童年的小伙伴。

杨开顺的家也在腾冲，和赖皮阿狗是同一条街同一个巷，小时候两个人还经常在一起玩，后来杨开顺随做丝绸生意的父亲到昆明读了几年书，之后又跟着一个亲戚去日本做生意，前几年杨开顺回到家乡，娶妻生子继承父业依然开丝绸店。滇西沦陷后，一直以商人身份隐藏在腾冲的日本间谍金木四雄亲自找上门去，软硬兼施，把他拉到日军指挥部做翻译，此后又派到山猫别动队。

他没有吭声，瞄了赖皮阿狗一眼就转过身去，心里暗暗叹息：你来告什么密嘛！分明是来送死。

赖皮阿狗看见走进来的翻译官身穿蓝色丝绸对襟衣，外罩一件灰色花达呢的短马褂，下身穿的是日本兵的军裤和皮鞋。他感觉这个翻译官有几分眼熟，但一时又想不起在哪里见过。他见那人不理不睬一副傲慢的样子，不敢仔细端详，低声下气地站在一边。

"你的，真的看见降落的美国飞行员？"松田一郎问道。

杨开顺把松田一郎的话翻译给赖皮阿狗。

"瞧见了。"赖皮阿狗赶紧走到桌子前面，指手画脚地回答，"太君，我在火龙寨的山上守了两天两夜，亲眼瞧见那个美国飞行员进了马锅头张进才的家。"

"什么时候看见的?"松田一郎问。

"今天晌午。就是……就是太阳落山以前。"赖皮阿狗回答。

"你的，看仔细的，是美国人?"松田一郎问。

"太君，我是躲在张锅头家后面的山崖上，从高处往下瞧，瞧得非常清楚。那个人的个子高，皮肤白，穿一件又短又紧的丝绸长衫，一瞧就不是本地人。还有二十匹驮着黄金的骡马，我也数得清清楚楚……为了监视他们，我这两天可受够苦了，全身都被蚊子毒虫咬烂了。太君，你们瞧瞧……"赖皮阿狗挽起手袖裤腿给松田一郎和杨开顺看。

"驮黄金的骡马? 什么黄金?"杨开顺困惑不解，打断了赖皮阿狗的话。

"就是……就是那个美国飞行员用飞机运的黄金，被张锅头他们全部用马驮回来了，整整二十驮哩。太君，你们除了给我五十万的奖金，黄金也要分给我一半哟。"赖皮阿狗一边说一边朝松田一郎连连鞠躬。

"你是说，那个美国飞行员的飞机没有坠毁，而是迫降到地面，飞机里还装有黄金？"杨开顺追问道。

"对！对！"赖皮阿狗头点得像鸡啄米。

"你亲眼看见飞机没有？"杨开顺疑惑地又问。

"我没有瞧见……我……我瞧见了黄金，马帮驮着的黄金。飞机……我是听亲眼……瞧见飞机的人说的，马帮驮的黄金都是从飞机上拿下来的。是真的，千真万确。我敢拿性命担保。"赖皮阿狗用手拍得胸膛啪啪响。

杨开顺把赖皮阿狗的话翻译给松田一郎。

"黄金？黄金——"松田一郎先是一愣，接着哈哈狂笑起来。他走过来拍了拍赖皮阿狗的肩膀，"你的，良民大大的好。你的带路，我们的去找黄金，找美国飞行员，找飞机。你的好处大大的有。"

赖皮阿狗受宠若惊，点头哈腰连声答应："是！太君。是！太君，我带路。"

杨开顺走近松田一郎，小声用日语说："太君，根据我们掌握的情报，近期从印度到昆明的飞机，运输的都是枪支弹药和医疗药品，从来没有听说过运输黄金。我看这个人语无伦次，好像脑子有什么毛病，他的话不可信。"

"不——不——"松田一郎连连摇头，"你的不明白，我要找的是美国飞行员，活生生的美国飞行员，成为我的俘虏，在我锋利的战刀下，变成一个塌鼻子瞎眼睛，连头发耳朵嘴唇也没有的怪物。我要在他的额头上，用支那人纹身的颜色，写上'美国异类'几个字，再用拴狗的铁链拴在他的脖子上。我要让全世界都知道，只有我们大日本帝国才是世界上最强大的统治者，我们的帝国武士，才是世界上真正的英雄。"

"至于这个中国人，"松田一郎鄙视地看了赖皮阿狗一眼，"他不过是一只贪吃的，没有脑子的猪。有的时候，一只猪的愚蠢正好可以帮助我们发现更大的猪群。但是，他根本没有想到，当他把我们带进猪窝时，屠户的刀同样要刺进他的喉管。"

松田一郎说完，一屁股坐在椅子上，仰天大笑。其实，他的心里也非常清楚，马帮的驮子里绝对不可能是什么子虚乌有的黄金，也不可能是沉重的枪支弹药，应该是中国战场上当前非常紧缺的医疗器械和药品。

只要截住这批器械和药品，他也是大功一件，藏重康美大佐必然会消除前段时间对他的不满。

松田一郎的笑声似暴风夜里猫头鹰阴森恐怖的怪叫，带起一股浓重的血腥味。

杨开顺不禁打了一个寒战。

赖皮阿狗听不懂松田一郎和杨开顺说话的内容，更不知道松田一郎狂笑的真实含义，他还以为日本太君是为他送来的消息而高兴，得意地一边抹着头上的汗水，一边嘿嘿地赔笑。

松田一郎的狂笑终于停止了。

杨开顺小心翼翼地问："太君，现在就走吗？现在天黑，是不是等到明天天亮以后再出发？"

"明天的不行。美国飞行员的跑了，你的死啦死啦的。"松田一郎猛地坐直身子，一巴掌拍在桌子上。

"嗨!"杨开顺啪地一个立正，转身走出门去。

赖皮阿狗跟在杨开顺的后面退了出去。

山猫别动队很快集合完毕。

松田一郎穿着一身笔挺的呢子军服，神气十足地骑在高头大马上，嵌有两颗宝石的武士战刀凝结出深浓的寒光，更增添了刀锋的凉意。幽暗的夜色中，他一只手勒住缰绳，一只手高举指挥刀，对整装待发的士兵们高呼：

"大日本帝国的武士们，高黎贡山就在我们的脚下，它永远属于我们大日本帝国，我们就是这座大山上吃人的猛虎。现在马上出发，把窝藏美国飞行员的寨子踏平，把中国人杀个鸡犬不留，烧光杀光抢光，给其他参加大东亚圣战的帝国武士作一个典范。"

松田一郎的一番战前动员激起了山猫别动队士兵的阵阵欢呼。

随着松田一郎的一声令下，一百五十多名骑兵冲进了夜幕。

然而，松田一郎趾高气扬进行武士宣言时丝毫没有想到，他的山猫别动队在火龙寨遭到了猎手的顽强抵抗，而且伤亡惨重。

山猫别动队马不停蹄赶到火龙寨时，天还没有亮。

暗淡的星光下，翻译官杨开顺看见寨子周围山崖耸峙、怪石林立、林木茂密，心里就有几分发毛。毕竟是当地人，他知道这种地形最利于隐藏，易守不易攻。真正是一夫当关，万夫莫开。他还知道，这些祖祖辈辈靠狩猎为生的山寨里多有勇猛彪悍的猎手，善用长刀和毒箭，若是针锋相对，这些拥有精良武器的日军未必会是他们的对手。他甚至感觉到黑漆漆的岩石后面和树丛中闪动着一双双愤怒的眼睛，随时都会有一排排置人于死地的毒箭射出来。

他不敢把自己的担忧禀报松田一郎，便悄悄对参谋长本辛木村说了自己的顾虑。

本辛木村说他也有此看法，便纵马上前，婉言劝说松田一郎先包围寨子，等天亮以后再进寨抓人。

松田一郎根本听不进去，他巴不得马上就抓到那个迫降的美国飞行员，搜出医药器械，那么，几天之后，美国佬变成怪物的照片就会登在全世界的报纸上，他的名字也会随之而传遍世界，永远载入大日本帝国的辉煌史册。

他命令士兵下马，点燃寨子前一间看场的木房，架起迫击炮和机关枪，朝寨子周围的山崖发射。

"火力震慑——我要让这些愚蠢的中国猪，还有那个美国羊，马上从睡梦中醒来。让他们清楚地看到，大日本帝国的屠户来了。我喜欢看他们垂死前惊恐万状的眼神，我喜欢看他们在炮火下颤抖的样子。我要活捉那个美国佬——"

看着炮弹爆炸的一团团火光，听着寨子里人喊马嘶的混乱声，松田一郎感到特别惬意舒坦，他仿佛回到了密支那大肆屠杀缅甸人的那些日子。现在，又可以痛痛快快地大开杀戒，只可惜当时与他打赌的军官们不在身边，否则他们一定会惊叹他杀人的刀法比过去更加纯熟更加精炼，已经达到了炉火纯青的地步。

突然，周围的岩石和树丛中飞出一支支利箭。利箭无声无息，像夜风从耳边嗖嗖吹过。

几个日本兵痛苦地怪叫着倒在地上。

松田一郎慌忙下马一看——中箭的士兵脸色青紫、口吐白沫，几分钟后就四肢抽搐呜呼哀哉了。

松田一郎脸色大变。他知道，士兵们中的是中国猎手涂上剧毒的竹箭，这种毒液叫"三步倒"，中箭走不出三步就必死无疑。半年来，山猫别动队在高黎贡山已经多次领教过这种毒箭，但以前遇上的只是零星的猎手，射出几箭后就逃得无影无踪。

紧接着，又有几个士兵倒下去。

岩石、树丛后面闪出一个个人影，在暗淡的星光下，只见一道道银白色的弧光划过，又一批士兵无声无息地倒下了。

"八格牙路——偷袭的不要，快快地开枪，抵抗——"松田一郎挥舞着指挥刀吼道。

士兵们抬着枪，胆战心惊向岩石和树丛中射击、刺杀。密集的枪弹打得碎石四溅，枝叶乱飞。

他们包围了岩石树丛，端着刺刀冲杀过去——岩石后面和树丛里什么人也没有。

可是，当他们转过身，那些人影又疾风闪电般地跳出来。

日本兵手中的三八枪、机关枪、迫击炮等武器完全失去了作用。反而，猎手们灵活地从岩石和树丛中跳出跳进，长刀随心所欲地砍在日本兵的身上，就像是砍瓜切菜一样。

眼看着身边的士兵们惨叫着纷纷倒地，松田一郎突然想起了松山佐三中将那段屠户与绵羊、山羊的精彩话语。遗憾的是眼前的情景完全把人物与动物的位置来了个天翻地覆的改变。帝国武士此刻在神出鬼没的中国猎人手里完全成了任之宰杀的山羊，除了凄厉痛苦的嚎叫外，毫无还手之力。而拿着长刀、弩箭的中国猎手却成了威武的屠户，无所顾忌地杀得痛快。

松田一郎气得哇哇大叫，发疯似的拔出指挥刀朝寨子里一指："八格——炮火的，射击——统统的，死啦死啦的！"

迫击炮弹雨点般落在寨子里。

刹那间，火龙寨里火光冲天，哭喊声震天动地。

正在与日军拼杀的猎手们一下子人心大乱。有的人丢了刀枪弩箭朝寨子里跑去。

"莫跑——不能跑！"艾满老爹急得大叫，"堵住缺口！"

可是，那几个猎手没有回头，寨子外面的防线空出了一个大大的缺口。

日军乘此机会从缺口处蜂拥而上。一番激战，终于把堵截在寨外的四十多个猎手和山贼全部杀死。

此时天已大亮。只见岩石下、沟壑里、树丛中，到处都是山猫别动队员的尸体以及流着血在痛苦呻吟的伤兵。

参谋长本辛木村报告，仅在寨子前被杀死和受伤的日军就有六七十个人。

"八格牙路——八格——"

松田一郎气得七窍生烟，命令部队冲进寨子，把所有人抓出来，粮食牲畜全部带走。

火龙寨的老弱妇幼都被抓到寨子中央的打谷场上。

经过赖皮阿狗辨认，人群里面没有美国飞行员，也没有马锅头张进才。

"我晓得，张锅头的家。"赖皮阿狗跑到松田一郎的身边，点头哈腰地说，"我在山崖上趴了两天，家家户户都看得一清二楚，昨天晌午那些马帮进去的那家人在寨子的中间，我晓得……"

松田一郎哈哈大笑："你的，良民大大的，皇军重重的有赏。"

"谢太君，谢太君。"赖皮阿狗兴奋地跑在前面带路。

"烂杂种，哪里出来的烂杂种——"

"烂狗，畜生——"

被抓到打谷场上的村民们怒骂着，拥上去要拦住赖皮阿狗，全被持枪的日本兵拦住了。

赖皮阿狗带着松田一郎和一伙日本兵找到张进才的家，他们在前楼和后楼翻了个遍，什么东西也没有找到，最后在后院的柴房里找到了张进才的老婆和岳父岳母。

"把这个女人，带走——"松田一郎用指挥刀指着杜鹃的母亲。

日军捆绑了杜鹃的母亲往外拖。

"秀兰——还我的女儿——"

杜鹃的外婆不顾一切地冲上去，要夺回自己的女儿。

"砰！"松田一郎从腰间拔出手枪，朝着杜鹃外婆的头部开了一枪。

杜鹃的外婆应声倒在地上。

"妈——"

杜鹃的母亲哭喊着，被日本兵拖着继续往外走。

"狗日的倭寇，我跟你们拼了——"

杜鹃的外公怒不可遏，拿起地上的锄头朝着松田一郎冲过去。

"砰！"松田一郎抬起手，打中了杜鹃外公的胸口。

"爹……"

杜鹃的母亲惨叫一声，昏了过去。

艾满老爹率领猎手们在寨外阻截倭寇，激战中身中数枪又断了一只手臂，还没有咽气，被日军拖来捆在大青树上。

"你的，叫他说，美国飞行员的，下落。快快的——"

松田一郎指着杨开顺，又指指艾满。

杨开顺自从被迫来到山猫别动队当上翻译官之后，虽然经常看见松田一郎杀人放火、奸杀妇女的恶行，但像今天这样尸横遍野血流成河的场景还是第一次看见。特别是刚才在张锅头的家里杀害两个手无寸铁的老人时，他感觉自己全身都软了，他只想找个机会悄悄溜走，永远不要再看见鲜血……

可他不敢溜。如果他溜走了，那个以商人身份隐藏在腾冲的日本间谍金木四雄是绝对不会放过他，不会放过他的家人。他不能让自己的家人像张锅头的岳父岳母那样惨遭日本鬼子的毒手。

杨开顺无奈地走到大青树下，小声地劝说艾满："老人家，你就告诉他们那个美国飞行员的去向吧。不然，这些乡亲们可能……"他停顿了一下，"乡亲们危险哪。刚才，张锅头家的两位老人……"

"什么……你说……两位老人……"艾满老爹流血过多，已经处于半昏迷状态。但是，杨开顺的几句话他却听得清清楚楚。

"这些……"杨开顺的声音更低了，"这些日本鬼子杀人不眨眼，何必为了一个不相干的外国人……老人家，乡亲们是自己人哪。"

"自己人……你还晓得……自己人？"艾满老爹强撑着抬起头来，"你帮着……日本倭寇杀……自己人，你的良心……被狗吃了……"

杨开顺的脸上红一阵白一阵，他干咳了两声，又说："老人家，我的确是为了乡亲们好，你说了，也许就能救了他们……没必要为了外人……"

"呸！"

没等杨开顺说完，艾满老爹一口血痰吐在了他的脸上，"滚！你这个……不要脸的……忘记了爹娘……祖宗的，畜生……"

松田一郎站在一边，虽然听不懂杨开顺与艾满的谈话，但从杨开顺的样子和艾满的态度上，他明白劝说是无效的。

他走过去，一掌推开杨开顺。

"八格牙路——你的无用！"

松田一郎用指挥刀往人群里一挥，几个士兵立即冲进人群，从里面拖出了三个中年村民，按倒在地上，从腰间拔出匕首，非常熟练地挖出了他们的眼睛，又割下了他们的耳朵。

受害村民的惨叫声和人群里惊骇的哭喊声顿时响成一片。

"畜生——畜生……"艾满老爹老泪纵横，悲愤地仰天大喊，"老天爷呀——你睁开眼睛看看呀……"

松田一郎的指挥刀又挥向村民。

几个士兵冲进人群，从里面拖出了两个挺着大肚子的孕妇，将她们捆在旁边的树上，然后切开了她们的腹部。

孕妇的肚子里掉出了两个血淋淋的肉团……

人群里哭喊声更响了，有几个年纪大的妇女一下子就昏死过去。

松田一郎得意地看看艾满老爹。艾满老爹咬紧牙关怒视着他。

松田一郎看看打谷场上的村民，村民们哭的哭，喊的喊，但是没有一个人站出来。

"八格——八格牙路——统统，良心大大的坏了坏了的——"

松田一郎暴跳如雷，他恨不得马上把这些顽固不化的中国人一个个丢进锅里煮死，用汽油烧死，把那些女人带回去让士兵轮奸，然后再将她们四马分尸。

可是，今天他已经没有时间来尽兴地施展他的杀人手段，也没有时间去尽兴地玩弄强奸女人。当务之急，他必须要找到张锅头，抓到那个美国飞行员，截获那批医疗器械和药品。

杨开顺浑身颤抖地躲到一块岩石后面，看着日军士兵疯狂地残害着村民，听着村民们哀哀欲绝的哭喊声，他感到自己害怕得心脏就快要爆炸了。

他只能躲开，不再看那些血腥的场面。他双手哆嗦着从口袋里摸出一根香烟，但手却抖得怎么也凑不到嘴唇上，最后把一支香烟揉断了也没有点燃。

杨开顺将揉断了的香烟狠狠地摔在地上。说实话，他无法看着这些日本鬼子如此惨无人道地杀害自己的同胞。他是中国人，又是土生土长的腾冲人，眼前的这些村民还是他的乡亲父老呀！

刚才，那个老人骂他是忘记了祖宗忘记了爹娘的畜生……他感到，那些话简直就像是在自己的胸口上用力地踢了一脚。他是被逼无奈呀！

根据他对山猫别动队和松田一郎性格的了解，他知道，今天如果这些村民不说出那个美国飞行员的下落，这些村民肯定会遭到大屠杀，甚至会被屠村。

想到这里，杨开顺全身都在发抖。他不知道自己应该怎么做，才能帮助这些乡亲们。

突然，杨开顺听见岩石后面好像有小孩轻微的哭泣声。

他绕到岩石后面，果然看见了三个约有六七岁的孩子躲在几棵灌木中间，正搂抱在一起小声地哭。

"莫哭——娃娃，莫哭！"杨开顺急忙朝着孩子们摆摆手，阻止他们哭泣。同时轻声对他们说，"娃娃，不要躲在这里，快走，快点跑上山去。"

三个孩子止住了哭声，满脸惊恐地看着杨开顺，不敢动弹。

"莫怕，娃娃。我不会害你们的。"杨开顺用腾冲话说道，"你们躲在这点不稳妥，会被瞧见的。快点过来，我带你们，从那边跑去山上。"

杨开顺回过身，他看了看周围，没有发现日本兵，就招手叫几个孩子过来，利用前面的岩石和树丛遮挡逃出寨子。此时此刻，他只想救出这几个孩子，给这个寨子留下几条根。

没想到，就在这时，松田一郎不知道为什么突然走到岩石后面，当他看见杨开顺正在引导着几个孩子朝寨子外面逃跑时，顿时大怒。

"八格——"他回过身，从身边一个日本兵手里夺过一挺机关枪，朝着杨开顺和几个孩子疯狂地扫射。

"哒哒哒——哒哒哒——"

杨开顺和三个孩子倒在了地上。

"八格——八格——良心大大地坏了！"松田一郎似乎还不解恨，冲了过去，朝着地上的杨开顺又扫了一梭子弹。

"队长……报告队长，找到线索了——"

正在这时，参谋长本辛木村飞快地从寨子后面跑了过来。

"说！什么线索？"

"狼狗……狼狗，在寨子后面找到了马帮撤退的山沟，还有……还有新鲜的马粪。"本辛木村气喘嘘嘘地立正报告。

松田一郎大喜，他转回身，朝着打谷场一挥指挥刀："统统的，死啦死啦的——"

"哒哒哒——哒哒哒——"

日军架起机关枪，将打谷场上的男女老少团团包围起来，轮番扫射……

打谷场上的村民全都倒下了，没有一个活口。

松田一郎命令留下一个小队的士兵，负责烧毁火龙寨里所有的房屋，把受伤的士兵以及尸体驮回去，包括被猎手砍下的那些断臂残腿。

随后，他将指挥刀朝空中狠狠一挥："出发——马上出发追击！"

松田一郎带上其余的六十多个骑兵，迅速朝怒江边追去。

第六章　怒江遗恨

1

　　奔流于怒山和高黎贡山之间的怒江水流湍急、波翻浪滚，两岸高山雄峙，乱峰钻云。真可谓一滩接一滩，一滩高十丈，水无不怒石，山有欲飞峰。

　　1942年5月，日本侵略者占领了缅甸全境后，调兵迅猛进攻云南西部，占领了畹町、遮放、芒市、龙陵和腾冲。5月8日，日军第15师团两个精锐师的先头部队进到怒江河谷，化装成缅甸的逃难华侨抵达惠通桥头，准备抢占惠通桥，掩护后续部队通过怒江夺取保山，沿滇缅公路直攻昆明。

　　形势万分危急，惠通桥一旦失守，后果不堪设想。惠通桥东岸的守桥部队当机立断，引爆了安装在桥中的炸药。惠通桥在惊天动地的爆炸声中落入了滔滔怒江。

　　随后，日军不断组织大部队强渡怒江，均遭到中国远征军第三十六师利用怒江天险的有力阻击。此时，由陈纳德将军率领的美国志愿航空队三个中队的P-40战斗机全部出动，从保山、云南驿和昆明三个机场出发，会同中国空军苏式SB轰炸机以及能够作战的教练机，连续四天，轮番对集聚在怒江西岸准备渡江的日军进行轰炸扫射，打得日军一败涂地溃不成军，最后只得退回龙陵和惠通桥头据守。

日军在惠通桥头受阻，即刻调集工兵准备架设浮桥。同时，日军的一个大队在惠通桥上游强渡，五百余人渡过怒江到达了东岸。

在此万分紧急的关头，刚从西昌移防到祥云的中国远征军第十一集团军所属第三十六师第一〇六团的两个连队，奉命火速赶到怒江惠通桥东岸山头老鲁田一带，在师长李志鹏的指挥下，迅速对正在沿公路搜索而上的日军展开了猛烈攻击。紧接着，第一〇六团主力到达，马上投入了战斗。日军处于由山下仰攻而上的不利地形，遭到很大伤亡而无法前进。第二天，第三十六师第一〇七团和第一〇八团也赶到怒江，一起投入了战斗。经过两天的激战，把日军逐回江边。第四天，中国远征军发起总攻，最终将渡过怒江的日军全部歼灭在东岸。

从此，怒江分为楚河汉界般的东、西两岸，东岸的守军是中国远征军的部队，西岸就被日本侵略军所占领。

2

怒江近在眼前。

按照密多保长与张进才的计划，高黎贡抗日游击队护送药品和美国飞行员渡过怒江的地点就选择在高黎贡山东北坡下的玉女湾，这一带地势复杂树林密布，既能绕开日军驻地又能灵活回避日军的江防前哨部队。他们约定，马帮到达江岸时，朝中国远征军的驻守部队射出一支响箭，东岸的守军就派人划着竹筏过江来接应。

玉女湾江面宽阔，回流激荡。传说，玉女湾原本是一个水急浪高的险滩。许多年以前，有一个美丽的姑娘在山中采药，不想遇见了一伙山贼。山贼头目看见姑娘的美貌顿起邪念，就想把她抢回山寨做压寨夫人。姑娘不从，夺路而逃。她逃到悬崖边，看到脚下是汹涌的江水，后面是疯狂扑来的山贼，顿时泪如泉涌，一咬牙纵身跳进了波翻浪滚的怒江。突然，天空电闪雷鸣山崩地裂，姑娘落水的险滩变成了一个江面宽阔、水势缓流的大湾。后面，人们为了纪念这个不畏强暴的姑娘，就把此处叫做"玉女湾"。

日头正顶的时候，张进才的马帮赶到了怒江西岸的玉女湾。

明媚的阳光下，玉女湾江水奔流波光粼粼，风平浪静。时而，一只雄鹰从峡谷的悬岩峭壁上飞出，展开翅膀冲向蓝天，发出几声犀利的鹰唳，划破了山谷的静谧。

怒江两岸十分宁静。

张进才不由得轻轻舒了口气——再走一锅烟的工夫，就能到达江边了。

迈克尔骑马走在马帮的中间，看着不远处滔滔奔流的江水，他抑郁的心情也逐渐轻松起来。

怒江，这条非常熟悉却又是第一次近距离接触的大江。在航空图上，怒江只是一根蜿蜒漫长的粗线条，而在每一名飞行员心中，怒江就是敌与我的分界线。每一次从怒江的上空飞过，迈克尔都会情不自禁朝下面看上几眼，像所有的飞行员那样，祈祷自己的飞机平安飞过去，千万不能在西边发生什么意外。现在，很快就到江边了。过了怒江，就意味着平安了。

他回过头去，看见杜鹃依然是背着弩箭走在马帮的后面。由于事发突然，杜鹃的身上还穿着白色对襟的孝服。

看着那白色的孝服，迈克尔又想起了杨世保……

他感觉自己的心头犹如针刺一般，好痛好痛。

突然，跑在前面的大黄警惕地停住了脚步，两耳竖得笔直，接着回过头朝着来路大声狂吠。

大黄的吠声紧张急促，充满了敌意。

张进才微微一震，心一下子就悬了起来。他立刻拔出枪跑到马帮后面。

山坡后远远地传来一阵狼狗的叫声。

张进才连忙趴在地上，耳朵紧贴在地面——地面传来一阵狂乱的马蹄声。他的脸色唰地变得铁青。

从地面传导的声音，来的是一支数量不少的马队。

汪汪的狗叫声愈来愈近。

紧接着，山坡上尘土飞扬，战刀在阳光下闪着阴森的寒光。一队穿黄色衣服的骑兵像一群穷凶极恶的黄蜂飞奔而来。

马帮停下了。马脚子和几个山贼提着刀枪跑过来，聚集在张进才身边。迈克尔也从马背上滑下来，拔出他的手枪。

看着后面越来越近的日军，他们谁也没有吭声。

眼前严酷的形势谁都明白——前面是滔滔江水，后面是穷追不舍的敌兵，而且敌众我寡，双方悬殊相当大。

张进才冷静下来，他用一种抱歉的目光看着大家说："各位兄弟，看来我们已经没有退路，怎么办？"

马脚子和山贼们的脸上没有惧怕的神色，全都冰冷着脸，眼里却射出坚毅的光。

"张锅头，我们跟着你，同这些狗日的倭寇拼了。"

"跟他们拼了——"

"爹，拼吧——"

张进才连忙观看了一下周围的地形。马帮的前方是一片被山洪天长日久冲刷成大坑小凹的斜坡，坡上长满了山草，转过斜坡有一个弧形的小山湾，顺坡而下三四百米就是江边的临时渡口。

"山魁兄弟，你的兄弟过去两三个人，帮着我的伙计赶快把骡马牵到山湾那边避一避，保护好驮子，还有美国飞客。艾撒想办法下到江边，连发三支响箭让对面赶快过来接应。其余的弟兄加上我父女在这边阻截掩护，无论如何也要把驮子送过江去。"张进才果断地安排。

"好！听二哥的。"山魁点点头，指了两个喽啰。"你们快去护驮。"

两个喽啰将手中的枪和子弹交给阻截的同伴，跑过去和几个马脚子赶着骡马快速朝山湾跑去。

迈克尔把缰绳拴在马鞍上，拍了拍那匹公骡的脊背，让它跟上马队，自己则提着枪跳下一个土坑。

"迈克尔，快——你快跟他们走。"杜鹃跳下坑拉住他往上推。

"不！"迈克尔用力搂住杜鹃的肩膀，"不，我不能走，我不离开你，我要和你们，在一起，抗击敌人——"

杜鹃的眼泪瞬间滑落。她紧紧抱住迈克尔，伏在他的胸膛上，呜呜咽咽地说："我也不……离开你，迈克尔，你快走……我会来追……追你……"

张进才看见杜鹃和迈克尔拥抱在一起的样子顿时愣住了。片刻之后，他回过神来，用手背擦去不知不觉滚落在脸颊的泪珠，仰天长叹了一声，说："杜鹃，你就跟他一起……走吧。"

杜鹃抬起头，看看父亲，又看看迈克尔，坚定地说："爹，我不走，我不能丢下您不管。"

"你不要管……"张进才的声音哽咽了，他背转过身，斩钉截铁地说，"快走——"

站在一旁的山魁也着急地说："哎呀——大侄女，你爹叫你走，你就快点走，不然就来不及了。"

"不！我……不能……走。"杜鹃突然放声大哭，她一边哭一边用力推迈克尔，"你……快走……快走呀。"

"杜鹃，你和我，一起走，好不好？"迈克尔紧紧抓住杜鹃的手不放。

"不……我不能……丢下，丢下……我爹……"杜鹃依然边哭边用力推着迈克尔。

"张二哥，你……你看，这……"山魁焦急地看看江边，又看看马蹄声越来越近的山坡。

"快——来人把他拖走。"张进才双眼一闭，咬了咬牙，随后将手指放进嘴里，打了一声响亮的口哨。

倪树生飞快地跑回来，一把扯住迈克尔，哀求似的说："求求你了美国飞客，你就快点走吧，你在这里只会让他们分心……"

迈克尔双肩颤抖，他抬起头望着那蔚蓝的天空，努力把快要涌出来的眼泪憋了回去。他把手中的拉八枪递给杜鹃，用尽全身力气握住她的手说："杜鹃……杜鹃，你……你们要小心，注意隐蔽……"

杜鹃用力咬着嘴唇点点头:"你快走!我……我来追……追你……"

张进才、杜鹃、山魁及另外五个喽啰分散潜伏在坑凹里。

山猫别动队的日军很快进入了山谷。

冲在前面的十几个日本兵嗷嗷怪叫着朝马帮开枪。

子弹呼啸着从骡马的头顶飞过,受惊的骡马嘶鸣着撞来撞去,乱成一团。倪树生和其他几个人死命拉住缰绳朝山湾跑。

"打!"张进才举起双枪大声喊道。

几个人从土坑里探出头来,枪箭齐发。

"狗日的……小日本……狗日的倭寇……"山魁脱掉衣服,光着上身,一边射击一边不住嘴地怒骂。

冲在前面的日本兵应声纷纷从马背上栽了下来,后面的日本兵没有料到遭此袭击,吓得拼命勒住马头。正在狂奔的战马一下子失去了平衡,暴躁地在原地乱跳乱转。

借此机会,张进才一伙人直起身来射击。又有几个日本兵掉下了马。

打晕了头的日本兵很快回过神来,他们迅速从马背上跳下去,隐蔽在土埂凹地后面,一部分日本兵利用纵横交错的土埂掩护,迂回到山谷的侧面,对张进才等人形成一个半圆形的包围圈。

日本兵的步枪、机关枪、迫击炮组成了密集的火力网,射向张进才他们藏身的土坑凹地。

一时间,山坡上枪炮声震天,硝烟弥漫。泥土、碎石、草根像炸了窝的土蜂到处乱飞。

张进才等人被雨点般密集的子弹炮火压得抬不起头来。

震耳欲聋的枪炮声惊动了怒江东岸的守军。

中国远征军第三十六师的一个营部驻守在玉女湾，孟营长正在与高黎贡抗日游击队派来的联络员商谈派兵过江接应美国飞行员和药品的事项，突然听见西岸传来的枪炮声，接着又听到西岸射来三支紧急求援的响箭。他们飞奔到江边，看见六七十个日军骑兵在江边围攻一队马帮，赶马人里面还有一个穿飞行服的外国人。

他们断定被围的就是张进才的马帮。孟营长马上命令三连过江营救。

十几只竹筏、橡皮舟加速朝怒江西岸划来。

3

怒江西岸的战斗还在激烈进行。

山魁的三个弟兄已在激战中死去，另外两个也受了重伤。

张进才的左手臂中弹，鲜血染红了一只手袖。他只能用一支枪进行还击。

一颗子弹擦过杜鹃的耳廓，鲜红的血液滴在白色的衣服上，格外显眼。她面前两个箭包内的毒箭所剩无几，迈克尔拿给她的拉八枪也打光了子弹，扔在一边。

山魁的腹部被弹片划破，一截肠子流了出来，像根血淋淋的带子在腰间甩来甩去。看着自己的兄弟死的死伤的伤，山魁气得两眼血红，打完了最后一颗子弹，他把枪一丢，顺手从旁边一个死去的喽啰手中拔出长刀，爬上土坑，举着长刀跌跌撞撞地朝日军冲过去。

"小日本——我日你祖先——日你……八代祖宗——我日你……"

"山魁兄弟——回来!"

张进才看见山魁跳上土坑，急得大叫。

哒! 哒! 哒!

哒! 哒! 哒!

日本兵的两挺机枪转向山魁，子弹如飞蝗从他身边嗖嗖穿过。

山魁跑出不远，身子摇晃了几下就倒下了。

"山魁兄弟……"

"大哥……"

张进才和两个山贼悲愤地大叫。

突然，日本兵掩蔽的土埂后面有个腾冲口音的人高声喊道："张锅头——不要开枪……你瞧……是哪个——"

随着喊声，一个五花大绑的女人被推了上来。

枪声骤停。四周一片沉寂，山风里飘浮着呛人的硝烟。

"妈……"杜鹃惊愕地大叫。

"杜鹃她妈? 秀兰——"张进才也惊呆了。他没有想到妻子居然被倭寇抓来了。

杜鹃妈的发髻散乱地披在肩上，身上的大襟衣血迹斑斑，几个扣子被扯断了，嘴里塞着一团破布。她的身子朝前一倾，扑倒在地上。

"妈——"杜鹃看着妈妈放声大哭。

"你的，叫他们的投降，皇军大大的有赏。"松田一郎指着赖皮阿狗说。

猛烈的枪炮声一响，赖皮阿狗就吓得尿了裤裆，趴在地上浑身发抖，连头都不敢抬。

参谋长本辛木村朝赖皮阿狗的屁股上踢了一脚："八格——喊话，投降。八格——"

赖皮阿狗哆嗦着爬起来躲在土埂下，伸出脑袋喊："张锅头——不要开枪，太……太君说了，只要你……你交出美国飞……飞行员，还有那……那些黄金，太君不杀你们……"

松田一郎过去朝赖皮阿狗狠狠踢了几脚："八格牙路，黄金的不是，药品比黄金的重要。"

赖皮阿狗疼得直咧嘴："不……不是黄金，是……是药……药品……你们把药品交出来吧，还有飞行员……那些东西对你们没有用处……交出来皇军有奖赏……"

赖皮阿狗一喊完，便立马把头又缩到土埂下。

松田一郎皱了皱眉头，朝身边的日本兵挥挥手。

两个日本兵过来，扯着赖皮阿狗的手臂，把他甩上了土埂。

"大声的，声音大大的……"松田一郎吼道。

赖皮阿狗全身抖得站不起来，他半跪在地上，两只手摇晃着，拿出吃奶的力气喊："张……张锅头，你不管……不管你婆娘的……死活啦？不然她也会……像寨子里的那些人……被杀死的……"

张进才大惊失色："寨子里？寨子里的人咋个啦？"

赖皮阿狗继续厚颜无耻地喊："张锅头，你们寨子的人……反抗皇军，全……全都被杀了。你是聪明人，识时务者为俊杰，你老婆现在，在皇军手里，你要好好考虑……"

张进才只觉得头顶上响起一声巨雷，他肝胆俱裂。

赖皮阿狗振作精神又喊起来："张锅头，人生一世，吃穿二字。你交出美国飞行员，有五十万的奖金，我和你平分，这么多的钱，够你下半辈子……"

"原来是你这个畜生告的密……"张进才浑身颤抖，牙齿咬得格格直响。他举起了手中的枪。

还没等他扣动扳机，满脸泪水的杜鹃已经举起了弩箭。

嗖！

一支毒箭闪电般地飞出去，正中赖皮阿狗的喉咙。

赖皮阿狗剩下的话哽在嗓子里，两只手朝空中胡乱抓了几下就趴在了地上。

"八格牙路——你的，叫她的喊——"松田一郎指着杜鹃妈吼道。

一个日本兵爬上土埂，扯掉杜鹃妈嘴里的破布，把她从地上拖起来。

杜鹃妈晃荡了几下，站直了身子。

"进才，她爹……杜鹃……"

杜鹃妈神色急迫地扫视着硝烟弥漫的土坑凹地。

"妈——我在呢……爹也在……"杜鹃哭着回答。

"秀兰……秀兰呀——"张进才泣不成声地喊道。

"进才——爹、妈……乡亲们都被倭寇杀死了……给他们报仇啊——"杜鹃妈大声喊起来。

参谋长本辛木村拍了拍日本狼狗的脑袋，发出了一个指令，那条高大的狼狗便呼地跳上埂去，扑在杜鹃妈的身上又撕又咬。

"妈——"

"秀兰——"张进才撕心裂肺地仰天大叫。

杜鹃哭喊着跳上土坑，却被刚刚跑到她身边的迈克尔扑上去一把抱住，拖了回来。

迈克尔协助倪树生等人把受惊的骒马牵到山湾里后，趁着他们不注意时悄悄跑了，利用一个个坑凹的掩蔽翻滚过来。

伏在地上的大黄发出一声愤怒的咆哮，飓风似的冲了出去。

正在撕咬杜鹃妈的日本狼狗还没来得及转过身，就被大黄一个弧形扑击压倒在地，咬住了喉管。

两条狗在地上滚成一团。

松田一郎惊慌失措地大叫："八格牙路——杀死它！"

几个日本兵急忙端枪瞄准大黄，找机会射击大黄。

大黄身上被击中十几枪，它痛苦地浑身颤抖着。但它没有松口，死死咬住日本狼狗的喉管。

日本狼狗的喉管被咬断了，躺在地上四肢抽搐了几下就一动不动了。它的两只眼睛瞪得溜圆，眼神里充满了惊恐和绝望。

大黄软软地倒在地上。它始终咬着日本狼狗的喉管不放。

"杜鹃……她爹，给……乡亲们……报仇呀——"杜鹃妈挣扎着撑起身子，断断续续喊着。

"八格——"松田一郎气急败坏地举起枪来，朝杜鹃妈连开两枪。

杜鹃妈身子一歪，倒了下去。

"妈呀——"杜鹃悲怆地哭喊着，拼命挣脱迈克尔的手，跳上土坑，朝妈妈跑去。

"秀兰——秀兰——"

脸色死灰的张进才也跃上土坑，一只手举着枪，边跑边连连射击。

站在土埂下面的松田一郎和本辛木村应声倒地。

子弹钻进松田一郎的左眼，他的颅骨立即爆裂，脑髓、鲜血和碎骨四处飞溅。

本辛木村被子弹击中额头，中弹的地方流出白色红色的血污。

藏身在周围土坑里的日本兵吓傻了，哇哇怪叫。愣了刹那，步枪、机关枪便疯狂地朝着父女俩扫过去。

"杜鹃躲开——"张进才大叫，向前一扑，想要推倒杜鹃。可他的脚绊在石块上，身子一倾，跌进了旁边的大草坑。

杜鹃似乎没有听见父亲的叫声，依然朝着妈妈跑去。但她没来得及跑到妈妈身边，胸口便连中数弹，摇晃了几下就倒下了，鲜血染红了白色的对襟姊妹装和头上包裹的孝布。

"杜鹃——杜鹃——"

迈克尔惊呆了，他狂喊着，不顾一切跳上了土坑。

就在这时，山坡上响起了急促的马蹄声和枪声，前来寻找马帮和美国飞行员的高黎贡抗日游击队赶到了。

密多保长到达高黎贡抗日游击队的驻地时已是半夜时分，游击队的杨明队长正在紧急召集几个中队的负责人开会。

今天上午，杨明队长带着一个中队的游击队员来到腾冲城外，炸毁了日军前不久修筑起来的一个碉堡，天黑以后回到驻地，将两名受了轻伤的游击队员安排在村民的家里疗伤，刚刚进门，就接到腾冲抗战县政府用快马专人送来的指令。

腾冲抗战县政府命令：滇西各游击队，紧急寻找和救护美国飞行员迈克尔·查尔斯中尉，和他所驾驶的"空中列车"

Skytrain42—10578运输机，保护运输机里的医疗器械和药品。

杨明队长立即召集各中队长开会，布置分头寻找美国飞行员的任务。

正在这时，村外的哨兵跑来报告："火龙寨的密多保长骑马赶来，说有重要的情况必须面见杨明队长。"

杨明队长叫人马上将密多保长带到他们开会的地方。

当杨明听说火龙寨的马锅头张进才在高黎贡山的密林中救出一个美国飞行员，并驮回了迫降运输机内的医疗器械和药品时，真是惊喜万分。

他们详细询问了密多保长有关迈克尔的情况后，断定张进才救回的美国飞行员正是腾冲抗战县政府指令寻找的人，即刻派联络员先赶到怒江东岸与中国远征军第三十六师师长李志鹏联系，请他们提供渡江的竹筏，并约定在怒江边江面开阔、水流平缓的玉女湾接应。随后，他率领五十多名队员骑马连夜赶往火龙寨，保护美国飞行员和那批贵重的药品。

可是，当他们赶到火龙寨时，看到的却是一幅令人震惊和悲愤的场景。

火龙寨已经变成了一片废墟，寨内所有的房屋全被烧毁，烧焦的木柱、树木还在冒着黑色的浓烟。在寨子周围的岩石间、树丛中和排水沟内，游击队找到了四十多个与日军顽强拼搏壮烈牺牲的猎户。猎户们的身上大都血肉模糊，有的猎户被砍去头颅，两只手还紧捏着长刀，有的身上布满了弹眼，有的被砍断了双手，一个猎户死后嘴里咬着一块日军残缺的耳朵，另一个猎户的嘴里却是日军的一截手指。在猎户的尸体下面，还发现了日军的一些断臂残腿。经密多保长辨认后，与日军拼死搏斗的四十多个猎户中有六七个不是本寨人，而是头天晚上护送马帮回来的山魁手下的弟兄。

马锅头张进才的岳父母被杀害在他家院子里，寨子中央的大青树上绑着老猎人艾满老爹，他的胸部中了三枪，又被日军残忍地砍去一条手臂，死后依然睁着两只愤怒的眼睛。打谷场上满地尸体，男女老少一共九十七人，其情景惨不忍睹。有几个村民被日军割耳、挖眼，有两个怀孕的妇女被日军剖腹取出胎儿用战刀砍碎，有一个四个月大的婴儿嘴里含着母亲的奶头，被日军用刺刀捅死在母亲的怀里，大部分的村民是被日军用机枪扫射而死。

整个火龙寨没有一个活口……

看着眼前的惨景，密多保长完全惊呆了。他万万没有想到，自己离开寨子不到一天的时间，几百年来这个生活在安宁、祥和环境中的火龙寨居然会变成了一片焦土，全村男女老少一百三十多口人全都惨遭倭寇杀害，其中还包括他的父母、妻子和一儿一女。

密多保长万分不解的是，在三个男孩遗体的旁边，还发现了一个陌生的男子。此人身穿蓝色丝绸对襟衣，外罩一件花达呢的短马褂，一副本地有钱人的打扮，但他却穿着与日本兵一模一样的军裤和皮鞋。不过，从他后背上密密麻麻的弹眼看，当时杀害他的人是如何的心狠手辣。

游击队在遇害者的遗体中没有找到张锅头和美国飞行员迈克尔。密多保长在寨子后面一条隐蔽的山沟里发现了新鲜的马粪，由此推断药品和飞行员已经被送出寨子。

杨明队长留下一部分队员协助密多保长清理埋葬乡亲们的遗体，自己带上其余的游击队员迅速沿着马粪的痕迹，朝怒江边去寻找马帮。

他们一直赶到怒江边，才发现了正与日军激烈交战的马帮和山贼。

中国远征军的十几只竹筏、橡皮舟停靠在怒江西岸，一个连队的士兵从江边冲杀过来。

山猫别动队腹背受敌，完全失去了退路，成了瓮中之鳖。

怒江边枪声大作，喊杀声震天。

"杜鹃——杜鹃——上帝呀……"

迈克尔紧紧抱着满身血迹的杜鹃，肝胆俱裂地大声呼喊着。

张进才从草坑里爬了出来，他受伤的左手臂出血很多，已经染红了羊皮褂的两面对襟。他弯曲下身子，飞快地跑到杜鹃身边。

"杜鹃——乖囡……醒醒，爹在这里……杜鹃……乖囡……"他放下右手的枪，一把抓住杜鹃的肩膀，悲怆地呼喊着。

过了好一会儿，杜鹃终于缓缓地睁开眼睛。

她转头看着身边的父亲，吃力地说："爹……爹，我……陪妈……外婆……外……外……公，您放……放心……"

"莫乱说，乖囡……你陪爹，爹一辈子都陪着你……"张进才的声音哽咽了，两行泪水从他的眼里无声地滚落下来。

"乖囡"是父亲对她独特的爱称。小时候，父亲长年走马帮不在家里，每当马帮回到火龙寨歇息的那段日子，杜鹃都要缠着父亲跟她玩"躲猫猫"。每次，当她顾头不顾脚地钻进马厩的干草堆里，或者是后楼马脚子们睡觉的床底下时，听着父亲在外面故作紧张地呼喊着："乖囡哦，你躲到哪里啰，爹找不着，乖囡……"这时候，杜鹃别提有多开心了。

"爹……好，我……陪……陪爹，一辈子……"杜鹃抬起一只手，紧紧抓住张进才的衣襟。

迈克尔顿时泪如泉涌，他低下头，伏在杜鹃的耳边，一字一句地说："杜鹃，我也陪着你，一辈子。"

杜鹃仰起头，看着满脸泪水的迈克尔微微笑了。她颤抖着举起另一只手，摸向迈克尔的眼睛："迈克尔，你……你的……眼……眼睛……真……真……好……"

话没说完，杜鹃头一歪，眼睛永远地闭上了。

"杜鹃——杜鹃——"

"乖囡啊——"

迈克尔和张进才同时发出了痛彻肺腑的呼喊……

山猫别动队毕竟是训练有素、装备精良的日军特种兵，虽然主要指挥官已经阵亡，残余的日本兵还是马上聚拢起来，一边利用江岸上的土埂、草坑负隅顽抗，一边朝着腾冲的方向逃窜。

中国远征军和高黎贡抗日游击队也迅速调整作战方式，迂回包抄，前后夹击，截断了日军逃往腾冲的退路。

怒江边的厮杀声惊天动地。枪声、迫击炮声震耳欲聋，硝烟弥漫。

二十匹驮着药品和医疗器械的骡马又惊驮了。江湾处传来倪树生、聂鲁都他们慌乱的吆喝声、叫骂声。有两匹骡马挣脱了缰绳，悲恐地嘶叫着，沿怒江边往下游奔驰而去。

张进才站起身来朝江湾处望去，随即又弯下腰，慈爱地摸了摸杜鹃乌黑的头发，捡起放在地上的二十响手枪，别在自己腰间，咬了咬牙，跳下土埂，飞快地向怒江边跑去。

迈克尔紧紧搂抱着杜鹃坐在地上，犹如一座铁铸的雕像。周围激烈的枪声、炮声、厮杀声似乎是距离遥远的另外一个世界。

他呆呆地凝视着杜鹃秀气的眉毛、桃子形的脸蛋。

迈克尔的眼前浮现出高黎贡山原始森林的山坡上，他从昏迷中苏醒过来，第一眼看见的那双如山泉样清澈明亮，带有一种野性的自负和韧性的眼睛；还有那双不停揉搓着绿叶，使劲往他嘴里挤药汁的手……他的嘴里泛出了苦涩清凉的药味……

迈克尔的眼前浮现出在迷人谷，野性勃发的云豹旋风般地将他扑倒在地，两只前爪搭在他的肩上，锋利的爪子扎进他的肌肉，张开血盆大口朝着他的喉咙咬下去……就在这千钧一发之际，只听到砰砰两声清脆的枪响，扒在他身上的云豹发出痛苦的嚎叫，身子剧烈地颤抖几下就倒下来，半个身躯砸在了他的身上……

一颗迫击炮弹呼啸着在不远处的岩石上炸开，崩裂的碎石跳出纷乱的火花，一阵呛鼻的烟雾弥漫开来。

迈克尔依然一动不动地坐在那里。

他的耳边响起了迷人谷温泉里，杜鹃那充满深情，如行云流水、婉转缠绵的歌声：

> 高山岩来低石岩，
>
> 满山鲜花迎风开，
>
> 花开只等蜂来采，
>
> 不见阿哥上山来……

怒江边的枪炮声渐渐停止了。

山猫别动队的残余士兵被中国远征军和高黎贡抗日游击队团团包围，全部歼灭在怒江边。

这支由不可一世、凶残暴戾的日军少佐松田一郎组建并指挥的山猫别动队，正如它的前任"山猫别动队"那样，同样被消灭在高黎贡山下。"山猫别动队"从日军的档案中彻底删除，再也无人提及。

杨明队长和中国远征军的王连长走到迈克尔的身边。

"查尔斯中尉，请你节哀。"杨明队长神情沉重地说，"我们……我们必须马上护送你和药品渡过怒江。"

迈克尔缓缓抬起头来，一双失神茫然的眼睛望着杨明队长。过了好一会儿，他非常坚定地摇了摇头。

"不……不，不行……我要和杜鹃……一起走。"

"查尔斯中尉，腾冲抗战县政府下达给我们的命令是，保护和护送美国飞行员与运输机里的药品、医疗器械安全到达昆明……"杨明队长沉默了一会儿，又低声说，"这里离腾冲县城不远，那里的日军应该听到这边的枪炮声了，他们的援兵很快就会赶过来的。"

"不行——我送杜鹃……他们回家。"迈克尔的目光转向驮着杜鹃妈和山魁及几个弟兄遗体的马帮。

"请你理解，中尉。"王连长站在旁边，同样轻声地说，"你必须随同我们过江，刚才孟营长给我下达命令的时候特别强调，必须把你和药品都安全地接过江去。这里目前还是敌占区，很不安全。此外，杨队长还得抓紧时间护送张锅头他们回去……"

这时候，张进才走过来了。

张进才受伤的左臂由中国远征军的卫生员处理包扎过了，用白色的绷带斜吊在肩膀上，马脚子倪树生和艾撒跟随在他的身后。

从杨世保遇难到现在，仅仅两天的时间，张进才显得十分消瘦而憔悴，两鬓原来灰白的鬓发如今变得雪白，没有戴毡帽的头发乱蓬蓬的，发丝间还沾着尘土和散落的小草。他那原本硬朗健壮的腰板一下子就变得有些佝偻弯曲，仿佛是一棵被巨石压弯了的树。

张进才蹲了下来，依然慈爱地摸着杜鹃的头发，声音凄楚喑哑地说："年轻……人。"他看看迈克尔怀里的杜鹃，稍微停顿了一下，"迈克尔，走……走吧。你……是军人，去做军人该做的事情。把那些杀人放火的倭寇从中国赶出去，她……他们……"他看着杜鹃，又回过头看看身后放在骡马背上妻子和山魁等人的遗体，"才没……没有，白……白死……"

张进才眼里闪着泪花。此刻，他的眼神里看不到几天来迈克尔已经熟悉的历经沧桑的勇武、睿智和冷峻，而是痛彻心扉的惨然与哀伤。而在这令人心碎的目光里，则饱含着深深的托付和希望。

一汪热泪，从迈克尔的眼眶里簌簌滚下。

他站起身，轻轻地抱起杜鹃，走到一匹骡马旁边。

倪树生和艾撒连忙走上来，默默地协助着迈克尔把杜鹃放到骡马的背上。骡马背上铺垫着厚厚的用羊毛编织的西藏马绨。

"美国飞客，你……你就安心走吧。张锅头……杜鹃，还有我们呢。"倪树生眼圈红红的，他回过头很伤感地对迈克尔说道，拉着骡马的缰绳就要走。

"等等——"迈克尔一把抓住倪树生的手。他脱下那件崭新柔软的皮革飞行服，仔细地铺在杜鹃的身体下面。

"杜鹃——杜鹃……"迈克尔低声呼唤着，弯下腰，在杜鹃的额头上深深地吻了一下。

迈克尔眼中噙着泪水，大步走向张进才，恭恭敬敬地行了一个军礼。

随后，他又转过身，朝着杜鹃妈、杜鹃、山魁等人，朝着火龙寨的方向，同样恭恭敬敬地三鞠躬……

4

怒江两岸又恢复了宁静，山风里还飘荡着硝烟辛辣的带有血腥味的气息。

此时，一轮血红色的夕阳缓缓沉入西边，耀眼的光辉将怒江峡谷两岸的山峦涂抹上了一层紫褐的色彩，天空火红的云霞染红了怒江的水波，血红色的浪涛猛力地冲击着两岸的山崖、岩石，激起一个个血红色的浪花，溅落下千万颗血红色的水珠。

二十匹骡马背上的药品、医疗器械全都卸在中国远征军的竹筏上，渡过怒江后，高黎贡抗日游击队和中国远征军将安排专人护送药品和美国飞行员迈克尔·查尔斯先到保山救护基地，再用汽车沿滇缅公路运送到昆明……

江水滚滚奔腾而去，迈克尔满脸凄怆地坐在激浪中飘摇不定的竹筏上，两只手紧紧抓住竹筏上的绳套，竭力挺直身子朝西岸边张望。

是的，他是军人。他接到的命令是将中国抗日战场上非常急需的药品和医疗器械运送到昆明，真正完成从印度汀江到中国昆明的这一次运输任务。而且，他还会执行更多更艰巨的任务，直到把日本侵略者从中国的土地上赶出去！

张进才的马帮和高黎贡抗日游击队的马队已经爬上了山坡，渐渐淹没在绿色的树林中。驮着杜鹃妈、杜鹃、山魁、大黄，还有山魁几个弟兄遗体的马帮走在队伍的中间，在绿树的映衬下，杜鹃身上那件被鲜血染红的白色对襟姊妹装显得格外刺目，就像是一团熊熊燃烧的火焰。

红色——那个用鲜血染成火焰般的红色，如刀砍斧凿般深深地嵌刻在迈克尔的心里……

天地似火，残阳如血。

迈克尔·查尔斯再也控制不住自己如同怒江激浪翻滚汹涌澎湃的心情，他不顾一切从竹筏上站起身来，双臂张开，朝着怒江西岸大声地呼喊：

"杜鹃——杜鹃——我，永远爱你——永远——爱你——"

图书在版编目（CIP）数据

远山绝恋 / 李锦华, 李倩著. — 上海：文汇出版社, 2019.3

ISBN 978 - 7 - 5496 - 2759 - 2

Ⅰ. ①远… Ⅱ. ①李… ②李… Ⅲ. ① 长篇小说—中国—当代 Ⅳ. ①I247.5

中国版本图书馆CIP数据核字（2019）第009537号

本书为中国作家协会重点作品扶持项目

远山绝恋

著　　者 / 李锦华　李　倩
责任编辑 / 徐曙蕾
封面装帧 / 董红红

出版发行 / 文汇出版社
　　　　　　上海市威海路755号
　　　　　　（邮政编码200041）
经　　销 / 全国新华书店
排　　版 / 南京展望文化发展有限公司
印刷装订 / 上海颛辉印刷厂
版　　次 / 2019年3月第1版
印　　次 / 2019年3月第1次印刷
开　　本 / 890×1240　1/32
字　　数 / 180千字
印　　张 / 8.875

ISBN 978 - 7 - 5496 - 2759 - 2
定　　价 / 39.00元